Meredith WILD

VERTIGES CHARNELS

La série « Hacker »
Acte 3

Traduit de l'anglais (États-Unis)
par Jacques Collin

Michel LAFON

Dans la même série

Dangereuses Affinités, Acte 1
Fatales Attractions, Acte 2
Vertiges Charnels, Acte 3
Liens Défendus, Acte 4 (à paraître en avril 2016)

Titre original
Hardline (The Hacker Series, Book 3)

118, avenue Achille-Peretti
CS 70024 – 92521 Neuilly-sur-Seine
www.michel-lafon.com

Chapitre un

Mon portable vibra.

B : *Je quitte le bureau dans vingt minutes.*

J'ignorai le message de Blake, et reportai toute mon attention sur Alli. Celle-ci replaça une mèche de ses longs cheveux bruns derrière son oreille et continua d'égrener devant l'équipe les statistiques hebdomadaires de notre start-up, Clozpin. J'écoutai attentivement, heureuse de la voir de retour parmi nous.

Alli n'était revenue à Boston que depuis quelques semaines, mais elle vivait de nouveau dans la même ville et le même appartement que Heath. Heath était heureux, Alli était heureuse, et j'étais aux anges de la voir reprendre son poste de directrice commerciale après la débâcle de Risa. J'avais proposé à Alli de réintégrer l'entreprise avant même de licencier Risa pour avoir divulgué des informations confidentielles sur la société.

Cette seule évocation me fit grimacer. Alli était d'un optimisme contagieux, mais la trahison de Risa restait un souvenir cuisant. Je n'avais d'ailleurs plus entendu parler de Risa depuis notre dernière rencontre, et ce silence radio me paraissait inquiétant. Je voulais douter de sa capacité à lancer un site concurrent avec Max, ex-futur investisseur de Clozpin et ennemi juré de

Blake, mais j'appréhendais leur réaction. Et s'ils réussissaient à débaucher nos investisseurs ? S'ils étaient capables de créer un service réellement supérieur, qui répondait à un besoin qu'on ne couvrait pas ?

Avec les fonds que Max pouvait mettre sur la table et les informations que Risa m'avait directement soutirées, tout était possible. Et quelque chose dans la façon dont Risa était partie, débordante de fiel et de ressentiment, ajoutait aux incertitudes qui pouvaient m'envahir à la tête de cette société. En tant que dirigeante d'une entreprise, j'étais à l'évidence encore une novice. Mais je restais convaincue que j'allais y arriver, et je m'en étais plutôt bien tirée jusqu'ici, même s'il me restait encore beaucoup à apprendre.

Un autre texto fit vibrer le téléphone sur la surface vitrée de la table de conférence.

B : Erica ?

Je levai les yeux au ciel et tapai rapidement une réponse. Je savais qu'il continuerait d'insister tant que je n'aurais pas répondu.

E : Je suis en réunion. Je te rappelle.

B : Je te veux nue dans mon lit quand je rentre. Tu n'as plus beaucoup de temps.

E : J'en ai encore pour un moment.

B : Pénétration dans une heure. Sur ton bureau, dans notre lit, tu choisis. Boucle ça vite.

L'air de la pièce parut soudain bien plus frais sur ma peau enfiévrée. Je frissonnai et mes mamelons durcirent, frottant désagréablement contre le tissu de mon chemisier. Comment faisait-il ça ? Quelques mots bien choisis, transmis par un simple texto, et je ne quittais plus ma montre des yeux.

– Erica, il y a autre chose que tu veux voir ?

Alli capta mon regard. Elle fronça les sourcils,

comme si elle avait remarqué que j'avais l'esprit ailleurs. J'étais obnubilée par les conséquences qu'il y aurait à faire attendre Blake. Je mis de côté les promesses de Blake pour me concentrer sur le présent.

– Non, je pense que c'est bon. Merci à tous.

Je ramassai rapidement mes affaires, impatiente de me mettre en route. D'un geste, je signifiai la fin de la réunion, et chacun regagna son poste de travail. Alli me suivit dans mon espace privatif.

– Où en est-on avec Perry ? demanda-t-elle. Je n'ai pas voulu en parler devant toute l'équipe, parce que la situation est un peu particulière.

– Pas grand-chose de neuf. Il m'a envoyé un nouveau mail, mais je n'ai pas encore répondu.

Je n'avais pas le temps de m'appesantir sur la complexité de la situation si je voulais tenir les délais de Blake.

– Tu envisages de le prendre comme annonceur ?

– Je ne sais pas.

Je n'avais toujours pas pris de décision. Ses grands yeux marron s'écarquillèrent.

– Blake sait qu'il t'a contactée ?

– Non.

Je lui adressai un regard appuyé, indiquant clairement, sans qu'il me soit besoin de prononcer un seul mot, qu'il n'en était pas question. La dernière fois que j'avais vu Isaac Perry, Blake l'avait plaqué contre un mur et le serrait à la gorge en le menaçant s'il osait jamais porter encore la main sur moi. Je ne voulais pas excuser le comportement de Perry ce soir-là et ne comptais pas plus que Blake le lui pardonner, mais les affaires sont les affaires.

– Il ne va pas apprécier si tu décides de travailler avec Perry.

Je glissai mon ordinateur portable dans mon sac.

– Tu crois que je ne le sais pas ?

Les positions de Blake influaient plus souvent sur mes décisions stratégiques dans l'entreprise que je n'étais prête à l'admettre.

Alli s'appuya sur mon bureau.

– Alors, que comptes-tu faire ? L'offre de Perry doit être sacrément alléchante pour que tu ne l'aies pas immédiatement envoyé paître.

– Le Perry Media Group, c'est une douzaine de publications multimédias, sur toute la planète. Je ne dis pas que je lui fais confiance, mais je peux au moins écouter ce qu'il a à dire.

Elle haussa les épaules.

– Quoi que tu décides pour la société, je te soutiendrai. Et je peux me charger des réunions, si tu n'as pas envie de le voir.

– Merci, Alli. Cela dit, je préfère aller moi-même au fond des choses. On en reparlera plus tard. Il faut que je file. Blake m'attend.

– Oh, vous sortez ?

Son visage s'illumina, et la brillante collaboratrice céda immédiatement la place à la meilleure amie si enthousiaste qui participait à ensoleiller chacune de mes journées.

– Euh… on a des projets. Je te vois plus tard, dis-je en m'efforçant de ne pas paraître trop cachottière.

Et je m'éclipsai du bureau en adressant à tous de brefs signes de la main en guise d'au revoir.

Une minute plus tard, je m'enfonçai dans la chaleur de ce début de mois d'août. C'était l'heure de pointe, et il y avait foule dans la rue. Mon téléphone sonna alors que je n'avais fait que quelques pas. Je gémis en le sortant de ma pochette. Blake pouvait être d'une ténacité affolante. Mais le numéro qui s'affichait portait l'indicatif de Chicago.

– Allô ?

– Erica ?

– Oui, qui est-ce ?

– C'est moi, Elliot.

Je portai la main à ma bouche pour masquer mon exclamation de surprise en entendant la voix de mon beau-père.

– Elliot ?

– Tu as une minute ? Le moment n'est pas mal choisi ?

– Non, ça va.

Je poussai la porte du Mocha, le café en bas du bureau, afin de poursuivre cette conversation à l'abri de la chaleur.

– Comment vas-tu ? On ne s'est pas parlé depuis une éternité.

– J'ai été pas mal pris ! s'esclaffa-t-il.

Je souris. Je n'avais pas entendu cela depuis bien longtemps.

– J'en suis sûre. Comment vont les enfants ?

– Ils vont bien. Ils grandissent trop vite.

– Ça ne m'étonne pas. Et comment va Beth ?

– Bien. Elle a repris le travail maintenant que les enfants sont à l'école, alors elle n'a pas une minute de libre. On est pas mal pris, tous les deux.

Il s'éclaircit la gorge, et je l'entendis prendre une grande inspiration.

– Écoute, Erica, je n'ai pas été très bon s'agissant de garder le contact. Franchement, j'en suis désolé. Je voulais vraiment venir à ta remise de diplôme. Mais c'était une telle panique, ici...

– Ça va, Elliot. Je comprends. Tu étais très occupé.

– Merci. (Il soupira.) Tu as toujours eu la tête sur les épaules, même quand tu étais plus jeune. Parfois, je me dis que tu étais plus raisonnable que moi. Je sais que ta mère serait fière de la femme que tu es devenue.

– Merci. Je l'espère.

Je fermai les yeux, laissant le souvenir de ma mère m'envahir. Malgré toute la force de caractère que j'affichais en façade, mon cœur se serra à ce souvenir – celui d'un temps où nous étions heureux, tous les trois. Un temps qui avait pris fin lorsqu'on avait diagnostiqué chez ma mère un cancer qui s'était développé à une vitesse fulgurante et l'avait emportée bien trop tôt.

Nos vies avaient pris des directions différentes après son décès, mais j'espérais qu'Elliot avait trouvé le bonheur avec sa nouvelle épouse et leurs enfants. Même si tous ces bouleversements m'avaient privée d'une enfance normale. L'internat puis la fac étaient devenus mon seul foyer, c'est ainsi que je m'étais construite. Et je serais bien en peine d'imaginer aujourd'hui qu'il ait pu en être autrement. C'était ma vie, et mes voyages m'avaient amenée jusqu'à Blake, à une existence qui commençait à prendre tournure maintenant que les études étaient derrière moi.

– J'ai pas mal pensé à Patricia ces derniers temps. Je n'arrive pas à croire que ça fait presque dix ans. Mais j'ai réalisé du même coup à quel point le temps avait passé depuis la dernière fois qu'on s'était parlé.

– C'est vrai. Ces dernières années ont passé à la vitesse de l'éclair, et c'est encore pire maintenant. J'étais folle de me croire débordée avant d'entrer dans la vie active.

Entre ma société et la relation avec Blake, ma vie avait été mise sens dessus dessous à plusieurs reprises. Et à chaque fois que les choses semblaient se calmer, se produisait un nouveau bouleversement.

– Eh bien, je vais essayer de me débrouiller pour qu'on vienne à Boston bientôt. On ne va pas laisser passer ce dixième anniversaire sans... marquer le coup. On lui doit bien ça.

Ma bouche s'incurva en un sourire triste.

– Ce serait bien. Ça me ferait plaisir.

– Super. Je vois ce que je peux faire.

– Préviens-moi quand vous aurez fixé vos dates, j'essaierai d'organiser quelque chose de mon côté.

– Parfait. J'en parle à Beth, et je te tiens au courant.

– J'attends ça avec impatience. Je serai heureuse de te revoir, et de faire la connaissance de ta famille.

Ta famille. Ces mots me parurent étranges quand ils franchirent mes lèvres.

– Prends bien soin de toi, Erica. On reste en contact.

À la seconde où je raccrochai, un autre appel s'afficha. Mon cœur s'emballa : c'était le numéro de Blake.

Merde.

* * *

Arrivée à l'appartement, je laissai mes sacs sur le comptoir de la cuisine. Les lumières étaient éteintes, mais le soleil de l'après-midi pointait à travers les fenêtres. Comme je pénétrais dans le salon, j'entendis la voix de Blake.

– Tu es en retard.

Je me retournai d'un bond, pour le découvrir à l'autre bout de la pièce. Il était au bar, torse nu, pieds nus, un verre de scotch à la main. Son visage était dépourvu de toute expression, il dégageait néanmoins une émotion palpable qui me mit immédiatement en alerte. Ses yeux verts brillaient dans la pénombre de la pièce. Il avait les mâchoires crispées, ne les desserrait que brièvement pour boire une gorgée de whisky.

– Je suis désolée. J'ai reçu un coup de fil de...

– Viens ici.

Je laissai mourir la fin de ma phrase sur mes lèvres. Nous n'allions pas parler de l'appel inattendu d'Elliot. Du moins pas maintenant. Il y avait quelque chose de spécial dans la façon dont Blake me regardait, dans le ton implacable qu'il avait utilisé pour prononcer ces deux mots.

Je me dirigeai lentement vers lui, jusqu'à ne plus être qu'à quelques centimètres de lui, et la température monta entre nous. Blake était indéniablement splendide, la beauté masculine incarnée. Grand et mince, son corps me faisait régulièrement péter les plombs. Et cet instant ne faisait pas exception. Je touchai sa poitrine, incapable de résister à cette proximité. Ses muscles tressaillirent.

– Enlève ton chemisier, dit-il.

Je fouillai son regard mais n'y lus toujours aucune émotion. Il se dressait devant moi comme une statue, une œuvre d'art superbement sculptée, mais froide et immobile. Je fis voleter mes doigts sur ses abdos, filant vers la ceinture de son jeans, qu'il portait bas sur ses hanches.

– Tu vas bien ? murmurai-je.

Je l'avais déjà vu comme ça auparavant. Et je savais, sans qu'il ait besoin de me le dire, que quelque chose ou quelqu'un lui avait tapé sur les nerfs aujourd'hui.

Il cilla, dans une réponse quasi imperceptible.

– J'irai mieux dans une minute.

Sachant ce qui pouvait participer à cette « amélioration », je retirai mon chemisier et le laissai tomber par terre.

– Vraiment mieux ?

J'inclinai la tête, espérant le titiller.

Son regard resta froid comme le métal.

– Ne me fais plus jamais attendre, Erica.

Sa voix était dangereusement grave. Je retins mon souffle, m'efforçant en vain de garder le contrôle de mes réactions physiologiques face à lui. Un mélange détonnant de désir et d'anticipation grandit en moi. Le souvenir des événements de la journée passa à l'arrière-plan face à cet homme dominant avide de jouissance et qui savait si bien utiliser mon corps pour parvenir à ses fins.

Je descendis la main vers le contour marqué de son érection, que je caressai à travers la toile douce et usée de son jeans.

– Je suis là, maintenant. Laisse-moi me rattraper.

Il attrapa mon poignet.

– C'est ce que tu vas faire, crois-moi.

Je le regardai par en dessous. Il me lâcha pour suivre du bout du doigt le dessin de l'ourlet en dentelle de mon soutien-gorge. Ce seul contact me brûla la peau. Il fit glisser un bonnet d'un coup sec, prit le sein libéré dans sa paume, en caressa le mamelon du pouce. Je m'abandonnai à ce lent mouvement circulaire tandis que le feu du désir embrasait mon bas-ventre.

Je gémis, et il pinça plus fort. Je serrai les dents, mais sans le repousser. Il ébaucha un sourire et une lueur terriblement malicieuse traversa son regard.

– Déshabille-toi et penche-toi sur la table.

Monsieur Sauvage était arrivé, mais il n'était pas venu seul. Je tournai la tête vers le côté salle à manger et sa grande table campagnarde en bois. Blake me donna une tape sur les fesses en me poussant dans cette direction. Puis j'ôtai ma jupe, mon soutien-gorge et ma culotte. Debout devant la table, je posai les mains sur sa surface chaleureuse. Au centre étaient empilées des longueurs de corde.

– Baisse-toi, ordonna-t-il d'un ton sec.

Il posa une main entre mes omoplates pour me forcer à incliner le buste. Je laissai glisser mes mains devant moi, respirant bruyamment au contact du bois sur ma poitrine, le haut de mes hanches collé contre le bord de la table. L'anticipation me paralysait, me privait de tout discernement, hors l'évidence du fait que Blake prenait le contrôle.

Que je lui avais concédé.

Dès que s'achevait ma journée de travail et que je pénétrais dans l'appartement que nous partagions maintenant, j'entrais en guerre avec quasiment tout ce que me dictait mon instinct. J'abandonnais tout contrôle à l'homme que j'aimais, certaine qu'il prendrait soin de nous deux. Ce qu'il faisait, mais parfois je ne pouvais m'empêcher de ruer un peu dans les brancards, pour qu'il sache que j'étais encore là,.

Il passa une main froide sur mon cul. Je me crispai à ce seul contact. Je me mordis la lèvre, me préparant à ce qui venait toujours ensuite.

– Tu avais vingt minutes de retard. Tu sais ce que ça veut dire ?

Il n'attendit pas que je réponde, sa main s'abattit sur mes fesses. La douleur m'arracha un gémissement, puis l'élancement fit place à une vague fiévreuse qui parcourut tout mon corps. Je me cambrai, me collant contre lui.

– Tu vas me punir ? demandai-je doucement.

– C'est ce que tu veux ?

– Oui.

La docilité de mes réactions me surprenait toujours, considérant le chemin que nous avions parcouru et combien j'aimais ces coins de ténèbres que nous avions trouvés l'un en l'autre. Admettre à quel point j'aimais ça demandait encore une certaine dose de courage.

– Heureusement pour toi. Tu vas recevoir vingt coups. Je veux que tu les comptes. N'oublie pas, ou je prends la ceinture.

Sans délai, sa main s'abattit de nouveau sur mes fesses, assez fort pour que le coup résonne dans la pièce. À la seconde où je repris mon souffle, je m'empressai de commencer à compter à voix haute.

– Un.

– C'est bien.

– Deux.

À chaque nouvelle claque, ma chatte se contractait et mouillait un peu plus, une réaction que je ne comprenais pas vraiment. Mais me faire fesser me rendait absolument dingue. À la dizaine passée, je griffais la table, plus que prête pour les plaisirs qui allaient suivre cette délicieuse douleur.

Vingt.

Je soupirai et me détendis contre la surface de bois. Mon soulagement fut de courte durée, car Blake m'attrapa par ma queue-de-cheval pour me forcer à me relever.

– Debout.

Je me redressai, et il me fit faire volte-face. Il ouvrit la bouche comme s'il allait parler. Au lieu de quoi il plaqua son corps contre le mien. Sa peau était brûlante, et je le désirai encore plus. Il scella nos lèvres d'un puissant baiser. L'arôme du scotch se mêla à son musc. Je lui ouvris les lèvres, l'invitai, je voulais son goût sur ma langue. Il tira gentiment sur ma queue-de-cheval, brisant le contact.

– Tu en veux trop.

Je fis la moue.

– Tu es trop gâtée, et tu n'écoutes rien.

– Si, j'écoute, insistai-je.

– Peut-être que tu écoutes, mais tu n'obéis absolument pas. Alors la fête est finie. Il faut que tu comprennes, et ce soir je vais t'apprendre.

Je combattis l'appréhension qui me nouait le ventre. La peur de l'inconnu.

– Je suis désolée.

– C'est un bon début. Monte sur la table.

J'hésitai une seconde, puis me hissai prestement sur le bord. Il secoua la tête et me poussa en arrière.

– Au milieu. Dépêche-toi.

Je fronçai les sourcils, mais, plutôt que de l'interroger, j'obtempérai et me glissai lentement vers le centre de la table. Il ôta la corde de mon chemin.

– Allonge-toi.

J'obéis. Il m'attrapa par le poignet et tendit mon bras vers le coin de la table. Avec une vitesse et une dextérité confondantes, il m'attacha les bras aux pieds de la table. Pendant qu'il se dirigeait vers mes chevilles, je testai la corde. Pas de mou.

Il ligota une jambe puis l'autre, et je me retrouvai écartelée sur la table.

– Il y a du progrès.

Il me pinça légèrement le mollet. Je sentis le rouge me monter aux joues en réalisant ma vulnérabilité. Je voulus lui dire qu'il allait trop loin, mais les mots ne franchirent pas mes lèvres : je mouillais déjà trop, j'avais déjà trop besoin de lui et de ce que concoctait son esprit pervers. Ajoutant à mon malaise, Blake s'écarta et sortit de mon champ de vision.

– Où vas-tu ? demandai-je en m'efforçant de dissimuler mon anxiété.

– Ne t'inquiète pas. Je ne vais pas partir, pas avec le putain de banquet que tu m'offres là.

J'entendis des glaçons tinter dans un verre, puis le glouglou caractéristique de l'alcool que l'on verse. Il revint et se campa devant moi puis porta le verre à ses lèvres, masquant les prémices d'un sourire sur son beau visage. Quelque chose dans son expression indiquait que je devais m'attendre à un lent supplice. Le besoin qui vibrait en moi redoubla d'intensité. J'étais entièrement à sa merci, maintenant.

Des secondes qui me parurent être autant de minutes s'écoulèrent. Ma poitrine allait et venait au gré de ma respiration, qui s'accélérait dans l'attente. L'attente de quoi ? Je n'en avais aucune idée, mais l'éventail des possibilités qui s'offraient à moi me fascinait. Blake leva de nouveau son verre, le vida d'un trait puis le reposa bruyamment entre mes cuisses. Il plongea les doigts dans le verre, et le cliquètement des glaçons fit bientôt place au choc muet du froid sur ma peau. Il traça un lent circuit humide sur ma jambe, tout au long des parties sensibles de l'intérieur de ma cuisse. Je frissonnai, tendue comme un arc, tandis qu'il parcourait mes hanches et mon ventre avec son glaçon, qu'il laissa ensuite lentement fondre dans mon nombril pendant qu'il en pêchait un autre dans son verre.

Il tourna autour de la table pour venir du côté de ma tête. Il fit tourner le cube de glace suivant sur mes mamelons, s'attardant sur chacun d'eux. Aux limites de la douleur, je ravalai cependant toute protestation. Je ne pouvais pas risquer une punition supplémentaire, qui retarderait la pénétration. Il approcha ses lèvres de mes seins, remplaçant la froidure anesthésiante de la glace par la chaleur moite de sa bouche. Ses dents mordillèrent les pointes tendues tandis qu'une main fraîche se frayait un chemin entre mes cuisses.

Il louvoya, glissant aisément entre mes lèvres, titillant mon clito.

– Tu aimes quand je t'attache, ma belle ?

J'humectai mes lèvres sèches, hochai rapidement la tête. Aimais-je vraiment cela ? Je n'en étais pas certaine. Tout ce que je savais, c'était que je ne voulais pas qu'il s'arrête. Je ne voulais pas dire quelque chose qui l'empêcherait de me donner le plaisir que lui seul pouvait m'offrir. Il me maintenait juste à l'extrême limite, dans une telle exacerbation et une telle dépendance que ça frisait l'intolérable. Je tirai sur mes liens, la corde commençait à me blesser.

– Cesse de lutter, Erica.

Il se redressa, me privant de son contact et de sa proximité.

– Je croyais que tu étais pressé, rétorquai-je en m'efforçant de contenir le désir qui brûlait en moi plus férocement chaque minute.

Maudits soient-ils, lui et sa corde !

– Je l'étais, lâcha-t-il dans un sourire, mais l'idée de te punir a tempéré cette urgence. Maintenant, je me fais juste plaisir.

Je fermai les yeux. Ma poitrine se gonfla dans une longue inspiration, et je m'imposai de me détendre. Au même moment, je sentis un choc glacial entre mes jambes.

Je criai, tant de surprise que sous l'effet d'une sensation dont je n'étais pourtant pas encore convaincue qu'elle soit déplaisante. Mon clito vibrait contre le glaçon que Blake manœuvrait entre mes lèvres. Je soufflai quand il l'éloigna des parties les plus sensibles et en enfonça doucement le coin dans ma chatte. Quand je crus qu'il allait me soulager, le frôlement de son doigt fit place à la morsure de la glace. Combien de temps allait-il pouvoir me faire subir ça et maîtriser son propre désir ? Combien de temps pourrais-je tenir ? J'étais prête à craquer et à hurler.

– Blake, je ne peux pas aller plus loin. Tu me tues.

– Quel effet ça fait d'attendre... de désirer ?

Je serrai fort les dents, m'efforçant de détourner mon attention de la douleur entre mes cuisses. Je frissonnai contre mon gré, sachant que ça ne rapprocherait pas le moment où il me baiserait.

– Je déteste ça.

– Devrions-nous arrêter ?

– Oui, répondis-je d'une voix désespérée.

Il se pencha sur moi, ses lèvres effleurant la peau sensible d'un côté de mon cou. Il parcourut la courbe de mon oreille du bout de la langue. Une lente torture supplémentaire.

– Supplie.

Je fus parcourue de frissons. Je cambrai le torse dans sa direction. Sans succès, car il me touchait à peine.

– Dis-moi combien tu en as envie. J'ai besoin de l'entendre.

– Blake, s'il te plaît, baise-moi !

– Hum... Voilà qui ressemble plutôt à un ordre. Je veux que tu supplies.

Je gémis, et il s'écarta, ne me touchant plus du tout.

– Blake ! m'exclamai-je, furieuse et désespérée.

– Soumets-toi.

La dureté de sa voix me fit tressaillir.

– Il faut que tu te soumettes, Erica, si tu veux jouir. Plus d'atermoiements. Plus de dérobades.

Je déglutis péniblement, résistant à une envie instinctive de me révolter contre son injonction. *Soumets-toi.* Ma gorge se serra, comme si ses paroles s'y étaient logées et ne passeraient pas tant que je ne l'aurais pas accepté. Ça avait une signification si forte. Me soumettre était tellement plus facile quand je l'encourageais à prendre ce dont il avait besoin. Maintenant il prenait ce dont il avait envie. Il ne demandait plus, et c'était non négociable.

Je fermai les yeux, m'efforçai d'écouter la voix au fond de moi qui me disait de me détendre, de lâcher prise.

– Tu ne me rends pas les choses faciles.

Je voulais qu'il comprenne ma résistance, peut-être même qu'il la tolère. Même en mode dominateur, il me laissait parfois un peu de marge.

– J'ai éteint des incendies toute la journée. Je veux rentrer à la maison te retrouver, et je ne veux pas avoir à te domestiquer à chaque fois, poursuivit-il. Je le ferai si nécessaire, mais je ne te demanderai pas toujours les choses gentiment, et je ne te les rendrai pas toujours faciles non plus. Alors tu vas devoir te faire à la soumission. Tu es nue, attachée à la table, et à l'orée de l'orgasme. Veux-tu jouir ?

– Oui, vraiment.

– Alors, supplie.

– S'il te plaît...

Ma supplique n'était qu'un murmure.

– J'écoute, Erica. S'il te plaît, quoi ?

– S'il te plaît, fais-moi jouir. Je veux sentir tes mains sur moi. Je ferai ce que tu voudras... Je te le jure.

– Tu m'attendras nue à la maison la prochaine fois que je te le demanderai ?

– Oui.

Le bout de ses doigts frôla mon clito en feu. Je pris une violente inspiration et soulevai le bassin pour me porter à sa rencontre, mais il disparut aussi vite qu'il était venu.

– C'est promis ?

– Je te le promets. Bon sang, tout ce que tu voudras !

– Et je n'aurai plus besoin de t'expliquer comment te soumettre, n'est-ce pas ?

– Non, promis-je en hochant la tête vigoureusement.

La chaleur de sa main irradiait là où j'en avais désespérément besoin. Je résistai à une furieuse envie de tendre mon corps plus près de quelques centimètres.

Putain de Dieu, c'était une vraie torture.

Chaque pouce de ma peau aspirait à son contact, et je n'avais aucun contrôle.

C'est là que résidait la réalité que je cherchais à m'imposer. De quelque façon que ce soit, je devais lui faire confiance pour nous y mener tous les deux. Comme je réalisais ça, quelque chose en moi se libéra.

Je me détendis contre la table, résolue à ne plus résister aux liens. Mes muscles se relâchèrent, mais mon esprit bouillonnait, sans plus de contrôle que mon corps sur l'impérieux besoin que j'avais de lui.

Alors il me toucha. Couvrant ma chatte de la paume de sa main, il la saisit fermement.

– Elle m'appartient. Tu ne jouis que quand je le veux. C'est compris ?

Je le dévisageai, les yeux larmoyants. J'étais à la limite des sanglots tellement j'étais tendue, comme s'il m'avait transmis toutes ses frustrations de la journée.

– Je serai telle que tu le désireras.

Son regard s'adoucit très légèrement devant cette concession. Puis il me pénétra avec deux doigts. Je laissai échapper un soupir de soulagement. Il tourna à l'intérieur, explora mes profondeurs humides. Tremblante, je me contractai sur ses doigts, regrettant de ne pas avoir plus de lui au tréfonds de moi, mais heureuse de ce qu'il m'offrait. Il pompa doucement et flatta mon clito de cercles rapides du pouce.

Ce simple geste m'arracha un petit cri. J'étais à la fois soulagée et revigorée. Mes nerfs avaient repris vie, et mes chairs enfiévrées étaient de nouveau prêtes pour lui. Bon sang, cet homme avait le don de me faire prendre douloureusement conscience de combien mon corps avait besoin de son contact. Je me repris quand mes hanches se soulevèrent légèrement d'elles-mêmes.

Supplie. Son ordre résonnait dans ma tête, à la fois sensuel et impitoyable. J'en vibrai au plus profond de mon être. Le sang pulsa à mes tempes, bourdonna dans mes oreilles. Je sentis les prémices d'un irrépressible orgasme m'envahir, et je n'allais pas le rater, ni par fierté ni pour rien au monde.

– Ne t'arrête pas, je t'en supplie, ne t'arrête pas !

– C'est ce que je veux entendre, ma belle. Tu me veux tout entier à l'intérieur ?

– Bon Dieu, oui !

– Tu veux que je te laisse jouir d'abord ?

Des couleurs tourbillonnèrent au fond de mes yeux, et tous mes muscles se tendaient maintenant d'anticipation. Mes yeux s'écarquillèrent quand je réalisai qu'il ne m'avait pas encore explicitement donné l'autorisation de jouir. Je croisai son regard assombri, son expression lourde du même désir que celui qui brûlait en moi.

– Oh oui, Blake, laisse-moi jouir, s'il te plaît...

Il se baissa et prit ma bouche dans un violent baiser. Nos lèvres se précipitèrent les unes contre les autres, nos langues fouraillèrent et sucèrent. Dans le même temps, ses doigts poursuivaient leur œuvre, me baisant doucement, m'entraînant vers l'abîme. Ils m'exaltaient, comme si n'existaient plus que les endroits où nos corps se touchaient, le plaisir qu'il me donnait. Et j'en étais aussi reconnaissante qu'assoiffée. Une fièvre dévorante m'avait envahie. Je tremblais à force de retenir mon orgasme.

– Mon Dieu, gémis-je en perdant pied. S'il te plaît, s'il te plaît, s'il te plaît...

– Jouis, Erica. Maintenant, gronda-t-il dans ma bouche, ses doigts s'enfonçant plus avant.

Le souffle coupé, je me cambrai sur la table. Les liens qui m'attachaient à la table me privaient de tout contrôle. Les paroles de Blake, ses ordres, m'avaient dépossédée. J'étais sa propriété. J'étais à *lui*. À sa merci et à ses ordres, je plongeai dans l'abîme en criant. Et serrai les poings tandis que l'orgasme me submergeait tout entière.

Le monde ne fut plus que silence en cet instant parfait. Je vibrais encore quand il se retira. Ses doigts coururent vers la corde, la dénouèrent sur mes chevilles. Quelque part dans la délicieuse redescente de l'orgasme, je fus soulagée par cette libération. Déjà il était nu et couvrait mon corps du sien. Il enroula mes jambes autour de sa taille et, le membre pointé contre mon ouverture, s'enfonça de la longueur du gland.

– Je bande au point que ça me fait mal. Je vais te baiser tellement profond que la prochaine fois tu n'oublieras pas qui te possède, ma belle. Je vais te faire jouir encore et encore, jusqu'à ce que tu me supplies de nous procurer ce qu'on veut tous les deux.

Ma voix se perdit dans mon délire. Mon corps flageolait encore, à peine prêt pour ce qu'il était sur le point de me donner. Il passa un bras autour de ma taille. Les muscles de son torse étaient durs et tendus. Ses yeux verts, sombres et dilatés, plongèrent dans les miens. Je le vis alors – l'homme, mais aussi l'animal tapi sous la surface.

Il avait besoin de ça. Il avait besoin de moi de cette manière-là.

– Blake. (Je m'humectai les lèvres, asséchées par mon halètement.) Embrasse-moi... S'il te plaît.

La tension dans son regard, la détermination dominatrice, céda la place à autre chose.

Que je ressentis lorsque nos lèvres se trouvèrent, avec plus de douceur que précédemment, mais pas moins de passion. L'amour. Je le reconnus. Avec sa perversion et son besoin obsessionnel de contrôle, j'aimais cet homme. Il avait besoin de ça, et j'avais tout autant besoin d'être ça pour lui.

– Je t'aime.

Les mots s'échappèrent à l'instant où nos lèvres se séparaient. Son regard intense me brûla de nouveau. Le besoin charnel qui vibrait en nous parut s'apaiser un instant. Puis ses lèvres se posèrent à nouveau doucement sur les miennes.

– Je ne peux pas respirer sans toi, ma belle. Tu me défais et tu me reconstruis. Tu me prends comme je suis, et tu m'aimes quand même.

La nuance interrogatrice dans son regard et le soupçon de doute dans ses derniers mots me brisèrent un peu le cœur.

– Blake, je t'appartiens. Je veux tout ça. Je te veux en totalité.

Ma gorge se serra pour des raisons maintenant fort différentes. Le désir et un amour dévastateur m'envahirent pour venir irradier entre nous.

Nos lèvres se retrouvèrent et il s'enfonça en moi tout en plongeant sa langue dans ma bouche. Mon sexe se contracta autour du sien, se tendant autour de sa bite épaisse. Puis il fut profondément en moi. Nous étions tellement proches, nos âmes se joignant en même temps que nos corps. Il se recula, pour s'enfoncer plus profondément encore. Je haletai. Son corps était dur, vibrant de la tension qu'imposait sa retenue. Je ressentais la même chose, le même besoin d'exploser, de me laisser engloutir par cet appétit sauvage.

Son regard s'enfiévra lorsqu'il glissa la main sous ma nuque, faisant porter son poids sur son coude. Je croisai les chevilles autour de sa taille, tandis que son biceps se tendait contre la mienne. Puis il s'enfonça puissamment, exactement comme je le voulais. La friction de son sexe à l'intérieur du mien me projeta dans l'orgasme. Ma bouche s'ouvrit dans un cri muet qui se trouva une voix lorsqu'il me pilonna.

Puissant, rapide, impitoyable et rude. L'une de ses nombreuses façons de me faire l'amour que j'adorais.

Le rythme implacable de son va-et-vient me fit rapidement jouir encore. Ma chatte se resserra sur son sexe, tandis que je m'accrochais à ses hanches avec mes cuisses. Les orgasmes se succédèrent sans relâche jusqu'à ce qu'il commence à jouir avec moi. Il colla son bassin contre le mien, nous clouant sur la table dans notre poursuite d'une libération, d'une délivrance... avec mon nom sur ses lèvres.

Chapitre deux

J'enfourchai les hanches de Blake, massant avec les pouces les muscles protubérants de ses épaules. Ses muscles réagirent à peine, et je me demandai si je lui faisais le moindre effet. Mais il laissa échapper un léger gémissement de plaisir. Je souris et me penchai, plaquant mon torse contre son dos. J'embrassai sa peau, respirant le parfum de la lotion mêlé à son odeur. Par quelque magie de Dame Nature, mes propres muscles se détendirent. Son musc, la sueur de nos ébats m'envahirent. Je pourrais consacrer toute la putain de journée à sentir cet homme.

– Ton odeur est incroyable.

Je pressai mes lèvres contre sa peau, l'embrassai, l'inhalai encore.

Il laissa échapper un petit gloussement.

Je sortis la langue pour le goûter, comme si son odeur ne suffisait pas. Comme si se faire baiser jusqu'à l'os sur une table de salle à manger, ligotée comme la gentille petite soumise que j'étais, ne suffisait pas. Blake Landon était ma drogue, mon obsession – une addiction à laquelle je n'avais aucune intention de renoncer.

Je le célébrai des lèvres et des dents. Je le massai, mes doigts le parcourant avec la même obsession.

En une seconde, il me renversa, et je me retrouvai sur le dos, son corps nu splendide entre mes cuisses.

– Tu essaies de te faire baiser encore ? Parce que si c'est le cas, tu fais plutôt du bon boulot.

Je ris. Il me fit un grand sourire, saisit mes poignets de part et d'autre de ma tête et en massa les parties sensibles que la corde avait mordues.

Reconnaissant une lueur d'inquiétude familière dans ses yeux, je me libérai de son emprise. Je pris son visage entre mes mains, le forçant à me regarder.

– Je vais bien. Ne commence pas à culpabiliser, d'accord ?

– Je ne voulais pas te faire mal.

– Crois-moi, je n'ai rien senti. Dans le feu de l'action, je ne sens que tes mains sur moi, toi en moi. Ça emporte tout. Ce qui serait normalement douloureux ne fait qu'ajouter au plaisir que tu me donnes. Et tu sais bien que j'aime ça, alors ne fais pas comme si j'étais un petit chat blessé.

– Mais ça peut faire mal maintenant. Et si tu as des bleus ?

– Et alors ? Je ne résisterai pas autant la prochaine fois. Tu voulais me donner une leçon, non ?

Je décalai mes hanches sous lui, l'attisant tandis que son érection vibrait chaudement contre mon ventre. Mes lèvres esquissèrent un sourire coquin. Je voulais retrouver le Blake joueur, et je n'allais pas le laisser avoir honte de ses besoins, des besoins qui étaient de plus en plus les miens.

Après ce que j'avais traversé avec l'homme qui m'avait violée quatre ans plus tôt, je ne me serais jamais cru capable de laisser qui que ce soit exercer sur moi le contrôle que je concédais à Blake. Mais il m'avait appris les joies de l'abandon. Il m'avait ouvert les yeux au désir, à quelque chose de plus profond et d'infiniment plus intense que tout ce que j'avais jamais connu.

Je ne cherchais le contrôle que pour mieux le voir m'en priver, de cette façon magistrale qu'il avait de toujours se l'arroger. Il me brisait jusqu'à ce que je sois éperdue de désir, et je n'aurais pas voulu que ça se passe autrement. Je ne le concevais même plus.

Je passai deux doigts sur son front plissé.

– Qu'est-ce qui te tracasse ? Tu avais l'air contrarié tout à l'heure.

Il roula sur le côté, m'abandonnant pour retomber sur le dos et fixer le plafond. Avant que je puisse insister, une porte claqua. Des voix étouffées nous parvinrent. Je me levai d'un bond, allai refermer la porte de la chambre et la verrouillai. Je rejoignis Blake dans le lit, me pelotonnant au creux de son bras. Je passai paresseusement une jambe par-dessus sa cuisse puissante.

Un grand bruit dans l'entrée résonna jusque dans notre chambre, suivi par un gémissement. Je souris. Alli et Heath s'y remettaient, mais que pouvais-je trouver à y redire ?

Dieu merci, ils n'étaient pas tombés sur la petite attraction de Blake dans la salle à manger. Je ne me voyais pas expliquer tout ça à Alli. Elle était encore dans la plus complète ignorance des us et coutumes de Blake au lit et, pour l'instant, je préférais que cela reste ainsi.

– On devrait partir en voyage, dit soudain Blake.

Je soupirai.

– Ils vont vite se trouver un appartement.

– Pas assez vite. Et puis, on ne s'est plus retrouvés ailleurs ensemble depuis... Eh bien, depuis Las Vegas.

Un week-end prolongé nous ferait le plus grand bien. Je veux passer du temps avec toi. Juste nous deux. Sans personne pour nous déranger.

Une suite d'événements inattendus, pour la plupart arrangés par Blake, nous avaient amenés là où nous en étions. Parmi eux, Las Vegas avait été un moment clé, et le souvenir de notre première fois ensemble me faisait chaud au cœur. Tout n'était encore que passion charnelle entre nous alors, mais c'était une véritable obsession, et je n'étais tombée amoureuse de lui qu'ensuite.

– Je ne suis pas certaine de pouvoir m'éloigner du bureau pour le moment.

Ces dernières heures m'avaient sorti Risa, Max et leur projet de cinglés de l'esprit, mais je revenais peu à peu à la réalité.

– Je crois que tu l'as bien mérité. Laisse-moi t'emmener. Il y aura toujours des tas de choses à faire et des gens qui ont besoin de nous, mais rien qui ne puisse attendre un jour ou deux.

Je fronçai les sourcils, la travailleuse obsessionnelle en moi n'étant pas pleinement convaincue.

– Tu es sûr ?

– Absolument. En fait, je viens de décider de ne pas te laisser le choix. On part demain après le travail.

Je souris, soudain un peu excitée à cette idée.

– Qu'est-ce que je dois mettre dans ma valise ?

– Je préparerai tes bagages.

– Tu n'as pas besoin de faire ça.

– Je ne crois pas que tu auras besoin de beaucoup de vêtements, alors ça n'a pas d'importance de toute façon. Un maillot de bain, des tongs. Ça devrait suffire.

Je m'esclaffai et fis mine de vouloir le gifler. Il attrapa ma main et gronda, en m'attirant à lui.

– D'ici là, je crois qu'on devrait faire aussi du bruit de notre côté.

Je ris à nouveau en secouant la tête.

– Tu dois toujours en faire plus que les autres, Blake. Tu es incorrigible.

– Crois-moi, je n'ai aucune envie d'écouter mon petit frère tirer un coup. Et la seule façon que j'ai de le lui faire comprendre, c'est de lui rendre la pareille. Il faut juste que je trouve un moyen de te faire crier.

Mon sourire s'effaça un peu. Il enroula ses bras autour de moi, me serra fort, et alluma le feu en caressant tous les endroits sensibles du bout de ses doigts.

– J'ai l'impression que tu sais très bien comment y parvenir.

* * *

On frappa bruyamment à la porte. Blake s'étira à côté de moi, mais sans se réveiller.

– Erica, tu es debout ?

Je m'assurai que Blake était décemment couvert et enfilai un de ses tee-shirts, puis j'entrouvris la porte.

Putain de merde.

Alli était prête à partir travailler. Le regard qu'elle me lança en disait long.

– Quoi ? bougonnai-je. Et quelle heure est-il, d'abord ?

– Huit heures. Habille-toi, il faut que je te montre quelque chose.

Je la dévisageai, pas encore assez réveillée pour me focaliser sur autre chose que mon envie de retourner me pelotonner au lit avec Blake.

– Qu'est-ce qu'il y a ?

– Dépêche-toi de te préparer, et viens me retrouver au bureau.

– Que...

Elle ne me laissa pas terminer ma phrase, tourna les talons, et quitta l'appartement. Je filai dans la salle de bains. Quand je sortis de la douche, Blake n'était toujours pas réveillé. Je m'habillai rapidement et m'attardai quelques minutes pour le regarder, heureuse de profiter de ce rare moment de sérénité qu'offrait son visage endormi. C'était généralement lui qui se levait le plus tôt, mais la nuit avait été longue. Parfois, nous étions ainsi insatiables, et la nuit dernière avait fait place au matin bien avant que l'on s'endorme. Je déposai un doux baiser sur sa joue et partis.

Quand j'arrivai au bureau, toute l'équipe était rassemblée autour de James, les yeux rivés sur l'écran de son ordinateur. Je me joignis à eux, incertaine dans un premier temps de ce que je regardais.

– Que se passe-t-il ?

– Ce site, PinDeelz, a été mis en ligne hier soir, m'expliqua Alli. Tous les utilisateurs de Clozpin ont reçu un message les avertissant de son lancement, nous y compris. Très discret.

Je me penchai par-dessus l'épaule de James, qui naviguait entre les pages d'un site qui, quoique ayant un nom différent, était très semblable au nôtre. Mon estomac se noua au vu, sur chaque page, des publicités de Bryant's, l'un de nos principaux annonceurs, dont le contrat était en attente de renouvellement pour le mois suivant.

Je me redressai et disparus dans mon bureau. J'ouvris mon ordinateur portable et étudiai le site de plus près. La page d'information indiquait que Max en était le fondateur, et Risa la directrice des opérations.

Sans surprise, le nom de Trevor n'était pas mentionné, mais je savais pertinemment que le hacker qui avait consacré des mois et peut-être des années à essayer de nuire aux affaires de Blake avait joué un rôle fondamental dans le lancement de ce site concurrent. Même au prix d'une pause dans ses attaques incessantes contre ma société et celle de Blake.

La moutarde me monta au nez. J'arrivais à peine à concevoir que c'était en train de se passer. Sid et moi avions consacré des mois à peaufiner Clozpin, pour en faire ce que c'était maintenant. Toutes nos réussites, toutes les leçons que nous avions tirées de nos erreurs avaient été reprises et améliorées.

Alli vint me rejoindre et prit le siège face à mon bureau, son expression reflétant ma propre inquiétude. Elle pinça les lèvres mais ne dit rien. Je bouillais intérieurement d'une rage sanguinaire. J'avais envie de piquer une crise épouvantable. Je voulais lâcher une longue bordée d'injures, et, bon Dieu, si j'avais eu devant moi Max, et Risa, et Trevor... ç'aurait été un massacre.

– Je n'arrive pas à croire qu'ils l'ont vraiment fait…

– Je sais, dit-elle doucement.

– … que la haine qu'ils éprouvent pour Blake et moi soit telle qu'ils ont été capables de faire une chose pareille. Du pur sabotage.

– Ils ne dureront pas, Erica.

Je laissai échapper un petit rire nerveux.

– Pourquoi pas ? Qu'est-ce qui les en empêche ? Tu as rencontré Risa. Tu sais à quel point elle est déterminée, et avec l'argent de Max je ne vois pas ce qui les empêcherait de nous anéantir. Ce marché n'est pas assez grand pour deux sites dont l'offre est aussi proche.

– Ne vois pas les choses comme ça. Nous sommes loin d'être condamnés. J'ai parlé à beaucoup de nouveaux prospects depuis mon retour. Ça ne se fait pas en un jour, mais nous sommes sur le point d'en signer d'autres. Nous sommes bien établis, et nous avons fait nos preuves. En fait, je suis surprise qu'ils aient même réussi à faire prendre un tel risque à Bryant's, vu leur inexpérience.

Imaginer ce que Risa avait dû dire pour détourner l'un de nos plus gros annonceurs ajouta encore à ma fureur.

– Qu'est-ce que je suis censée faire, maintenant ?

– On continue. Ils veulent nous déconcentrer et nous effrayer. Ne les laissons pas y parvenir.

Je secouai la tête. Rien de ce qu'elle pourrait dire ne pouvait améliorer mon humeur du moment. Le ciel me tombait sur la tête, et je n'allais pas rester assise là et les regarder anéantir tout ce que j'avais construit.

À la fin de la matinée, mon exaspération était toujours à son comble. J'avais passé des heures à explorer leur site dans les moindres détails, à le comparer point par point au nôtre. Mes incertitudes avaient pris le dessus et je broyais du noir. Quand arriva l'heure du déjeuner, l'effet de l'adrénaline s'était estompé, et mon corps commençait à me rappeler qu'avec Blake, cette nuit, je n'avais pas beaucoup dormi. J'avais besoin de café.

Je descendis au Mocha et pris la petite table du coin. Je triturai un moment le menu en papier, alors que je prenais toujours la même chose. Simone, avec ses cheveux roux, ses courbes enviables et son sourire effronté, entra et s'attira plus d'un regard en traversant nonchalamment la salle pour se diriger vers moi.

– Comment va ma grosse tête préférée ?

– J'ai connu des jours meilleurs, répondis-je. Et puis, je pensais que c'était James, ta grosse tête préférée.

Elle eut un sourire en coin et s'appuya à la table.

– Eh bien, il s'en rapproche. Mais je ne suis pas encore convaincue qu'il ne se languit pas toujours de toi.

J'espérais vraiment que James était passé à autre chose, et Simone était un choix que j'approuvais pleinement. Avec sa tignasse noire de jais et ses muscles tatoués, James était pour sa part l'homme de ses rêves. Le seul problème était qu'il avait mal interprété les signaux que je lui avais envoyés quand Blake et moi n'étions plus ensemble. Ou peut-être qu'il les avait trop bien interprétés, vu que j'avais alors désespérément besoin d'un ami, ou de n'importe quoi ou n'importe qui susceptible de combler le vide que ma séparation d'avec Blake avait laissé. Je n'avais que trop tard réalisé que rien ni personne ne pouvait combler ce vide, si ce n'est l'homme qui partageait aujourd'hui à nouveau mon lit.

– Je ne crois pas que tu aies à t'inquiéter de ça, Simone.

Elle fronça légèrement les sourcils.

– Ça n'a jamais marché entre vous, n'est-ce pas ?

Je la fixai avec des yeux ronds.

– Bon Dieu, non !

Elle s'esclaffa.

– Détends-toi ! C'était juste une question.

Sauf que ce n'était pas que ça. C'était aussi un rappel malvenu de l'impair que James et moi avions commis. Le remords m'envahissait à chaque fois que je pensais à cet instant de faiblesse devant le bureau.

À ce moment-là, j'étais convaincue que Blake était sur la mauvaise pente avec Risa, sans compter Sophia, son ex, qui le draguait de façon éhontée. Tout était si embrouillé que je m'y perdais. Je ne savais pas ce que me réservait l'avenir, jusqu'au moment où je m'étais retrouvée dans les bras de James, échangeant avec lui un baiser qui me fit rapidement voir la réalité en face, et réalisé que si un homme appartenait à mon avenir, ce ne pouvait être que Blake.

– Qu'est-ce qui ne va pas, chérie ? Tu as l'air anéantie.

Je relevai les yeux.

– C'est le cas. Des problèmes de boulot. Une longue histoire.

– Tu veux me raconter ça ce soir ? Tu n'auras qu'à me l'expliquer en termes simples, devant un cocktail. Tu sais que je ne comprends que la moitié de vos histoires, de toute façon.

Je laissai échapper un faible rire.

– Je pars en week-end avec Blake, ce soir, mais on aura peut-être le temps de passer prendre un verre avant de filer. Ça ne t'embête pas qu'il vienne ?

– Non, évidemment. À part ça, qu'est-ce que je te sers ?

Je passai commande, et pris le temps de manger. Généralement, je déjeunais en vitesse et remontais aussitôt bosser, mais aujourd'hui j'observais les passants qui vaquaient à leurs occupations, de l'autre côté de la vitre du café. Chaque visage cachait une histoire différente, et je ne pouvais m'empêcher de me demander si je serais de nouveau capable de faire confiance à quelqu'un en dehors de mon équipe. Naïvement, et à l'encontre des conseils de Blake, j'avais fait confiance à Max – suffisamment pour envisager d'en faire le principal actionnaire de ma société, avant que Blake ne la finance, finalement. Et à Risa... prête à dévorer la vie, impatiente d'apprendre et de prendre les responsabilités que j'avais désespérément besoin de déléguer… pour aujourd'hui s'en servir contre moi.

Je refoulai résolument les larmes qui me montaient aux yeux. Si je pleurais, ce serait de rage d'avoir payé la leçon si cher.

Chapitre trois

Je cherchai Simone du regard dans le bar. Ne la trouvant pas, je repérai deux tabourets vides l'un à côté de l'autre et en pris un. Plutôt impatiente de faire passer cette journée de merde avec un verre bien frais, je fis signe à la barmaid.

Pendant que j'attendais mon verre, les nouvelles de cinq heures s'affichèrent sur l'écran muet au-dessus du bar. Mon cœur battit la chamade quand le visage de Mark apparut, suivi d'images de Daniel, a priori en campagne. En bas de l'écran, un titre : « L'enquête sur la mort de MacLeod se poursuit ». Mon estomac se noua. J'avais au moins autant que Daniel envie que ce chapitre soit clos, maintenant. Je ne voyais absolument pas ce qui pouvait poser problème dans le suicide de Mark. Et je n'étais pas certaine de vouloir le savoir non plus. J'allais demander à la barmaid de monter le son quand quelqu'un s'arrêta à ma hauteur.

– 'soir.

Je sursautai légèrement. James se tenait à côté de moi et m'adressait un sourire timide. Il portait un de ces tee-shirts illustrés qui s'accordaient parfaitement avec les tatouages qui se trouvaient en dessous.

– Oh… Bonsoir.

Il fronça les sourcils. Nous n'avions pas été en tête à tête, de près ou de loin, depuis une éternité. Le travail s'était poursuivi normalement, mais nous n'avions pas tiré les choses au clair comme nous aurions dû le faire. Et ce non-dit me pesait parfois. J'avais été trop épuisée par les péripéties qui nous avaient finalement vus à nouveau réunis, Blake et moi, pour réellement prendre le temps de faire le point une bonne fois avec James. Tout était donc resté en suspens entre nous. Cela appartenait certes au passé, mais ce n'était jamais très loin de mes pensées quand il était dans les parages.

– Je ne m'attendais pas à te voir ici, désolée, dis-je en m'efforçant de cacher mon malaise.

– Simone ne vous a pas dit que je venais ?

Je secouai la tête, cachant opportunément mon air surpris en buvant une gorgée. Je me demandai comment ça allait évoluer avec Simone.

Je changeai de position, un peu gênée, comme si je sentais son regard sur moi, scrutant mes réactions. Est-ce qu'il essayait de me rendre jalouse ? De me signifier au contraire qu'il était passé à autre chose ? Si c'était le cas, je ne pouvais que montrer à quel point j'étais heureuse qu'une personne aussi fascinante que Simone ait attiré son attention. Je détestais l'idée que j'avais pu le manipuler, encourager des sentiments que je n'étais pas en droit d'éveiller vu l'état de confusion mentale dans lequel je me trouvais quelques semaines auparavant.

– Comment ça se passe, vous deux ? Ça devient sérieux ?

J'évitais son regard, comme si je voulais dissimuler que je cherchais une confirmation.

Il rit doucement et se passa la main dans les cheveux, les écartant de son visage sans quitter des yeux la bière que la barmaid venait de lui apporter.

– Désolé si je n'ai pas vraiment envie de parler de ça avec vous, Erica. Ça paraît juste un peu… étrange, au vu du reste.

– Tu as raison. Bien sûr.

Bon Dieu, est-ce que ça pouvait être encore pire ?

Il sourit, détendant un peu l'atmosphère.

– Ce n'est rien. Et puis Simone est votre amie, non ? Je suis sûr qu'elle vous donnera tous les détails croustillants.

Je lui rendis son sourire, un peu soulagée.

– Non, je ne lui en parle pas. Ce ne sont pas mes oignons.

– Est-ce qu'elle sait pour… nous ?

Il pointa son doigt vers moi puis vers lui dans un geste d'aller-retour qui résumait des semaines de tension et de valse-hésitation liées à une attirance aussi soudaine qu'inattendue.

Je fis non de la tête.

– Je veux dire, en partie, mais elle sait que je suis avec Blake.

– Bien.

Il souffla.

Son soulagement me fit espérer qu'il était plus qu'un peu intéressé par Simone. Peut-être qu'il avait aussi peu envie qu'elle apprenne notre faux pas que j'avais de mon côté envie que Blake soit au courant. La simple idée que Blake le découvre me noua l'estomac. Il était déjà bien assez jaloux de James.

– Et comment allez-vous, à part ça ? Vous aviez l'air contrariée aujourd'hui.

James avait l'art de percevoir mes humeurs, quelle que soit la façon dont j' essayais de les dissimuler. Ce n'était pas la peine de lui cacher ce que je ressentais, ni de prétendre que tout allait bien.

– Ça m'a affectée, je ne vais pas te mentir, répondis-je. À dire vrai, je me sentirais bien mieux si je pouvais massacrer quelqu'un. Je ne sais pas si je suis plus touchée par le coup de poignard que Risa m'a donné dans le dos, ou par l'effet que ça va avoir sur la société.

– J'imagine. Vous lui faisiez confiance. En fait, on lui faisait tous confiance.

Je plongeai les yeux dans mon verre.

– Je me sens tellement stupide. J'aurais dû le voir venir.

– Vous n'aviez aucun moyen de savoir.

Je haussai les épaules.

– Peut-être pas. Ou peut-être que j'étais trop perturbée ces dernières semaines.

– Vous ne faisiez que travailler. Je ne vois pas comment vous auriez pu être encore plus présente au bureau. Sérieusement, vous y passiez la plupart de vos nuits.

J'acquiesçai, revenant en pensée à cette période. Et une vague de fatigue m'envahit à cette évocation. Je ne me souvenais pas avoir jamais été plus exténuée mais aussi plus déterminée à m'abrutir de travail qu'alors. Je m'épuisais à nous faire progresser. Et durant tout ce temps, Risa conspirait avec Max. L'enchaînement des événements défilait dans ma tête, encore et encore. Chaque détail qui me revenait ajoutait à mes doutes, réduisant d'autant ma foi en ma capacité à contrecarrer leur coup de force. Que pouvais-je faire ?

Je chassai mécaniquement la condensation de mon verre, saturant d'eau la petite serviette en dessous. James posa doucement sa main sur mon épaule.

– Erica… murmura-t-il.

Je relevai les yeux, revenant à la réalité et au regard d'un bleu profond de James.

– Vous nous avez. Et vous m'avez, moi. Vous savez que vous pouvez compter sur nous, et que nous allons traverser cette épreuve ensemble. Ne lui donnez pas la satisfaction d'apprendre qu'elle vous a affectée. Faites une pause ce week-end, nous nous en occuperons à votre retour. Je sais comment vous le prenez, et vous inquiéter au point d'en faire une dépression n'aidera en rien. Nous avons besoin de vous, vous vous souvenez ?

J'ébauchai un pâle sourire.

– Merci, James.

Une voix d'homme résonna derrière moi.

– Erica.

Une main possessive s'empara du haut de mon bras. Blake se tenait juste derrière moi, les yeux rivés sur James. L'âpreté de son regard ne sembla cependant nullement impressionner James, qui dissimulait à peine une moue de mépris. Je voulus me lever et m'interposer entre les deux hommes avant que la situation ne dégénère.

– Blake…

Je doutais d'avoir parlé à voix haute jusqu'à ce qu'il réponde, sans détourner les yeux de James.

– Nous devrions y aller. On va être en retard.

Le regard de James se posa sur la main de Blake, refermée de façon possessive sur mon bras. Il serra les mâchoires et l'on voyait saillir les muscles de son cou. Mon estomac se noua de nouveau. Il croyait toujours que Blake m'avait frappée. J'aurais bien voulu le convaincre qu'il n'en était rien, mais je ne pouvais pas le faire sans lui révéler plus de choses qu'il n'avait besoin d'en connaître.

– Je croyais que nous avions le temps de prendre un verre.

Je posai ma main sur celle de Blake qui se tourna vers moi d'un coup, comme si ce contact l'avait sorti d'une transe.

– Changement de programme, s'empressa-t-il de répondre.

Je hochai la tête et attrapai ma pochette, impatiente de désamorcer cette tension. Je m'adressai à James, échappant à l'emprise du regard de Blake.

– On se voit la semaine prochaine.

James acquiesça et se détourna. Je me levai, regrettant de ne pas savoir trouver les mots qui mettraient fin à cette situation. Mais la jalousie de Blake et le besoin qu'avait James de me protéger de quelque menace imaginaire étaient trop profondément ancrés. Blake tira de sa poche un billet de vingt dollars qu'il jeta sur le comptoir, entrelaça ses doigts aux miens et m'entraîna vers la porte, dans la lumière décroissante de cette fin d'après-midi.

– C'est quoi, ce changement de programme ?

Avant que Blake ait le temps de me répondre, Simone se précipita vers nous.

– Eh, où allez-vous ?

– Désolée, Simone. On doit se mettre en route plus tôt que prévu, dit Blake.

– Mais James t'attend à l'intérieur, ajoutai-je d'un ton badin en lui indiquant le bar.

Elle nous regarda malicieusement l'un après l'autre.

– OK. Eh bien, les amoureux, amusez-vous bien !

Je souris timidement et laissai Blake me guider vers l'Escalade qui stationnait au coin. Une seconde plus tard, je montai dans le véhicule conduit par Clay, le garde du corps auquel Blake faisait de plus en plus souvent appel ces derniers temps.

Je me glissai sur le siège de cuir frais à côté de Blake, qui me prit aussitôt dans ses bras et colla ses lèvres sur les miennes. Son baiser était pressant, aussi intense que ceux de la nuit précédente. Il passa sa langue sur mes lèvres, les engageant à s'écarter. Je les ouvris et me délectai du velours de sa langue sur la mienne. Par petites touches, il explora ma bouche. Mettant de côté toutes les pensées qui m'avaient occupé l'esprit, je me concentrai sur la passion de son contact, le désir quasiment palpable entre nous.

Son odeur m'enivra comme nos souffles se mêlaient. Je glissai les doigts dans ses cheveux, le poussant plus profondément dans ma bouche en l'attirant à moi. La douceur de sa langue perdura, tandis qu'on se titillait et picorait les chairs. Je laissai échapper un gémissement, vaguement consciente que nous n'étions pas seuls.

On s'écarta assez pour reprendre notre souffle. Si on ne se calmait pas, on allait se dévorer dans fort peu de temps.

– Salut, dis-je lorsque je réalisai qu'on n'avait pas dit un seul mot depuis qu'on était montés dans la voiture, quelques longues minutes plus tôt.

– Salut toi-même, murmura-t-il.

Son regard était sombre et déterminé. Il glissa sa main vers le haut de ma cuisse, remontant sous ma robe jusqu'à s'emparer de mon cul. Je me mordis la lèvre, intensément consciente du lancinement entre mes cuisses et du désir sauvage que Blake pouvait m'inspirer en quelques minutes. Je ne pouvais plus penser à rien d'autre qu'au plus rapide moyen de l'avoir en moi.

– Je n'ai aucune idée de l'endroit où tu m'emmènes, mais, à cette vitesse, ça va prendre un certain temps.

– On n'y va pas en voiture. Clay nous dépose à l'aéroport. Un avion nous y attend.

– Et où allons-nous ?

– Je me suis dit qu'on n'allait pas partir trop loin, mais sans non plus passer la moitié de la nuit dans les encombrements. On peut prendre l'avion pour Martha's Vineyard et être à la maison en à peine une heure. Je ne voulais pas perdre une minute de plus que nécessaire de ce week-end.

Je souris et accueillis un nouveau baiser.

– Je brûle d'impatience.

* * *

Comme c'était prévisible, une petite voiture sportive nous attendait à l'atterrissage et nous mena aussi vite que l'aurait fait la Tesla de Blake devant la vaste demeure à la pointe de l'île. L'air chaud océanique avait remplacé avantageusement la moiteur étouffante de la ville. Ce soulagement fut un rappel de plus de mon besoin de faire une pause.

Blake posa nos sacs dans l'entrée et se tourna vers moi. Il me serra contre lui et je passai les bras autour de son cou. Il laissa glisser ses doigts sur ma robe jusqu'à l'ourlet, et la remonta.

– Tu m'as manqué, dit-il, ses mains se resserrant sur mes hanches.

– Tu m'as manqué aussi. Tu me manques toujours.

– Je te préviens tout de même, je ne me sens vraiment pas patient. Je te veux vite et fort. Ça te convient, ma belle ?

J'eus un sursaut, toute ma peau s'enfiévrant à cette promesse. Me faisant reculer par à-coups, il me plaqua contre la porte. Sans attendre une réponse, il passa les pouces dans ma culotte et la fit descendre.

– Je veux être en toi maintenant.

J'en eus le souffle coupé, et une vague de chaleur envahit ma peau jusqu'à m'empourprer les joues. Mon cœur battait à tout rompre. Je me débarrassai de ma robe, et il s'écarta juste assez longtemps pour que je puisse la laisser glisser à terre. Puis il fut de nouveau contre moi, sa bouche sur ma poitrine, suçant fort. Un sein, puis l'autre. Je gémis quand ses dents en mordillèrent la pointe. Il n'y avait plus une once de mon corps qui ne désirât qu'il tienne sa promesse maintenant.

– OK.

Je me débattis avec sa chemise, la fis passer pardessus sa tête. Il ouvrit son pantalon, libérant son érection qui s'abattit lourdement entre ses mains. Je me mordis la lèvre. Il n'attendrait pas une seconde de plus pour me posséder.

Il passa une de mes jambes par-dessus sa hanche, se positionna et s'enfonça lentement en moi, me laissant l'accueillir progressivement, ne se retirant que pour s'enfoncer plus avant. Le temps qu'il m'emplisse toute, j'étais complètement liquéfiée.

Je laissai ma tête retomber en arrière contre la porte avec un petit cri.

– Blake !

Mon bas-ventre pulsait autour de son membre épais. Je restai comme ça, le souffle coupé, agrippée à lui, le désir courant dans mes veines. J'enfonçai mes ongles dans son flanc, l'attirant plus près, plus profond.

– Merde, tu es incroyable. J'y ai pensé toute la journée, être si pleinement enfoncé en toi. Ton corps contracté sur le mien, jouissant à toute force sur ma bite. Toute la putain de journée, je n'ai pas pu penser à autre chose.

Il me cloua plus vigoureusement contre la porte, s'enfonçant toujours plus loin.

– Encore, haletai-je.

En réponse à ma supplique, il prit mes fesses dans ses mains, me soulevant pour que mes jambes s'enroulent autour de ses reins. Il me plaqua contre le mur. Le poids de mon corps, combiné à sa force physique, nous unit plus étroitement encore. J'étais tendue d'anticipation, mais tout aussi soulagée par la sensation bienvenue de l'avoir là, nos corps de nouveau réunis. Il ne s'était écoulé que quelques heures, et la chair tendre entre mes cuisses ne faisait rien pour atténuer mon fulgurant désir pour lui.

Je pris son visage entre mes mains, sa barbe rêche contre mes paumes. Il plongea son regard dans le mien. Le désir, l'amour et cet intense besoin de possession bouillonnaient dans ces profondeurs vertes, me coupant de nouveau le souffle.

– Tu es à moi, Erica.

Tout en prononçant ces mots, il donna un puissant coup de reins vers le haut. Je me contractai instantanément sur son membre avec un hoquet d'inconfort. Il s'était enfoncé loin au fond de moi. Incroyablement loin.

– Je suis à toi, soufflai-je.

– S'il faut que je le rappelle à chaque homme qui te regarde de façon trop insistante, qui croit une seule seconde pouvoir t'avoir, alors je le ferai.

Un nouveau coup de reins. La friction de nos corps et la pression de son sexe submergèrent mes sens. Je fermai les yeux. La promesse de l'orgasme soudain proche. Les muscles tendus, je me contractai sur lui désespérément.

Ma voix trembla, étranglée par le choc de ses puissants coups de boutoir qui se succédaient maintenant rapidement. Je criai son nom, encore et encore, tandis que je l'adjurais de continuer. Je me contractais toujours plus fort, me délectant de cette friction qui me démontait, un coup après l'autre.

– Il va comprendre. Bon sang ! il va comprendre que tu m'appartiens.

– Il le sait, Blake. Je suis à toi... j'ai toujours été à toi. (J'ouvris les yeux, le désir brouillant ma vision.) Fais de moi ta chose, Blake.

Je glissai une main dans ses cheveux et les agrippai à la racine. Réduit au silence par notre baiser, il gronda. Il écrasa mon bassin contre le bois dur de la porte en s'enfonçant en moi. En quelques secondes, j'étais déjà ivre de lui, perdue. Perdue en lui, emportée par cette sensation, m'y abandonnant complètement. Il me prit férocement, chaque contact exhalant amour et désarroi, pour nous faire monter ensemble vers la délivrance qui allait nous unir de la seule façon qui importait maintenant.

– Blake... Oh, mon Dieu... Oh, putain...

L'emprise de mes cuisses autour de ses reins faiblit comme l'orgasme approchait, s'emparant de toute mon âme. Je ne pouvais plus penser à rien d'autre qu'à Blake, à cet amour. Il était la réponse quand rien d'autre dans ma vie ne paraissait à sa place. Il y avait là une cohérence. J'avais besoin de ça, de lui, d'une façon irraisonnée et parfaitement logique.

– Maintenant, grinça-t-il.

Ce simple mot me fit chavirer. Ma bouche s'ouvrit dans un hurlement muet tandis que l'orgasme faisait valoir ses droits. Je me raccrochai à lui, concentrée sur les pulsations de son membre allant et venant en moi, me guidant à l'orée de cet endroit parfait. Quelques coups de boutoir de plus, et je jouis dans un grand cri. Il s'enfouit en moi, crispé, bandant jusqu'au dernier de ses muscles, son corps parfaitement enfoncé dans le mien.

– Erica !

Sa voix était rauque. Me serrant contre lui comme si j'allais disparaître sans le rempart de des bras, il reprit son souffle, effleurant mon cou de ses lèvres.

Toute ma force fut emportée par l'orgasme, ce qui fut d'autant plus évident dès qu'il relâcha son étreinte : quand mes pieds retrouvèrent le sol, mes jambes se dérobèrent. Il me retint, ses mains sur mes hanches, tandis qu'il se retirait.. Je voulus bouger, mais il m'immobilisa, me maintenant fermement en place. Son regard se fixa sur la longue trace translucide qui se formait sur ma peau.

– Putain, ma belle, ça me donne envie de te pénétrer encore.

– Je vais tacher le plancher.

Il s'esclaffa.

– Alors on va tacher toute la maison, parce que je bande toujours. Je suis crevé, mais je ne peux penser à rien d'autre qu'à jouir en toi. Toute cette putain de nuit.

Un sourire immense s'étala sur mon visage.

– Tu veux continuer une deuxième nuit d'affilée ? À ce rythme, tu vas nous épuiser tous les deux !

Il sourit et m'attira de nouveau dans ses bras en déposant un doux baiser sur mes lèvres.

– On est en vacances, tu te souviens ? On peut faire l'amour toute la nuit et dormir toute la journée. Et personne n'aura le moindre mot à dire là-dessus.

– On est tout seuls ici ? murmurai-je.

– Dieu merci. Je ne te partage avec personne jusqu'à mardi matin.

Il s'écarta, referma sa braguette puis me souleva dans ses bras, m'emportant vers la chambre et la salle de bains attenante.

On prit une douche, en se savonnant l'un l'autre. Puis Blake m'enveloppa d'une serviette blanche moelleuse, et me sécha les cheveux avec une autre. La chaleur de la douche avait achevé d'épuiser nos forces. On s'effondra sur le lit, morts de fatigue.

Je me pelotonnai contre lui, heureuse de cette proximité, du contact de nos peaux propres et douces.

– Je t'aime, Blake.

Il releva mon menton pour trouver mon regard.

– Moi aussi, je t'aime.

Chapitre quatre

J'ouvris les yeux, et le monde se matérialisa. Appuyé sur un coude, Blake me parcourut du regard avec un léger sourire sur les lèvres.

Je m'étirai en me demandant combien de temps nous avions pu dormir. Le frôlement de sa main le long de mon torse acheva de m'éveiller. Je ronronnai, m'appuyant contre lui, parfaitement consciente de ma nudité et de la minceur du drap qui le couvrait. Ses yeux brillèrent d'approbation et de tout l'amour qui flottait entre nous. L'amour. Il s'épanouissait en de petits instants tels que celui-ci, rendait tous les bons moments encore meilleurs, tous les mauvais plus faciles à affronter. Ce que je ressentais pour cet homme dépassait l'entendement.

– Tu es tellement belle au réveil, murmura-t-il.

Je m'efforçai de dissimuler mon sourire en me tournant vers mon oreiller.

– Arrête…

Il écarta mes cheveux de ma joue et m'embrassa là, en glissant vers le lobe de mon oreille.

– Je n'arrêterai pas. Aussi longtemps que je vivrai, je n'arrêterai pas.

Je me redressai pour l'embrasser, m'abandonnant si aisément à lui. Je m'imprégnai de lui, tout entière. De lui, de cette liberté nouvelle de pouvoir être loin avec l'homme que j'aimais aussi profondément.

Je me rallongeai, me blottis contre son bras. Une part de moi était toujours atone, comme prête à dormir encore des jours entiers. Et j'avais lu le même épuisement dans ses yeux la veille au soir. Je sentais qu'il avait pas mal guerroyé ces derniers temps, sans savoir contre quoi. En dépit de notre proximité physique souvent fusionnelle, je détestais cette distance qui s'instaurait parfois entre nous. Cette muraille qu'il maintenait dressée, généralement pour me protéger.

Je parcourus le tracé de sa lèvre inférieure du bout du doigt.

– Je voudrais que tu réussisses à me dire une chose. Tu crois pouvoir le faire ?

Il fronça les sourcils.

– Oui, pourquoi ?

– J'ai l'impression que tu es, je ne sais pas... tendu, ces derniers temps. J'aimerais que tu me dises pourquoi.

Il souffla, prit ma main puis déposa un baiser sur le bout de mes doigts.

– Ça n'a rien à voir avec le fait d'être capable de tout te dire ou pas. Ça, je sais que je peux le faire. Il s'agirait plutôt de décider si je dois t'accabler avec les soucis que j'affronte.

J'attendis que nos regards se croisent pour lui faire comprendre que je pensais vraiment ce que j'allais dire.

– Ne pas savoir est bien pire. Je ne sais jamais si c'est de ma faute, ou bien s'il n'y a pas quelque chose que je pourrais faire pour t'aider.

Son expression changea, se fit hermétique aux émotions qui l'agitaient.

– Tu ne peux rien faire dans cette histoire-là.

– Laquelle ? Raconte-moi.

Il soupira et s'enfonça dans son oreiller.

– Tu veux vraiment parler de Max ? Ce n'est pas exactement un sujet de conversation agréable.

Je me renfrognai. Je brûlais précisément de curiosité quant à ce que concoctait Max.

– Qu'est-ce qu'il a fait ?

– Rien de particulier, mais ça ne l'empêche pas de me faire souverainement chier. J'essaie de l'expulser du conseil d'administration d'Angelcom depuis que j'ai découvert qu'il finançait en sous-main les attaques de Trevor contre mon – *nos* – sites.

– Ça ne devrait pas être difficile, tu es le président.

– C'est vrai, mais il s'agit plus d'une démocratie que d'une dictature, ce que je regrette, maintenant. Je ne peux pas simplement le virer. La décision dépend du conseil, et la majorité ne le destituera pas.

– Pourquoi ? La situation est pourtant simple !

– Ils ne veulent pas se mettre à dos Michael, le père de Max. Il est plus riche que Dieu, et ils ne prendront pas le risque de compromettre leur relation avec lui juste pour punir Max de son incommensurable manque d'éthique.

Je le dévisageai tout en considérant cette situation frustrante. Pas étonnant que Blake ait été chaque soir au bord de l'explosion ces derniers temps. Devoir supporter l'homme qui essayait depuis des années de le miner, et sans le moindre soutien de ses collègues, était difficile à imaginer. Au moins, ceux de mon équipe étaient de mon côté, et personne ne se trompait sur l'adversaire. Enfin… depuis le départ de Risa.

Je luttais encore contre un reste de paranoïa qui m'empêchait de faire à nouveau confiance à qui que ce soit depuis que je lui avais confié toutes ces données confidentielles qu'elle utilisait maintenant contre moi. Mais Clozpin était bien loin de ces investisseurs en col blanc et des cercles financiers qu'ils fréquentaient.

– Et ça te surprend ?

– Qu'est-ce que tu veux dire ?

– Je veux dire, la raison d'être d'Angelcom et de faire de l'argent pour des gens qui en ont déjà des wagons. A priori, s'ils en sont là, c'est parce qu'ils ont l'habitude d'en amasser et de le protéger. Tu les vois faire autre chose que ce qu'ils ont fait ?

Il secoua négativement la tête.

– J'imagine que non. Mais c'est tout de même ironique.

– Quoi ?

– Ma boîte est infestée par les porcs cupides que je voulais combattre quand j'ai commencé.

– Et qu'est-ce que tu comptes faire maintenant ? Si tu ne peux pas emporter le vote, quelle autre possibilité as-tu ?

– Je n'ai pas encore décidé ce que j'allais faire. Je ne suis pas sûr de la façon dont Michael réagirait si j'allais lui parler de ce qui se passe. Si je pouvais le lui faire comprendre, j'aurais le soutien du conseil et je pourrais m'assurer que Max n'ait plus le pied dans aucune de mes entreprises.

– Je pensais que toi et Michael étiez proches.

– Nous le sommes. Du moins, nous l'avons été. Mais je ne l'ai pas contacté depuis un moment, et je me vois mal réapparaître pour lui dire que son fils est un filou et un imposteur.

Je parcourus du doigt sa poitrine qui allait et venait au rythme de sa respiration. Mon homme. Je détestais ça, quand il nous fallait affronter des gens comme Max, comme Trevor. Bon sang, la liste était longue !

– Je suis vraiment navrée, Blake. C'est une situation de merde, mais tu vas trouver une solution. Tu trouves toujours. Et les gens comme Max ne peuvent pas passer leur vie à piétiner les rêves des autres et s'en sortir à chaque fois. Du moins, j'espère que non.

Même si Blake était furieux contre Max, je n'étais pas certaine que c'était vraiment le bon moment de lui parler de leur nouveau site et de la menace qu'il représentait pour moi.

Il releva mon menton de la main. Nos regards se croisèrent.

– Qu'est-ce qu'il y a ?

J'hésitai puis décidai de me lancer.

– Max et Risa ont monté leur petite affaire. Un site concurrent. Un plagiat complet de Clozpin. Et il semble qu'ils aient emporté au moins un de nos annonceurs majeurs avec eux. Et Dieu sait combien d'utilisateurs…

Il fronça les sourcils.

– Et tu prévoyais de m'en parler quand ?

– Alli ne me l'a appris qu'hier. Et elle voulait te l'annoncer elle-même. D'autant que j'avais besoin de temps pour réaliser ce qui se passait. Je ne sais pas si j'en suis vraiment là, d'ailleurs. J'ai surtout l'impression qu'ils vont détruire méthodiquement ma société, avec autant de détermination que quand ils se sont attaqués à toi. Sauf que je ne suis pas toi. Je n'ai ni tes ressources ni ton expérience. J'en suis encore à apprendre comment on gère une boîte. Je ne m'attendais pas à devoir répondre à de tels assauts dès nos débuts. D'abord Trevor, et maintenant ça. J'essaie de ne pas me sentir complètement impuissante, mais ce n'est pas facile.

– Crois-moi, il ne détruira pas ton affaire. Je ne le laisserai pas faire. Ils ont beau déborder de haine, tous les deux, ils ne sont pas de taille face à nous. (Il me caressa le menton du dos de la main.) Ça fait mal, mais c'est les affaires. Il ne faut pas perdre la foi : c'est ce qu'ils veulent. Si j'avais abandonné à chaque coup déloyal, je serais fini depuis bien longtemps. Tu es trop forte pour ça.

– Je n'arrive pas à croire qu'on puisse être aussi vicieux, aussi haineux. Je ne pourrais jamais faire ça à quelqu'un, à qui que ce soit, même au plus méprisable.

– Je suis désolé de te le dire, mais il va falloir t'y habituer. Dès que tu commences à connaître la réussite, il y a toujours quelqu'un qui veut en effacer la magie, l'amoindrir ou se l'approprier.

Mes yeux s'écarquillèrent.

– Tu ne me donnes pas une image très engageante d'un avenir dans l'entrepreneuriat.

– Tu t'endurciras. Et puis tu m'as, moi.

– Mais qu'est-ce qu'on peut faire ? On n'a aucun contrôle sur ce qu'ils font. C'est du sabotage, mais je suis complètement désarmée face à ça.

Il resta silencieux un moment, comme s'il réfléchissait à une stratégie pour nous sortir de là.

– Eh bien, je peux toujours pirater leur site.

Il sourit. J'ouvris de grands yeux.

– Génial ! Un duel de hackers. J'imagine qu'on est tout de même d'accord pour dire que ça ne réglera rien. Et en plus, tu es au-dessus de ça.

– Vraiment ! s'esclaffa-t-il.

– Tu as dit que tu n'utilisais tes pouvoirs que pour le bien, tu te souviens ? Même s'ils sont monstrueux, je ne te vois pas détruire leur site.

Il pinça les lèvres.

– Peut-être que tu as raison. (Il m'enveloppa d'un bras et m'attira à lui, m'embrassa doucement.) Ne parlons plus de Max. Ce week-end nous appartient. Qu'est-ce que tu as envie de faire ?

Je jetai un coup d'œil vers la pendule : il était presque midi. Notre emploi du temps était un peu désorganisé : l'heure n'importait pas vraiment quand il n'y avait plus que Blake et moi.

– Qu'est-ce que tu as envie de faire, toi ?

Son regard s'assombrit.

– Si ça ne tenait qu'à moi, on ne quitterait jamais le lit, répondit-il avec un sourire entendu.

Je me redressai et l'enfourchai.

– On n'est quand même pas venus jusqu'ici pour passer la journée au lit.

Il gémit, considérant ma nudité.

– Tu ne plaides pas vraiment en faveur d'une sortie.

Ses mains vinrent appuyer son propos, lutinant mes seins, faisant durcir leurs pointes. La concupiscence dans son regard m'échauffa d'un coup. J'eus soudain profondément envie de sa bouche, et me tortillai involontairement.

Percevant l'émiettement de ma résolution, il me prit par les fesses et me colla contre son érection qui tendait le drap entre nous. Je me mordis la lèvre et accompagnai le mouvement, emportée par l'indéniable évidence que je désirais la même chose que lui, et avec la même avidité. Je laissai aller ma tête en arrière quand il se cala contre mon clito exactement comme il fallait. Les flammes de la passion m'empourprèrent, me dévorèrent.

Il me souleva d'un mouvement des hanches, arracha le drap qui nous séparait. Son sexe était aussi dur que je l'avais imaginé, épais et prêt pour moi. Plus que prêt. Ses yeux plissés m'indiquèrent qu'il était inutile d'argumenter. Accédant à la chaleur moite entre mes cuisses, il me branla doucement.

– Toujours prête pour moi, murmura-t-il.

Répondant aux requêtes muettes de mon corps, il me fit descendre sur la longueur rigide de sa bite. J'eus un hoquet devant ces profondeurs, cet abîme que nous semblions toujours longer ensemble.

– C'est ça, ma belle. Accueille-moi tout entier.

Mes yeux se fermèrent et je m'abandonnai, tous mes sens concentrés sur la façon dont nos corps se complétaient.

* * *

On quitta l'intimité de la maison pour aller faire un tour en ville. L'île débordait de vie. On passa le reste de l'après-midi à courir les boutiques, en s'efforçant de rester à l'écart du flot maintenant inévitable des touristes. On discuta, mais sans jamais parler travail. On rit, sans jamais perdre le contact physique. J'en avais besoin, et probablement que lui aussi parce que je n'ai pas le souvenir d'un instant où nous nous serions détachés l'un de l'autre. La plupart du temps, nous nous contentions d'être ensemble, sans parler, pour le seul plaisir d'être l'un avec l'autre.

Nous étions avides l'un de l'autre, ces temps-ci, un appétit dévorant qui ne faisait que croître à mesure qu'on le satisfaisait. J'avais besoin de Blake. Et ce besoin vibrait en moi à chaque heure qui passait. Dans les activités de nos journées, dans les exigences de nos nuits, et dans les instants paisibles et sereins qui les séparaient. J'avais perdu tout contrôle sur cette faim, et cessé de vouloir la canaliser. Nous avions passé trop de temps séparés. Je ne pouvais pas manquer la moindre chance d'être avec lui.

Depuis le jour, quelques mois plus tôt, où Blake avait torpillé ma présentation, il avait fait vibrer quelque chose en moi. Et je ne pouvais plus vivre sans ce qui s'était épanoui entre nous. Peut-être qu'il ressentait la même chose, et que ce besoin irrépressible de ne jamais perdre le contact, de se tenir, de se perdre l'un dans l'autre tout au long de la nuit était une manifestation de cette émotion née entre nous.

Entre nos ébats de l'après-midi, notre balade en ville et l'air tonique de l'île, j'étais épuisée quand on rentra à la maison. Je frissonnai en retrouvant sa fraîcheur. Je préférais, et de loin, les brises d'été à l'air conditionné de l'intérieur. J'avais passé de trop longs mois d'hiver à rêver de soleil. Il ne fallait pas gâcher sa chaleur.

Toujours prévenant, Blake me frotta les bras, chassant les effets déplaisants de l'air froid.

– Tu as faim ?

– Un peu, oui.

– Va te détendre sur la terrasse. Je vais nous trouver quelque chose à manger.

J'acquiesçai et sortis sur la terrasse, qui offrait une vue imprenable sur l'Océan. Je m'enfonçai dans l'une des chaises Adirondack et posai les pieds sur un tabouret. Je fermai les yeux et laissai la brise chaude danser sur ma peau dans le soleil couchant. Le bruit des vagues océanes clapotant contre le sable de la plage aurait pu m'endormir si j'étais restée seule quelques instants de plus.

Blake me rejoignit alors, posa un plat de viandes, de fromages et de crackers sur la table. Il servit deux verres de vin blanc et m'en tendit un.

– Merci, lui dis-je.

Ses yeux brillaient chaleureusement. Je lui rendis son sourire, tout en me demandant en quoi les quelques instants qui venaient de s'écouler lui avaient valu une telle félicité.

– Tu es heureux.

Il s'enfonça dans un siège, sourit et but une gorgée.

– Je suis très heureux. C'est l'effet que tu me fais, en fait.

Mon cœur s'envola. J'inclinai mon verre, et quand le liquide fruité glissa sur ma langue je sus que cette escapade avait été une bonne idée. Trois jours de paix et de douceur avec Blake : le paradis. Je me détendis dans mon fauteuil.

– C'est incroyable, Blake. Je pourrais passer le reste de ma vie ici, c'est tellement paisible.

– Attention à ce que tu souhaites ! Je vais faire déménager tous nos meubles ici avant la fin de la semaine.

– Effectivement ! m'esclaffai-je. Je ne peux pas faire un vœu sans que tu te précipites pour le réaliser.

Il me fixa avec quelque chose de sérieux au plus profond des yeux. Mon humeur badine s'effaça quand je songeai au don du ciel qu'il représentait. Je pris une longue inspiration, soudain saisie par cette vérité. Qu'avais-je fait pour mériter d'avoir un tel homme à mes côtés ?

– Tu sais que je n'ai aucun moyen de te remercier pour tout ce que tu fais pour moi. Je le dis avec le sourire, mais comment pourrais-je jamais te rendre la pareille pour toutes ces merveilles que tu as faites ?

– Je suis sûr que je trouverai quelque chose. (Il fit un signe de tête en direction de mon verre.) Bois.

Je soupirai et pris une longue gorgée. Je manquai tout recracher quand quelque chose de dur heurta mes lèvres. J'avalai rapidement le liquide et regardai dans le verre.

Oh mon Dieu !

Je me raidis et plantai fermement mes pieds sur le sol, même si rien ne pouvait assurer mon équilibre devant ce que je voyais. Je gardai les yeux bêtement rivés sur le fond de mon verre, hébétée et vaguement consciente que Blake était venu s'agenouiller à mes pieds. Ses paumes remontèrent le long de mes cuisses nues, jusqu'à mon short.

– Respire, ma belle.

J'inspirai immédiatement, incapable de détacher les yeux de la bague scintillante sertie de diamants qui reposait sur le fond vide de mon verre. Je n'arrivais pas à penser. J'arrivais à peine à respirer.

– Ça n'a jamais été à sens unique. Tu m'as donné autant que je t'ai donné. Tu m'as aimé dans des moments où je n'ai pas rendu ça facile... Erica, ma belle, regarde-moi.

Je déglutis. Les larmes me brûlèrent les yeux quand je croisai son regard chaleureux.

– C'est de la folie… murmurai-je.

– C'est peut-être fou, mais c'est notre vie, et je veux la passer avec toi, en tant qu'époux. Je veux retourner vers toi chaque soir et savoir que tu seras toujours là. Je veux te faire l'amour chaque nuit et me réveiller avec toi chaque matin pour le reste de ma vie.

J'agitai la tête, incrédule, projetant mes larmes autour de moi. Je cherchai mes mots, mais rien ne vint.

– Erica, veux-tu m'épouser ?

Je regardai ses yeux, si verts et brillants dans la lumière du jour qui s'enfuyait. Le temps s'arrêta tandis que la question résonnait dans mon crâne en même temps que s'imposait l'énormité de ce qu'il venait de me demander. Est-ce que ça se passait vraiment ? Est-ce qu'il le pensait vraiment ?

– Tu es sûr ?

Il sourit. Il n'avait jamais été aussi beau.

– Oui, j'en suis sûr.

– On ne va pas un peu vite ? C'est ce que tout le monde va dire.

Il écarquilla légèrement les yeux.

– On a déjà vécu assez de choses ensemble pour remplir une vie entière. Ça me suffit pour savoir que c'est avec toi que je veux être. Je me fous complètement de ce que les autres pourront en dire. Tu ne devrais pas t'en embarrasser non plus.

Je regardai par-delà son épaule, vers le flux et le reflux de l'Océan. Notre petit paradis était devenu complètement irréel. Être l'épouse de Blake, lier nos vies, irrévocablement. J'y avais pensé, évidemment. Je m'étais efforcée de ne pas tirer de conclusions hâtives de ses allusions à un avenir impérissable. Au fond de moi, c'était ce que je voulais. Autant l'idée me terrifiait quand je réfléchissais à ce que ça signifiait vraiment, autant je voulais rester à jamais avec Blake. Il fit glisser son pouce sur le dos de ma main, et mon cœur bondit. J'aimais cet homme, et rien ne pourrait jamais changer ça.

– OK, répondis-je paisiblement.

Il fronça les sourcils.

– OK ?

Je souris.

– Oui.

– Tu es sûre ?

– Oui, je suis sûre ! m'esclaffai-je doucement. Je... je veux t'épouser. Je t'aime, Blake. Que pourrais-je répondre d'autre que oui ?

Un grand sourire s'épanouit sur son visage. Il fit glisser l'anneau scintillant sur mon doigt, l'ajusta, déposa un baiser là où il avait trouvé sa place. Il se releva, m'attira à lui et me prit dans ses bras, me serrant si fort que je pouvais à peine respirer.

– Je t'aime, Erica. Tu ne sauras jamais à quel point, mais je ferai tout ce qui est humainement possible pour te le faire comprendre.

J'ajoutai à son étreinte, et l'authenticité de notre promesse s'instilla en moi, réchauffant tout mon corps. Notre amour m'emplit, jusqu'à me donner l'impression que mon cœur allait en exploser.

En cet instant, je sus que je ne pourrais jamais aimer quelqu'un d'autre autant que j'aimais Blake.

Chapitre cinq

Le reste du week-end fila à toute vitesse. Blake m'emmena en mer explorer les îles avoisinantes, où l'on se dora au soleil en écoutant le bruit régulier de l'Océan jusqu'à être trop épuisés ou affamés pour rester plus longtemps. On visita tous les coins tranquilles de l'île. On mangea, on but, on fit l'amour. On parla, on se fit des promesses. Chaque minute était comme un petit paradis.

Nos vœux paraissaient encore tout neufs, comme un rêve. Tout comme être sur cette île, bien loin de notre monde réel. Chaque fois que mes yeux accrochaient le scintillement de l'anneau à mon doigt, mon cœur faisait un bond. C'était une incarnation brillante et imposante de l'amour de Blake. À la fois fascinée et intimidée par sa signification quant à notre avenir, je ne pouvais m'empêcher de fantasmer sur un bonheur éternel.

– La bague te plaît ?

Je relevai les yeux vers Blake, qui m'avait surprise à l'admirer au moment où notre avion approchait la sombre ligne des gratte-ciel de Boston.

– Je l'adore. Et j'adore sa simplicité.

– On peut choisir quelque chose de plus gros, si tu

veux. J'ai pris un risque en la choisissant. Je n'étais pas sûr de ce que tu voulais.

– Non, je veux celle-là. Elle est parfaite.

– Bien. (Il sourit et me prit doucement la main.) On va en mettre une autre à côté, et alors je saurai que je t'ai pour de bon.

J'imaginais le pendant, puis sa signification m'apparut.

– Comme pour les bracelets.

Il hocha la tête.

– Tu vas m'enchaîner à toi à jamais, Blake. Tu es sûr que c'est ce que tu veux ?

Il se pencha vers moi, embrassa mes lèvres.

– C'est l'idée générale.

Mon cœur s'emballa. Un petit nœud se forma dans mon estomac à l'idée d'appartenir à Blake à jamais. Son *épouse.* Tandis que notre avion descendait vers l'aéroport de Logan, je regrettai d'être aussi vite de retour. La pause avait été extraordinaire, bien que trop courte. J'étais encore au septième ciel, mais une réalité moins plaisante nous attendait tous les deux. Quoi qu'il en soit, nous allions l'affronter ensemble. J'avais promis à Blake que ce serait toujours le cas. Il n'était plus question de m'enfuir, ou de m'efforcer d'être forte en solo. Composer avec ma nature rebelle n'était pas facile, mais partager ma vie, ses bons et ses mauvais côtés, était plus important que jamais.

Quand on arriva à l'appartement, Alli m'accueillit avec des petits cris et me serra très fort dans ses bras. Je ris et lui rendis son étreinte. Le bonheur d'avoir ma meilleure amie là, auprès de moi s'ajoutait à la bonne nouvelle, me fit chaud au cœur. La main de Heath s'abattit bruyamment sur celle de Blake, pour la serrer.

– Félicitations, mon vieux.

Un petit sourire se dessina sur le visage de Blake.

– Merci.

Heath tourna son attention vers moi. Il m'étreignit lui aussi.

– Erica, ma future belle-sœur, tu n'as aucune idée de ce dans quoi tu t'engages avec celui-là, mais tant mieux pour toi.

Je ris et le repoussai d'un air enjoué. Les deux hommes se dirigèrent vers le salon en discutant, tandis qu'Alli m'entraînait quasiment de force dans la cuisine pour pouvoir inspecter la bague. Elle la scruta longuement, faisant danser la lumière sur les diamants. Je souris, transportée de joie qu'il m'ait fait sa proposition, et de l'avoir acceptée. Sans même avoir eu le temps de rêver à ce que cet instant entre nous allait être, j'avais su immédiatement que c'était ce que je voulais.

Alli passa le doigt sur l'anneau, fronça les sourcils.

– Il n'est pas comme les autres.

Je haussai les épaules, sans trop savoir que dire. Je n'allais pas lui expliquer que les bracelets qu'il m'avait offerts quelques mois plus tôt servaient également de menottes, ni que la bague symbolisait la même chose.

– Oui, mais ça nous ressemble. Je l'adore. Et puis, comment je pourrais travailler toute la journée sur un ordinateur avec un gros caillou au doigt ?

Elle s'adossa au comptoir, son regard quittant la bague pour la première fois depuis un bon moment. Elle me dévisagea alors, presque aussi intriguée que lorsqu'elle avait examiné les diamants.

– Si je te connais un tant soit peu, ton cerveau

doit turbiner à un million de tours minute à l'heure qu'il est.

Je m'esclaffai.

– Un peu. C'est juste que...

– Que quoi ?

– Je ne sais pas, soupirai-je. Je crois que je suis encore sous le choc qu'il ait voulu ça, tu vois, que ça devienne permanent.

– Il est fou de toi, tu le sais bien.

– Ça a été un choix facile. Je suis folle de lui, moi aussi. De toute façon, il n'aurait pas accepté que je refuse.

Je ris intérieurement rien qu'à imaginer tout ce qu'il aurait été capable de faire pour obtenir la réponse qu'il voulait. Pendant que mes pensées dérivaient, Alli afficha un large sourire et se redressa un peu.

– Je suis tellement heureuse pour toi, Erica ! J'ai gambergé tout le week-end. Heath m'a mise au courant après votre départ, et je n'en pouvais plus d'attendre de te revoir.

– Je ne me doutais de rien, dis-je en admirant le cadeau de Blake, sa promesse.

– Ça ne peut pas être la première fois que vous parlez mariage !

Je fronçai les sourcils.

– Pourquoi ? Vous en parlez, vous ?

Elle rougit.

– Il ne s'agit pas de moi, mais de toi. D'habitude, les gens ont déjà évoqué le mariage avant la proposition. Histoire de tâter le terrain, ce genre de choses.

– Il y avait déjà fait allusion une fois, en plaisantant, je crois, mais je lui ai dit qu'il était fou. Et je le pensais. J'ai toujours l'impression que c'est de la folie, d'ailleurs. Je crève de trouille, mais je veux vivre avec lui. Si c'est ce qu'il veut aussi et s'il faut que ce soit maintenant, alors, qu'il en soit ainsi.

Tout dans cette idée me surprenait et m'intimidait. Mon amour pour Blake était sans réserve, mais officialiser notre relation par le mariage était une chose que je n'aurais pas envisagée avant des années.

Le mariage, pour moi, impliquait la stabilité, quelque chose de sûr et certain. Une vie heureuse, sans nuages. Or, bien peu de choses dans ma vie paraissaient stables, pour l'instant, hormis mon amour pour Blake. Malgré tout ce qu'il pouvait dire, je ne risquais pas de cesser de m'inquiéter pour ma société tant que je ne les aurais pas pérennisés, elle et ses employés.

Clozpin était bien plus qu'un boulot, et la mener à la réussite bien plus qu'un objectif à moyen terme. J'avais besoin que ça marche, pour de nombreuses raisons. Si ce n'était pas le cas, je serais encore plus dépendante de la fortune et du soutien de Blake. Même si je savais qu'il me les offrirait sans arrière-pensée, l'idée de dépendre complètement de quelqu'un me dérangeait.

– Et vous avez choisi une date ? Un lieu ?

Je ris de l'enthousiasme d'Alli, tout en repoussant une bouffée d'anxiété à l'idée de devoir mettre au point tous les préparatifs. Quand pourrais-je jamais trouver le temps de m'en charger ? Est-ce que sa famille s'attendait à quelque chose de grandiose ? J'avais été tellement abasourdie par sa proposition que je n'avais pas pensé à demander à Blake ce qu'il pensait de tout ça. J'en étais encore à assimiler le simple concept du mariage.

– Je n'ai absolument aucune idée de ce qu'on va faire, ni quand.

Les grands yeux bruns d'Alli étaient écarquillés et brillaient d'expectative.

– ... Mais ton aide pourrait évidemment se révéler précieuse, m'empressai-je d'ajouter.

Elle sourit et s'emballa de nouveau. Je ris de son enthousiasme débordant. Elle allait être un atout inestimable pour tout ce qui concernait le mariage. Si quelqu'un pouvait le mettre sur pied, c'était bien Alli.

– C'est toi qui devrais te marier. Tu as probablement déjà le moindre détail en tête.

J'avais parlé à voix basse, et je jetai un œil par-dessus mon épaule pour m'assurer que Heath n'avait rien entendu.

– Peut-être, mais je vais me contenter d'organiser le tien, pour l'instant. Pour le reste, on verra plus tard, et si ça se fait.

– On dirait bien que vous en avez effectivement parlé ?

Elle haussa les épaules et s'appuya de nouveau au comptoir.

– Un peu, mais c'est un grand pas. On sait tous les deux qu'on n'y est pas encore tout à fait prêts. Mais j'ai tout de même de bonnes nouvelles à t'annoncer.

– Oh ?

La curiosité me fit hausser les sourcils.

– On a trouvé ce qu'on cherchait. C'est tout près, mais Blake va être ravi de récupérer son appartement. On pense commencer à déménager cette semaine, comme ça ton beau ténébreux n'aura plus besoin de te partager avec moi.

Elle sourit et me tapa sur l'épaule. Je lui rendis son sourire, heureuse pour elle et pour nous.

– Tu dois être tout excitée.

– Oui. On va enfin s'installer ensemble, chez nous. L'appart est déjà libre, alors on devrait avoir complètement emménagé d'ici quelques jours.

– C'est génial. Préviens-moi si je peux t'aider.

– Ne t'inquiète pas pour ça, concentre-toi sur le boulot. Je sais que tu as pas mal à faire, mais réserve-nous tout de même un soir pour un dîner. Heath veut inviter la famille pour la crémaillère. Et puis je suis sûre que tout le monde va vouloir parler du mariage, ça va être sympa.

– D'accord, répondis-je mollement.

Le nœud dans mon estomac s'était rappelé à mon attention à la mention de la famille de Blake. Je les adorais, mais ils étaient parfois un peu expansifs. Peut-on être trop gentil, trop prévenant ? Peut-être en comparaison avec ma famille. Et l'idée de faire entrer les Hathaway dans ma vie pour fêter cette occasion était pour le moins dérangeante. Ils ne s'étaient guère illustrés qu'en bannissant ma mère à partir du jour où elle leur avait annoncé qu'elle était enceinte de moi. Allaient-ils me bannir aussi, ou feindre d'être concernés et assister à la cérémonie comme s'ils s'étaient intéressés à moi toute ma vie ? Les deux hypothèses étaient tout aussi stressantes, mais je ne voulais pas priver la famille de Blake d'un événement qui pouvait avoir une grande signification pour eux. Que le ciel me vienne en aide, car nos deux familles n'auraient pu être plus différentes.

Pour éviter qu'elle pose d'autres questions, j'entraînai Alli dans le salon, et nous avons passé le reste de la soirée à discuter avec les hommes. Je me détendis au côté de Blake, reconnaissante, amoureuse, et déterminée à profiter des dernières heures de notre week-end de rêve.

* * *

Le bureau avait été calme cette semaine, hormis le léger bourdonnement des machines et le cliquetis des claviers des gens qui travaillaient. Je faisais de rapides calculs quand mon téléphone sonna. Le numéro de Daniel s'afficha sur l'écran. Pour la première fois depuis des semaines, j'envisageai de répondre. Dès l'instant où je reprendrais contact avec lui, la bataille pour maintenir une saine séparation entre nos vies privées et professionnelles allait reprendre. Je ne m'y étais pas sentie prête auparavant et, venant d'apprendre que deux annonceurs de plus allaient fermer leur compte chez nous depuis le lancement de PinDeelz, je n'étais pas certaine de l'être beaucoup plus maintenant. C'est peut-être une envie désespérée de m'occuper l'esprit avec autre chose que la lente descente aux enfers de mes affaires qui me fit répondre.

– Bonjour, Daniel.

– Bonjour. Je n'étais pas sûr que tu allais me prendre.

J'eus envie de lui répondre honnêtement, mais je ne voulais pas non plus lui battre froid. J'avais vraiment l'espoir que ce nouveau chapitre de notre relation serait moins belliqueux. Je n'étais pas certaine de survivre si ce n'était pas le cas. Daniel Fitzgerald s'était révélé violent et dangereux, mais je m'efforçais de me croire capable de contenir l'homme derrière la mécanique politique, derrière les strates de pression sociétale lui imposant d'être ce qu'il était devenu. Malgré toutes mes déceptions, quelque chose au fond de moi s'efforçait de sauver ce qui pouvait l'être dans notre relation déliquescente père-fille.

– J'étais en voyage, répondis-je en ne mentant qu'à moitié. Comment allez-vous ?

– La campagne se passe bien, alors je ne peux pas me plaindre. Et toi ?

– Hum... ça va.

Son silence dura plusieurs secondes, et je ressentis un étrange besoin de le briser.

– Blake et moi sommes fiancés.

Il marqua une pause.

– Je suppose que les félicitations sont de rigueur.

– Merci.

J'avais parlé d'une petite voix. J'avais du mal à croire qu'il était sincèrement heureux pour moi, alors qu'à cause de lui Blake et moi avions passé les plus cruelles semaines de ma vie loin l'un de l'autre. Cette séparation avait failli nous détruire.

– En supposant que tu n'as pas oublié le travail électoral dont nous avons parlé, ajouta-t-il.

Je pris une longue inspiration, me préparant à ne pas me laisser faire.

– J'avais besoin de temps, Daniel, après tout ça. Mais non, je n'ai pas oublié.

– En as-tu pris assez ? On peut se voir pour discuter ? Le temps passe, et ta contribution demeure importante. Je ne tiens rien pour acquis dans cette course.

Je tapotai mon crayon sur le bureau, mes pensées virevoltant autour de mes propres problèmes.

– Peut-être. Quand voulez-vous qu'on se voie ?

La dernière chose que j'avais envie d'avouer était l'état de mes affaires. Ça pourrait lui donner un argument pour essayer de me faire travailler pour lui de façon permanente. Je ne pouvais pas imaginer pire punition pour avoir échoué dans les affaires que d'être forcée à accepter un tel arrangement.

– On pourrait déjeuner ensemble la semaine prochaine, puis aller à la permanence. Will a pas mal de nouvelles infos à te transmettre.

– Ça me convient.

– Alors on fait comme ça. Et encore une fois toutes mes félicitations, Erica. Je suis content pour toi.

Je me rembrunis, les mots me restant dans la gorge.

– Merci, réussis-je tout de même à articuler.

Je raccrochai et gardai les yeux fixés sur mon téléphone. Peut-être que je ne comprendrais jamais Daniel. Ou peut-être qu'il commençait à me faire confiance, et à gagner un peu la mienne.

Le reste de la journée ne fut qu'une succession de tâches, petites et grandes, jusqu'à ce que je sois lessivée. Je jetai un coup d'œil à la pendule et envisageai de filer tout de suite, d'avoir un peu plus de temps pour me préparer pour le dîner prévu avec Marie, la meilleure amie de ma mère, et son petit ami Richard. Mais Sid entra dans mon bureau, balayant du même coup cette idée séduisante.

– Qu'y a-t-il ? demandai-je en levant la tête pour le regarder.

Il glissa son corps mince dans un fauteuil face à mon bureau.

– Je me demandais si tu avais quelques minutes à me consacrer.

Je me contractai, imaginant le pire. Le site avait été anéanti, ou Sid avait trouvé un autre boulot et laissait tomber Clozpin.

– Tout va bien ?

Il haussa les épaules.

– Hormis le fait que nous perdons des annonceurs et que le nombre des nouveaux abonnés est en baisse, oui. Est-ce qu'on va rester assis là et regarder ça sans rien faire ?

Je me détendis légèrement, mais le ton de sa question m'avait mise sur la défensive.

– Qu'est-ce que tu veux que je fasse, Sid ? Je n'ai aucun contrôle sur le site de Risa, ni sur ce qu'ils sont prêts à faire pour nous déstabiliser.

– Exactement, dit-il en me regardant calmement de ses grands yeux bruns.

– Et ?

– Eh bien, pourquoi ne te concentres-tu pas sur les choses que tu peux contrôler plutôt que de ruminer sur ce qu'ils font ? Ils ne sont pas près d'arrêter, et si ta stratégie est de rester assise là sans rien faire en attendant que ça arrive, on ne va pas durer longtemps. Des sites comme le nôtre naissent et disparaissent tous les jours.

– On se maintient, Sid. Tout espoir n'est pas perdu.

Je m'efforçai de croire à ce que je venais de dire.

– Je ne me suis pas lancé dans tout ça pour qu'on se maintienne. Rien ne nous empêche de croître. De nous diversifier.

Je fronçai les sourcils.

– Qu'est-ce que tu veux dire ?

– Je veux dire qu'on devrait placer la barre plus haut. Ils ont copié notre concept, et si c'est la seule chose qu'ils savent faire, c'est eux qui vont craquer. Je crois qu'on a besoin de sortir la tête du sable. Comment peut-on améliorer le site ?

Je levai les bras au ciel.

– Je ne réfléchis à rien d'autre depuis des jours, crois-moi. Je veux dire, j'ai quelques idées, mais rien de révolutionnaire.

– Je crois que tu te trompes d'échelle. Tu as tous ces contacts, maintenant, n'est-ce pas ? Pourquoi pas un partenariat ? Il est peut-être temps de réenvisager toutes sortes d'opportunités.

– Nous n'avons pas besoin d'argent. Nous avons l'investissement de Blake.

– Je ne parlais pas de ce genre de partenariat. Je parlais d'élargir notre marché cible. Sors-toi de la tête le petit service que nous offrons et réfléchis à ce que nous pourrions faire à plus grande échelle.

J'opinai, considérant sa suggestion.

– Tu tiens peut-être quelque chose. Des propositions ?

Il haussa les épaules.

– Je ne suis pas exactement une jeune femme d'une vingtaine d'années, mais j'ai juste l'impression qu'on considère le problème sous le mauvais angle. C'est toi qui es à l'origine du concept, et je pense que si tu peux oublier ta panique et ce que fait PinDeelz, tu peux nous faire monter d'un cran. Les laisser loin derrière.

– Merci, Sid. Je vais y réfléchir. D'accord ?

– Bien sûr. Préviens-moi si je peux faire quelque chose.

– Évidemment. (Je me renfonçai dans mon siège.) Comment va Cady ?

– Bien, dit-il en rougissant. Tout va bien.

Je me retins de sourire.

– Heureuse de l'entendre.

Il s'extirpa rapidement de son siège.

– Je file. On se voit demain.

Je lui fis au revoir de la main et me perdis dans mes pensées. Je griffonnai sur mon bloc-notes jusqu'à ce que la baisse de chiffre que j'avais calculée quelques minutes plus tôt soit encadrée d'un motif fleuri. Peut-être que Sid avait raison. Pourquoi les réponses ne venaient-elles pas plus facilement ? Chaque décision importante que j'avais prise ces derniers temps l'avait été en réaction à quelque chose. Où était passée l'époque où l'on était mus par des idées, plutôt que par le seul besoin de survivre ? Nous avions emporté le financement de Blake pour croître et aller de l'avant, mais si je ne nous sortais pas de là, son investissement allait fondre comme neige au soleil. Je tremblais à l'idée de le décevoir. Il m'avait ouvert tant de portes, et tout ça pour quoi ?

J'allais laisser tomber quand il me vint une idée. Je fouillai dans mon tiroir pour trouver une carte de visite. Je pris une profonde inspiration pour me calmer les nerfs, et composai le numéro.

* * *

On pénétra dans la fraîcheur d'Abe & Louie's, et la lourde porte se referma sur la lumière qui s'était déversée à notre entrée. J'étais accrochée au bras de Blake. Le maître d'hôtel du restaurant disparut pour aller préparer notre table, et Blake me fit virer de bord, me collant contre sa poitrine. Je sursautai à ce contact soudain, notre proximité évidente pour tout le monde alentour.

– Ça ne te rappelle rien ?

Je souris comme me revenaient en mémoire les circonstances accidentelles de notre première rencontre. Déjà, ce jour-là, il m'avait coupé le souffle.

– Un peu. J'étais à deux doigts de t'entraîner de force dans un placard, histoire de changer un peu l'expression de ton visage.

Il ronronna, parcourut ma lèvre inférieure du bout du doigt. L'appétit dans ses yeux fit battre mon cœur plus fort dans ma poitrine.

– Il n'est pas trop tard pour ça.

– C'est vrai, mais je ne veux pas me faire expulser avant l'arrivée de Marie.

– Tu crois qu'ils nous mettraient à la porte ?

J'inspirai goulûment. Il couvrit ma nuque d'une main et embrassa chastement mes lèvres. Son autre main glissa sur ma taille pour me soutenir pendant qu'il me ramenait en arrière. Je souris sous la légère pression de son baiser, passai les bras autour de son cou.

– Tu es plutôt romantique ces temps-ci, non ?

Il sourit à son tour, sans relâcher son emprise.

– Vous fêtez encore l'événement, je suppose ?

Je regardai vers la porte, la voix qui en provenait me rappelant que nous étions loin d'être seuls. Marie approcha, suivie d'un homme aux cheveux noirs. La curiosité, la fierté et l'amour se lisaient dans ses yeux, ce qui me réchauffa le cœur. Blake relâcha son étreinte pour me laisser aller vers elle. Elle me prit chaleureusement dans ses bras.

– Félicitations, mon bébé, me chuchota-t-elle à l'oreille.

– Merci.

Elle s'écarta et tourna la tête vers l'homme qui était maintenant à son côté. Il était grand, un peu plus d'un mètre quatre-vingts, les cheveux courts et le teint mat. Ses yeux sombres capturèrent un instant mon regard.

– Bonsoir, Erica, je suis Richard Craven. C'est un plaisir que de vous rencontrer enfin.

Il saisit la main que je lui tendais.

– De même. J'ai beaucoup entendu parler de vous.

Grand, bronzé, et rétif aux engagements personnels. Je les regardai tous les deux. Marie, une femme qui aurait pu être ma mère mais qui m'avait toujours paru trop fringante et pleine de vie pour son âge, semblait encore plus jeune à son côté, tant son expression était douce, presque juvénile en sa présence.

Blake se joignit à notre petit cercle.

– Richard, je suis Blake Landon.

Richard sourit et lui serra la main.

– Nous nous rencontrons enfin.

Les yeux de Blake se plissèrent.

– Nous nous sommes croisés à plusieurs reprises en ville. Je suis journaliste, alors je couvre souvent les événements locaux, ce genre de choses.

– Je vois. Eh bien, c'est une bonne chose que nous ayons été présentés, Richard. Et si nous passions à table ?

Marie applaudit et sourit.

– Oui, allons-y.

Blake prit ma main et fit un signe de tête en direction du maître d'hôtel.

On se mit à table, et Marie me mitrailla de questions pendant que nous attendions nos plats. Quand et où aurait lieu le mariage ? Qui comptait-on inviter ? Quand allais-je m'occuper de ma robe ? Je répondis autant qu'il me l'était possible. Blake et moi allions devoir prendre un certain nombre de décisions avant que quelqu'un d'autre ne me cuisine ainsi. Ne pas connaître les réponses me rendait folle et ajoutait au monceau de contrariétés que je devais déjà affronter.

Je ramenai mon attention à la conversation de Blake et Richard, cherchant désespérément une échappatoire.

– Vous écrivez pour une publication spécifique ? demanda Blake.

– Je suis salarié au *Globe*, mais il m'arrive d'écrire ailleurs.

– Richard voyage beaucoup, ajouta Marie.

– Vous vous spécialisez dans quel genre de sujets ?, demandai-je à mon tour.

Son regard se tourna vers moi. Quelque chose passa dans ses yeux. De la curiosité, un vague intérêt, peut-être, mais je ne parvins pas à mettre le doigt dessus.

– Je couvre un éventail très large, mais je m'intéresse tout particulièrement aux reportages politiques.

– Ça vous plaît ?

J'espérais que mon manque d'intérêt n'avait pas transparu dans ma voix quand j'avais posé la question.

Un sourire charmeur se dessina sur son visage.

– Que pourrait-il y avoir d'ennuyeux dans la politique ?

Je vois bien une chose ou deux. Je laissai échapper un petit rire, peu encline ou peut-être inapte à trouver une réponse honnête qui n'ouvrirait pas une boîte de

Pandore peu compatible avec les échanges plaisants d'un dîner courtois.

– Et vous, Erica ? Vous vous intéressez à la politique ?

– Pas vraiment, non. (Je posai ma serviette sur la table.) Si vous voulez bien m'excuser, je vais m'absenter un instant.

– Je viens avec toi, ma chérie, dit Marie.

– Alors, qu'est-ce que tu en penses ?

Elle rafraîchit son maquillage devant le miroir, remit du gloss sur sa lèvre inférieure.

– De Richard ? Il a l'air génial. Vraiment charmant.

– Il me charme vraiment, en tout cas, me répondit-elle avec un grand sourire provocateur.

J'écarquillai les yeux et m'esclaffai.

– Oh, je n'ai pas besoin d'en savoir plus, Marie ! Par contre, je croyais que les choses étaient un peu tendues entre vous. Qu'est-ce qui a changé ?

– Il a pas mal voyagé pendant un temps, et on ne se voyait plus beaucoup. Sincèrement, j'ai vraiment cru que notre histoire s'essoufflait. Mais ces deux dernières semaines ont été différentes. Je ne sais pas. C'est difficile à expliquer… on a peut-être simplement passé un cap.

– Je suppose que c'est une bonne nouvelle, n'est-ce pas ?

– Bien assez bonne pour l'instant. Je m'amuse trop pour en creuser le sujet. Et Blake ? Tu dois être au septième ciel !

Je souris, reprenant des couleurs à sa seule évocation. Nous n'avions été séparés que quatre minutes et il me manquait déjà. Mon cas était désespéré.

– En effet, oui. Il m'a vraiment prise par surprise, et je n'ai pas encore complètement assimilé toute cette idée de mariage.

Elle secoua la tête et me tapota le menton.

– Ma petite fille. Je n'arrive pas à y croire. Tu vas te marier avant moi. Si je ne t'aimais pas autant, je crois que je te détesterais un peu.

– C'est Blake qui a l'air pressé, m'esclaffai-je. Sinon je te laisserais passer devant.

Elle inclina légèrement la tête.

– Tu es sûre de toi ? Blake a l'air merveilleux, mais tu sais que tu n'as pas à faire ça si tu ne te sens pas prête. Je ne voudrais pas que tu finisses vieille fille comme moi, mais tu as tout de même encore le temps.

Je baissai les yeux, mes doigts s'enroulant autour de ma bague magnifique. Je ne pouvais rien imaginer, émettre le moindre doute ou la moindre réserve qui menacerait le maintien de cette bague à mon doigt.

– Je suppose que le mariage est une chose à laquelle personne n'est jamais pleinement préparé, tu ne crois pas ? Et puis, j'ai déjà dit oui, alors je suis tout de même un peu engagée.

Je ris nerveusement. Elle leva la main, la passa doucement sur ma joue.

– Écoute ce que te dit ton cœur, Erica. Le monde est plein de bruit, et il n'y a que cette voix qui soit un pilier dans nos vies. Si ton cœur dit oui, rien d'autre n'importe.

Je la pris dans mes bras, la serrai longtemps. Je pensai à toutes les fois où elle m'avait réconfortée, porté conseil ou consolée.

– Merci, Marie. Pour tout. Et puis, tu n'es pas une vieille fille.

Elle rit doucement et me lâcha, chassant de quelques clignements l'humidité de ses yeux.

– Très bien. Restons-en là, sinon je vais abîmer mon maquillage. Retournons auprès de nos hommes.

Le reste de la soirée se passa bien. On discuta, et Marie raconta des histoires sur nos vacances ensemble quand j'allais encore à l'école. L'embarras dans lequel me mit parfois sa franchise fut rapidement effacé par la gratitude que je ressentais de savoir qu'elle était la seule personne à pouvoir représenter ma famille, malencontreusement absente. Blake serra ma main sous la table, m'adressant de temps en temps un regard entendu, comme s'il appréciait lui aussi ces petites incursions dans mon passé. Ce serait probablement, en ce qui me concernait, ce qu'il connaîtrait de plus proche des incontournables photos de bébé.

On fit un sort à des desserts absolument affolants, et Richard prit la note alors même que mon téléphone sonnait. Je le tirai de ma pochette et reconnus le numéro.

– Excusez-moi, il faut que je le prenne.

Le front de Blake se plissa, mais je m'éloignai de la table avant qu'il ait eu le temps de m'interroger.

– Allô ?

– Erica ? C'est Alex Hutchinson.

– Bonsoir, Alex. Merci de me rappeler. Je ne sais pas si vous vous souvenez de moi.

– Si, bien sûr. Landon nous a présentés à la convention de Vegas. Il m'a fallu une minute pour rassembler mes souvenirs, mais vous avez un site de mode, n'est-ce pas ?

– Oui. Clozpin.

– Comment se porte-t-il ?

– Très bien, dans l'ensemble. En fait, j'étudie actuellement diverses options quant à son expansion, y compris celle du e-commerce. Cela m'a évidemment fait penser à vous, d'où mon appel. Je ne sais pas s'il y a des possibilités de partenariat, mais je serais heureuse d'entendre ne serait-ce que vos conseils. Je sais que vous êtes très occupé.

– Pas de problème. Par contre, il serait plus facile d'en parler de vive voix, je crois. Vous n'assisteriez pas à la remise des Tech Awards ce week-end, par hasard ?

– Euh, non, répondis-je, peu encline à admettre que je ne savais rien de l'événement.

– Je pourrais vous trouver une ou deux accréditations, si vous avez envie de faire le voyage. Ce serait une occasion de discuter de nos opportunités de travailler ensemble. Et c'est fiscalement déductible, évidemment.

– Je devrais pouvoir faire quelque chose, dis-je en riant. Laissez-moi le temps de vérifier mon emploi du temps et de vous envoyer un e-mail de confirmation, mais j'adorerais venir.

– Génial, j'attends votre email. Si vous êtes retenue pour quelque raison que ce soit, je serai dans votre coin dans une quinzaine de jours, pour voir de la famille. On pourra toujours se voir à ce moment-là.

– Excellent. Merci encore, Alex.

On raccrocha, et je ne pus retenir un grand sourire tandis que Blake me rejoignait dans l'entrée.

– Qu'est-ce qui te fait sourire comme ça ?

– C'était Alex Hutchinson.

– Pourquoi es-tu en contact avec lui ?

Il se détendit lorsque Marie et Richard approchèrent. On se dit au revoir, et Marie me fit promettre de l'appeler pour aller essayer des robes de mariée.

Je commençai à gamberger en sortant du restaurant avec Blake. Le voiturier nous amena la Tesla au coin de la rue, et Blake m'ouvrit la portière. Puis il se mit au volant et s'engagea dans le flot régulier de la circulation du soir. Après quelques minutes de silence, il prit enfin la parole.

– Alors, que se passe-t-il avec Alex ?

– J'ai discuté avec Sid de l'idée d'ouvrir Clozpin à d'autres opportunités, on a essayé de penser un peu à plus grande échelle, et il m'est revenu à l'esprit qu'Alex avait offert son assistance quand on s'était rencontrés. Je ne sais pas s'il sera intéressé par un quelconque partenariat...

– Quel genre de partenariat ?

Mon enthousiasme fut en grande partie douché par le scepticisme dans sa voix.

– Je ne sais pas ce qu'il pourrait envisager. Son site est immense, et il s'en sort évidemment très bien tout seul. Mais Max et Risa sont en compétition avec nous, maintenant. J'ai encore perdu d'autres annonceurs, et mon chiffre d'affaires va en prendre un coup. Alors j'ai pensé...

– Je vois, mais tu envisages un partenariat avec Alex Hutchinson et tu ne m'en parles pas ?

Je changeai nerveusement de position sur mon siège.

– Je n'avais pas réalisé qu'il le fallait. Est-ce qu'il y a quelque chose sur Alex que je devrais savoir ? Si c'est du genre de ce que tu ne m'avais pas dit à propos de Max, j'aimerais être mise au courant avant de m'envoler pour San Francisco pour le voir.

Il soupira, trahissant une frustration croissante. Il se gara brusquement dans la rue non loin de l'appartement puis me dévisagea un instant.

– Il n'a rien de commun avec Max. Mais je suis tout de même un peu étonné que tu ne m'aies parlé de rien. Je suis le financier de ta société.

– Je te suis reconnaissante de ce que tu as fait, Blake. Et j'ai bien l'intention de te rembourser. Mais si je veux en avoir l'occasion, il faut que je redresse la barre. Sinon, ce sera un désastre, et ton investissement sera perdu.

– Je n'en ai rien à branler de l'argent, Erica. T'avoir rencontrée vaudrait bien de perdre quatre millions de dollars. Ou tout ce que je possède jusqu'au dernier cent.

Mon cœur se serra à cette déclaration.

– Merci, Blake, mais là, il s'agit de faire tourner ma société. J'ai contacté Alex sur un coup de tête, et je n'imaginais vraiment pas qu'il me répondrait aussi vite. Sincèrement, je ne croyais pas qu'il serait aussi réceptif à l'idée de discuter de ça plus avant, mais maintenant j'ai l'impression que c'est une opportunité qui vaut d'être sérieusement envisagée. Je t'en parle quelques minutes après que c'est arrivé. Je suis désolée si tu as l'impression que je t'ai caché quelque chose, parce que ce n'était vraiment pas mon intention.

Il prit ma main et en massa le dos doucement.

– Tout va bien, au bureau ? (Je n'avais pas envie d'une dispute, mais je sentais que quelque chose le dérangeait et j'espérais que ce n'était pas moi.) Tu as réussi à parler à Michael ?

– Je lui ai laissé un message, mais il ne m'a pas encore contacté. Je vais peut-être aller à Dallas. Il y a des choses dont il vaut mieux parler de vive voix.

– Tu pourrais y aller pendant que je serai en Californie.

Il secoua la tête, les lèvres pincées.

– Non, je viens avec toi. Alex est un ami. On a déjà travaillé ensemble, et évidemment je ne veux pas que tu voyages seule.

– Ce serait bien. Il y a une remise de prix des technologies numériques ce week-end, et il m'a dit qu'il pouvait avoir des places si je venais.

Il serra un peu plus fort ma main.

– Bien sûr. Je vais dire à Cady de s'en occuper. On peut prendre l'avion vendredi soir.

Je me penchai en avant et glissai ma main libre sur sa boutonnière. Ses yeux s'assombrirent. On resta comme ça, immobiles dans la pénombre, les yeux brillant à la lueur des réverbères. Je sentais qu'il lui restait des choses à dire, mais je n'avais pas envie de trop insister ce soir. Je relevai la tête, achevant de parcourir le peu de distance qui nous séparait.

Scellant nos lèvres, j'explorai la douce profondeur de sa bouche. Notre baiser s'intensifia. Nos langues s'entremêlèrent. Il lâcha ma main pour prendre ma joue et incliner mon visage à son goût. Je me cambrai, pour que nos corps soient encore plus proches en cet instant, malgré l'exiguïté de l'habitacle.

– Je t'aime, murmurai-je en m'efforçant de reprendre ma respiration, comme nos lèvres se séparaient.

Je laissai descendre ma main, pour être aussitôt gratifiée, comme d'habitude, par la raideur d'une solide érection. Mes baisers se firent plus passionnés – je le lutinai de petits coups donnés du bout de la langue que j'imaginais lui prodiguer ailleurs.

Il se recula, reprit son souffle.

– Montons.

Avant qu'il ait eu le temps de sortir, j'ouvris sa braguette, pris sa masse dans ma main. Je l'embrassai dans le cou, en butinant sa peau pendant que ma main le caressait du gland à la racine.

– Merde, Erica, rentrons. On pourrait nous voir.

– Et faire quoi ? rétorquai-je en souriant. Nous dénoncer ? Peut-être qu'ils préféreront me regarder te sucer. (Je pris le lobe de son oreille dans ma bouche.) Mon amour a eu une mauvaise journée. Laisse-moi arranger ça.

Il expira bruyamment, sa bite vibrant dans ma paume.

– Tu vas être punie pour ça, plus tard.

– Je crois pouvoir prendre le risque.

Je ris doucement.

– Si les flics débarquent avant que je jouisse, on redéfinira ce qu'est une punition. Ça pourrait ne pas te plaire. Dépêche-toi.

Il se redressa un tout petit peu, son érection bougeant dans ma main. La perspective de le goûter me mit l'eau à la bouche. Je suivis le mouvement, me baissai, enroulai mes lèvres autour de sa chair ardente. Je fis glisser ma langue sur son gland et le long de son mât, le lubrifiant jusqu'à ce que ma bouche soit pleine de la pulsation de son érection.

– Putain de merde, j'adore ta bouche.

Je gémis. Son goût et son musc submergeaient tous mes sens. Je le fis entrer et sortir à bon rythme. Quand ses doigts s'enfoncèrent dans mes cheveux, je ralentis le mouvement, le laissant prendre le contrôle. Il resserra son emprise, me guida sur son membre, me forçant à le prendre plus profondément, plus vite. Sa main s'abattit sur le volant. Ses reins se cambrèrent, il s'enfonça au fond de ma gorge, puis me libéra. Je pris une violente inspiration par le nez une seconde avant qu'il répète le mouvement, me poussant dans mes retranchements.

Ses muscles se tendirent une fois encore, dans un cri étranglé. Des jurons emplirent l'air. Un jet chaud m'envahit la bouche. Je le finis, avalant toute preuve de son éjaculation jusqu'à ce qu'il soit propre. Il se retira brusquement, rejetant la tête en arrière sur son siège.

– Tu me tues.

– Je sais ce que c'est, soufflai-je, maintenant trépidante de désir.

Il tourna la tête, me regarda.

– Tu es toute mouillée, n'est-ce pas ?

Je bougeai légèrement, le frottement de mes cuisses ne calmant en rien ce qui brûlait là.

– Oui, et je suis prête à te supplier d'y remédier.

Il passa le doigt dans l'encolure de mon chemisier, effleurant le haut de mes seins. Je me mordis violemment la lèvre, la tension en moi augmentant encore. Il la libéra d'un geste du pouce, puis m'embrassa. Un baiser profond, possessif, son goût restant sur mes lèvres enflées.

– Branle-moi, gémis-je.

– J'en ai envie, crois-moi, mais à la seconde où je glisserai mes doigts dans ta chatte, je ne pourrai plus sortir de cette voiture sans te baiser. Tu pourrais vouloir hurler au monde entier que je te fais jouir comme une cinglée, mais si je dois aller en prison, je voudrais que ce soit pour quelque chose d'un peu plus mémorable.

– Où est passé ton goût du risque ? le taquinai-je. (Je l'embrassai d'une façon un peu trop énergique pour mon propre bien.) Je n'en peux plus d'attendre.

– Oh ! crois-moi, tu peux attendre. Et tu attendras encore plus longtemps si tu ne te bouges pas le cul dès maintenant, gronda-t-il. Cette voiture n'est pas assez grande pour toutes les choses que je vais te faire.

Chapitre six

Le soleil se couchait à l'horizon tandis que l'avion progressait vers l'ouest. Je m'appuyai sur Blake, fatiguée de ma journée. J'étais heureuse de ce week-end, même s'il nous imposait de voyager et de travailler encore. J'aurais bien sûr préféré une autre parenthèse à Martha's Vineyard, mais je savais me contenter de ce qu'on m'offrait.

– On devrait parler un peu du mariage. Si je dois subir ne serait-ce qu'une autre séance inquisitoire de la part d'Alli, je vais craquer.

– Heath va en faire une crise cardiaque, répondit-il en souriant.

Je préférai ne rien dire, pour ne pas laisser transparaître que des projets de mariage n'étaient peut-être pas si éloignés de leur esprit. Mais Heath avait encore du chemin à faire pour remettre de l'ordre dans sa vie après sa cure de désintoxication. Revenir vivre à Boston avec sa famille puis Alli était un pas dans la bonne direction, mais nous tenions tous beaucoup trop à lui pour considérer que ça suffisait à le tirer d'affaire. C'était peut-être pour ça que Blake ne le poussait pas à quitter l'appartement, même si notre intimité en était un peu froissée maintenant que nous vivions ensemble.

– Tu as pensé à ce que tu voulais faire ?

– Pas vraiment, soupirai-je. Je crois que je suis trop débordée pour même en envisager les préparatifs. Quand, où, qui... Je ne sais pas comment je vais faire pour régler tout ça.

Il glissa sa main dans la mienne et la serra gentiment.

– On peut faire tout ce que tu veux. Au bout du compte, la seule chose qui m'importe, c'est d'être marié avec toi. Qu'il y ait une somptueuse réception qui reste dans les annales de la famille Landon, ou qu'on file à Las Vegas un week-end pour convoler tout seuls, je m'en moque éperdument, du moment qu'à la fin tu es madame Erica Landon. Assure-toi juste de ne pas me faire attendre trop longtemps, d'accord ?

Il y avait une telle douceur dans ses yeux au moment où il prononça mon nom, le nom qui allait être le mien, que je me détendis un peu.

– Je suis bien de ton avis, mais je ne veux pas décevoir ta famille. Si on se dérobait, ils me haïraient probablement pour les avoir privés de leur grand moment.

– Leur grand moment ? reprit-il doucement en riant. Ma belle, c'est le nôtre. On peut faire ce qu'on veut. Heath finira par se décider, et Alli pourra bien tout régler à ce moment-là. Si tu veux que je réserve la chapelle d'Elvis, tu n'as qu'à le dire tout de suite.

Je posai la tête sur son épaule, fermai les yeux.

– Je ne sais pas. Je crois qu'il faut que j'y réfléchisse encore.

– Tu t'inquiètes pour ta famille ?

Le nœud dans mon estomac répondit à la question avant que j'aie ouvert la bouche.

– Peut-être un peu. C'est dommage que ma famille

ne ressemble pas un peu plus à la tienne. Je ne suis même pas sûre d'avoir envie de les inviter à la cérémonie.

– Tu en as parlé à Elliot ?

Je secouai négativement la tête.

– À Daniel ?

– Oui, je le lui ai dit. Il m'a répondu qu'il était très heureux pour nous. Ça m'a laissée sans voix.

– En tout cas, ce n'est certainement pas lui qui te mènera à l'autel.

– Ça ne risque pas. Si quelqu'un le faisait, ce serait certainement Elliot. D'ailleurs, il m'a appelée l'autre jour. Nous n'avions pas parlé, lui et moi, depuis des mois.

– Tu ne me l'as jamais dit.

– J'aurais bien voulu, mais tu avais été pris d'un pressant désir de m'attacher sur la table de la salle à manger. C'est pour ça que j'étais en retard, en fait.

Il serra ma main, peut-être en une excuse muette. J'étais trop confortablement installée pour chercher à voir sa réaction.

– Et qu'a-t-il dit ?

Je haussai les épaules, regrettant soudain d'avoir abordé le sujet. Je comprenais les raisons qu'avait Elliot d'essayer de me joindre, mais je détestais cette impression qu'il faisait peut-être ça par obligation ou par culpabilité.

Blake prit mon menton, tourna mon visage vers le sien.

– Est-ce qu'il a dit quelque chose qui t'a mise mal à l'aise ?

Je le regardai dans les yeux et me redressai sur mon siège.

– Non, c'est juste que l'avoir au bout du fil a fait remonter beaucoup de souvenirs. Et ils sont souvent tristes. Il veut venir me voir pour commémorer la disparition de ma mère. Ça fait dix ans.

Je tournai le regard vers le ciel qui s'obscurcissait à travers le petit hublot à côté de moi. L'image de ma mère telle que je me la rappelais me traversa l'esprit, comme chaque fois dans ces moments-là. Elle était toujours avec moi, à sa façon.

– Bizarre de voir à quel point, malgré les années, une conversation peut me faire remonter le temps en un claquement de doigts. Un mot, et j'avais de nouveau douze ans. Je veux dire, je suis une adulte, maintenant. Je peux rationaliser et affronter les difficultés, mais je ne suis pas sûre que je pourrai jamais penser à sa vie ou à sa mort sans éprouver le genre d'émotions dévastatrices que je ressentais quand j'étais enfant.

– Ça paraît logique.

– Vraiment ? Je veux dire, je devrais être capable de passer à autre chose, mais cette conversation m'a fait réaliser tout ce qui était encore en suspens, pour moi.

– Qu'est-ce qui te semble être resté en suspens ? Enfin, je n'ai pas l'impression qu'elle a vraiment eu le choix.

– Ce n'est pas ça. Je sais bien qu'il n'y avait rien à faire pour la sauver. Non, c'est plutôt le fait que tout s'est effondré après sa mort.

– Avec Elliot ?

J'acquiesçai.

– Je ne crois pas qu'on puisse lui en vouloir. Au bout du compte, ce n'est pas vraiment mon père.

C'est à ma mère qu'il était lié, et il ne pouvait pas savoir qu'elle allait tomber malade.

– Il avait tout de même des responsabilités envers toi.

Je considérai cette éventualité plus longtemps que je ne l'aurais voulu.

– Ça n'a plus d'importance, maintenant. Je ne sais même pas pourquoi j'en parle.

– Parce que tu en souffres encore.

– Je suis une grande fille. Je peux faire avec.

– Je sais. (Il porta ma main à ses lèvres et l'embrassa doucement.) Tu n'as pas besoin d'être tout le temps aussi forte, tu sais.

Je laissai échapper un petit rire.

– Je ne sais pas comment faire autrement.

– Je suppose qu'avec moi, ça fait deux, mais je préférerais tout de même que tu te délestes parfois un peu plus de ton fardeau sur moi.

Je lui adressai un regard interrogateur.

– Cette réunion avec Alex, par exemple, poursuivit-il. J'aurais très bien pu tout organiser pour toi, le sonder, et négocier quelque chose qui aurait été à ton avantage. Mais tu es tellement têtue que tu insistes pour tout faire toi-même.

– Et pourquoi je ne le ferais pas ?

– Pourquoi vouloir le faire, répondit-il avec un petit rire, quand je peux le faire pour toi et que tu peux te concentrer sur autre chose ?

Je m'arrachai à son emprise.

– Genre quoi ? Préparer le mariage ?

– Non, comme t'occuper d'autres aspects de tes affaires. Ce n'est pas ce que tu préfères ?

– Assurer ce genre de relations fait partie de mon métier. Si quelqu'un doit le faire, c'est bien moi.

– Comme tu veux, Erica. Si tu préfères te compliquer la vie, je te laisserai faire, mais comme je serai là de toute façon, tu peux encore y réfléchir. On est dans la même équipe, tu te souviens ?

Il reprit ma main sur ma cuisse. Entrelaça ses doigts aux miens, et fit glisser ses lèvres le long de mon bras. Je frissonnai du murmure de son souffle sur ma peau. Mes mamelons pointèrent instantanément. Je regardai par le hublot, m'efforçant de me montrer furieuse ; mais ce contact innocent était une dangereuse assurance de la facilité avec laquelle il pouvait prendre le contrôle dès qu'il le voulait. Blake était suffisamment obstiné pour venir à bout des défenses de n'importe qui.

Je pouvais lutter, mais il l'emporterait toujours.

* * *

L'immense salle de réception était bondée. Des gens de tous genres. Des costumes-cravate aux programmateurs, et tous les intermédiaires. D'après ce que m'avait dit Blake, tout le gratin de l'e-technologie était là ; alors je pouvais m'attendre à rencontrer un échantillon saisissant et représentatif de toute l'industrie. Blake portait un costume gris sombre, et moi une simple robe portefeuille rouge foncé avec des escarpins noirs à talons hauts.

Blake gardait son bras autour de ma taille tandis qu'on naviguait à travers la foule, un geste que j'appréciais à plusieurs titres. J'étais toujours nerveuse dans des manifestations de ce genre, et même si je comptais bien tenir mon rang, l'avoir à mes côtés était réconfortant.

– Landon.

Des mois avaient passé depuis notre rencontre, mais je reconnus Alex presque aussitôt, comme il s'avançait vers nous. Son regard courut de Blake à moi, puis à la main de Blake sur ma taille. J'envisageai de m'écarter, mais ça aurait paru bizarre. Si Alex n'était pas au courant de notre relation, maintenant, il savait. Et s'il pensait que mes récents succès étaient liés à la fortune de Blake... Eh bien, il aurait peut-être raison. J'espérais simplement que ça ne discréditerait pas la présentation que je lui avais préparée sur les possibilités de partenariat.

Je me morigénai de trop extrapoler. Après tout, Blake et moi étions fiancés. *Fiancés*. Ça me sidérait à chaque fois que je me le répétais.

– Alex ! Ça fait plaisir de vous voir. Merci de nous avoir invités.

Je lui tendis la main, de façon très professionnelle. Il répondit par un large sourire.

– Moi aussi. Je suis heureux que vous ayez pu venir. On passe toujours un bon moment ici. Toute la crème est là, alors vous vous adapterez vite.

– Merci, répondis-je timidement.

– Maintenant, parlez-moi de Clozpin. Qu'est-ce que vous faites de beau ?

Je m'éclaircis la voix, espérant paraître moins mal à l'aise que je ne l'étais. Je me tournai vers Blake.

– Hum, je prendrais bien un verre.

Il m'adressa un sourire complice.

– Bien sûr. Alex ?

– Je suis déjà servi, répondit-il en levant son verre.

Blake s'éloigna avec grâce en direction du bar. Je pris une rapide inspiration. J'avais besoin d'espace pour dire ce que j'étais venue dire à Alex. Je croisai son regard avec un petit sourire.

– Je vais être honnête, Alex. Les affaires se développent bien. Nous avons décroché de gros annonceurs, et la croissance s'est accélérée de façon impressionnante à la suite de notre financement. La courbe est solide. Par contre, un site concurrent est récemment apparu. C'est quasiment un clone, et ils essaient de faire main basse sur nos annonceurs.

– Ça doit être frustrant, dit-il en fronçant les sourcils.

– Effectivement, mais ça a aussi été un coup de fouet. Notre équipe est plus solide qu'elle ne l'a jamais été, notre assise est solide, et je crois que nous allons pouvoir passer à l'étape suivante assez facilement, en laissant notre imitateur loin derrière.

Il but une gorgée.

– Et comment envisagez-vous cela ?

– C'est là que vous entrez en scène. Je suis ouverte aux suggestions, mais le moment semble parfait pour nous associer à quelqu'un qui pourrait utiliser notre trafic pour sa croissance, et participerait à la nôtre en retour. Je suis allée voir votre site après la conférence, mais si j'ai toujours considéré le e-commerce comme une possibilité à terme, je dois reconnaître que j'avais à l'époque fort à faire avec le développement de notre modèle économique initial. Je n'étais pas prête pour une évolution de cette importance jusqu'à il y a peu.

Il opina lentement. Une esquisse de sourire passa sur ses lèvres.

– Je vois pourquoi Blake a misé sur vous.

Je ris nerveusement, sans trop savoir comment répondre. Je pensai à Blake, tandis que les mots d'Alex résonnaient dans ma tête. Je le dévisageai lentement.

– Je ne me souviens pas vous avoir dit que Blake avait investi dans mon entreprise, mais peut-être que ça paraissait évident.

– J'aurais pu le supposer, mais non : nous en avons un peu parlé aujourd'hui au téléphone. Il voulait juste reprendre contact, et c'est venu dans la conversation. Ne vous inquiétez pas, il était déterminé à vous laisser faire votre présentation. Il n'avait pas fait mention de l'imitateur, par contre, ce qui rend d'autant plus impressionnant que vous ayez eu l'honnêteté de m'en parler.

Je serrai les mâchoires. Je ne savais pas si je devais être fâchée contre Blake ou fière d'avoir impressionné Alex. Mais pourquoi Blake se mêlait-il toujours de tout ? Quand réaliserait-il que je pouvais me débrouiller toute seule ? Une part de moi me répétait qu'il voulait m'aider, de façon obsessionnelle, mais une autre se demandait s'il me croyait réellement capable de réussir.

La voix d'Alex me ramena sur Terre.

– Ça a tout de même l'air d'un début prometteur. Voyons-nous demain pour parler des détails. Je ne voudrais pas que vous ratiez la réception, et Blake doit être impatient de vous faire visiter les lieux. Il y a beaucoup de gens à rencontrer, ici.

Il indiqua d'un signe de tête la salle derrière moi. Je suivis son regard, soudain plus déterminée à chercher le visage de Blake dans la foule que je ne l'étais à flatter mon partenaire commercial potentiel. Lorsque je le trouvai, mon cœur se serra. Son profil aux traits finement ciselé faisait face à Risa. Elle enroulait une mèche de ses cheveux noirs de jais autour de son doigt, tout en prononçant des paroles que je ne pouvais pas entendre. Elle était aussi apprêtée que d'habitude, dans un ensemble noir de créateur. Mais elle avait une expression hésitante, les yeux écarquillés dans un léger mouvement de recul devant la colonne immuable que formait Blake.

– Erica ?

Je ramenai mon attention sur Alex.

– On pourrait déjeuner demain ? Ça vous convient ?

J'avais perdu le fil de mes pensées.

– Oui, tout à fait.

– Parfait. Retrouvons-nous au restaurant de l'hôtel vers midi.

– Avec plaisir.

Puis Blake fut à mon côté, refermant sa main sur le haut de mon bras. Son étreinte était assez ferme pour déclencher un signal d'alarme. Quand étais-je devenue à ce point réceptive à ses humeurs ? Et quand mon corps s'était-il mis à y répondre avec autant d'acuité ?

– Alex, tu veux bien nous excuser ?

La voix de Blake n'était plus détendue et affable. Son ton était sec, comme si Alex n'était plus un vieil ami, mais une simple relation de travail.

– Bien sûr. Passez une bonne soirée, tous les deux.

Alex nous quitta sans un mot de plus. Blake m'entraîna vers la porte par laquelle nous étions entrés, me serrant encore un peu plus fort. Je résistai à l'envie de m'arracher à lui et de lui faire une scène pour avoir contacté Alex au sujet de ma présentation avant que j'aie eu une chance de la faire. Je voulais me montrer fâchée contre lui pour s'être inutilement mêlé de ma vie professionnelle une fois de plus, mais il y avait visiblement un problème qui allait au-delà de ça.

– Qu'est-ce que Risa fait là ?

– Elle est là pour la même raison que tous les autres. Voir et être vue, répondit-il entre ses dents serrées.

Mon estomac se noua d'inquiétude. On ralentit devant les ascenseurs, et il frappa le bouton avec force.

– Qu'est-ce qu'elle a dit ?

Le signal retentit, et on entra dans une cabine miséricordieusement vide. Les portes se refermèrent lentement, et il me fit reculer vers le miroir contre lequel il me plaqua de tout son poids. Il attrapa mon menton, me forçant à le regarder dans les yeux. Je ne pouvais échapper à l'intensité de son regard brûlant.

– Je vais te le demander une dernière fois. Et tu vas me dire la putain de vérité. Si tu mens, tout est fini, définitivement.

Le nœud dans mon estomac doubla de volume sous cette menace.

– Tu m'as menti une fois, parce que tu croyais que tu me protégeais, mais si tu me mens maintenant, ce sera la dernière fois de ta vie. (Il inspira rapidement.) Dis-moi la vérité, et on trouvera une solution.

Mon cœur battait si fort que j'avais l'impression qu'il allait sortir de ma poitrine. Je restai un temps trop abasourdie pour répondre.

– Blake... Tu me terrifies.

Sa mâchoire s'agita, comme s'il se battait avec les mots qu'il retenait derrière la ligne ferme de ses lèvres magnifiques.

– As. Tu. Baisé. James.

Mon cœur s'arrêta. Je le regardai dans les yeux, y cherchant désespérément une raison à sa question inattendue.

– Non, murmurai-je.

L'ascenseur s'arrêta et il sortit en vitesse. Je m'empressai de le suivre, entrai dans notre chambre. Je restai près de la porte, les pensées se bousculant dans mon esprit. Qu'avait dit Risa ? Qu'est-ce qui avait provoqué chez lui une réaction aussi intense, et aussi soudaine ?

Blake ôta sa veste. Il la jeta sur une chaise et alla se planter devant la fenêtre. Il fixa le panorama urbain en se passant les mains dans les cheveux.

Je restai là à le regarder. Abasourdie, apeurée, amoureuse. Je ne savais pas ce qui se passait entre nous ce soir, mais je détestai la distance qui s'était instaurée entre nous. Je fis un pas en avant mais m'immobilisai aussitôt lorsqu'il se retourna vers moi. J'eus le souffle coupé quand nos regards se croisèrent. Plus froid que la pierre. Plus sombre et insensible que je ne l'avais jamais vu. Ce n'était plus mon amoureux doux et romantique. L'homme devant moi était le milliardaire impitoyable qui n'acceptait pas que l'on se mette sur son chemin.

– Déshabille-toi.

L'ordre coupa le silence. Ses mots me firent littéralement froid dans le dos, un frisson remonta le long de mon épine dorsale.

– Blake, je ne comprends pas...

Il déboutonna sa chemise, la dégagea sans se presser de son pantalon.

– Je veux que tu te déshabilles. Je te veux nue, ici, au milieu de la pièce.

– Pourquoi... pourquoi es-tu à ce point fâché contre moi ?

Le vernis lisse de son expression maîtrisée se brisa. Une grimace démoralisante révéla ses dents.

– Bon sang, Erica, je vais prendre une autre chambre, et je serai dans le premier avion demain matin. Tu peux dormir seule et rentrer seule. Si c'est ce que tu veux, tu peux tenter ta chance. Tu verras quelle marge tu as.

Il était tout rouge. L'avais-je jamais vu aussi furieux

contre moi ? Mais pourquoi ? Sa mâchoire inférieure tressauta, le muscle se gonflant tandis qu'il attendait ma réaction. J'ouvris la bouche pour parler, mais rien ne sortit. Je n'avais aucune idée de ce dont je me défendais. Qu'est-ce qui nous avait fait passer d'une soirée agréable aux affres de la tornade de sa rage inattendue ?

Comme pour répondre à ma question muette, il reprit la parole d'un ton bas et mesuré.

– Risa m'a dit, pour James. Tu te souviens, ton petit rendez-vous hors du bureau après que je l'ai déposée ? Il semblerait que les choses aient été assez chaudes, entre vous. (Il inclina légèrement la tête.) En supposant qu'il y a quelque chose de vrai dans son histoire.

Non. Non. Ce n'était pas en train d'arriver. Mes yeux se brouillèrent sous la morsure des larmes que je retenais. J'étais pétrifiée. J'aurais fait absolument n'importe quoi pour que ce qui se passait là s'arrête.

Il jeta sa chemise et s'avança vers moi.

– Est-ce que c'était aussi chaud que sur la plage ? Je crois me souvenir que tu étais plutôt excitée, après ça.

– Blake… plaidai-je.

Il déformait tout. Que Risa soit maudite pour m'avoir fait ça, pour nous avoir fait ça !

Il se dressa devant moi, me regarda dans les yeux. Il paraissait plus grand, plus intimidant qu'il ne l'avait jamais été. Je baissai les épaules, son attitude semblant exiger que je le fasse.

– Est-ce que c'est vrai ? Dis-moi que ce n'est pas vrai.

Je refermai la bouche. Tout ce que je pourrais dire maintenant serait inutile. Il n'attendait pas d'excuses.

Il glissa ses doigts dans mes cheveux, les agrippa pour me rapprocher de lui. Je gémis sous cette petite douleur. Mes mains trouvèrent sa poitrine, me permettant de rester debout malgré le fléchissement de mes genoux. La chaleur de sa peau me brûla presque. Il se pencha de façon à ce que son souffle passe dans mes cheveux, sur mon cou. Je sentais son odeur, celle de l'homme que j'aimais, qui maintenant me haïssait peut-être.

– Déshabille-toi. (Le vitriol dans sa voix avait fait place à une dangereuse détermination qui me donnait la chair de poule.) Et mets-toi à genoux.

Mes paupières se fermèrent. J'exhalai brusquement, me sentant déjà mise à nue par ses paroles. Je voulus pleurer, mais je me souvins de ses menaces. Qu'il me quitterait. Peut-être seulement pour une nuit, mais l'idée de le voir partir au milieu de tout ça me terrifiait. Je n'arrivais même pas à croire qu'il n'envisageait pas déjà de me quitter pour de bon.

Il relâcha son emprise. Je faillis tomber lorsqu'il s'écarta. Je regardai mes pieds, mes mains qui glissaient nerveusement le long de ma robe. Sans réfléchir, parce que je ne comprenais rien à ce qui se passait en cet instant, j'envoyai valser mes chaussures, l'une après l'autre. Mes doigts coururent vers le nœud qui maintenait ma robe. Je le triturai, dans un violent tremblement. Je le dénouai et laissai la robe tomber à mes pieds. Sentant les secondes s'écouler et sachant qu'il les comptait, impatiemment, je dégrafai hâtivement mon soutien-gorge et ôtai ma culotte.

Je restai là, nue. Le silence pesait entre nous. Je relevai la tête pour le regarder. Des yeux débordant d'émotion semblaient me hurler un ordre dans le silence de la pièce.

À cette commande muette, je me mis à genoux, posant mes mains tremblantes sur mes cuisses. Une voix dans ma tête criait que je n'avais pas à faire ça, pas comme ça, mais une autre lui répondait que j'en méritais chaque instant. Dans tous les cas, je ne pouvais pas le laisser me quitter, et si je devais m'agenouiller pour qu'il reste, je le ferais.

Chapitre sept

Je regardai la moquette. C'était ce que Blake désirait. Quand je voulus demander pourquoi, quand j'eus envie de résister, ses paroles me revinrent à l'esprit.

Une soumission totale. Un contrôle total sur ton plaisir et ta douleur.

Voilà ce qu'il exigeait... ma soumission. Il ne cherchait pas de justification. Je pouvais m'excuser. On pouvait s'expliquer, se disputer. Mais c'était ça qu'il voulait pour l'instant. Peut-être que c'était aussi ce dont j'avais besoin. Le maelström du choc de nos corps, faisant taire le reste du monde. Sauf qu'il était furieux, et je détestais voir cette lueur dans ses yeux, surtout sachant que c'était moi qui l'y avais mise.

Il s'accroupit face à moi, mais je gardai les yeux baissés, me concentrant sur ses chaussures, sur la façon dont son pantalon se tendait sur ses cuisses musclées. Bon Dieu, que cet homme était beau ! Même quand il était hors de lui.

Sa main se posa sur ma joue, faisant naître un frisson qui remonta tout le long de mon épine dorsale.

– Si je n'étais pas à ce point ulcéré, tu m'impressionnerais presque, Erica. Ma petite soumise commence à apprendre. On va voir combien de temps ça va durer, parce que tu vas recevoir la punition de ta vie ce soir. Tu crois que tu peux l'accepter ?

Je relevai la tête, plissant les yeux. La combattante en moi menaçait de répliquer. Je pris une longue inspiration par le nez, pour me maîtriser. *Laisse passer la tempête.*

– Tu ne veux toujours pas de mot clé ?

Ma poitrine se serra, rendant ma respiration difficile. Je me forçai à prendre une autre inspiration, secouai la tête, baissai de nouveau les yeux. Bêtement, je restais convaincue qu'en choisir un lui donnerait le droit de faire tout ce qu'il voulait.

Il passa le bout de ses doigts sur mes lèvres, les faisant frissonner.

– Il t'a embrassée. Lui as-tu rendu son baiser ?

J'inspirai à travers mes lèvres maintenant tremblantes.

– Au cas où tu ne l'aurais pas remarqué, je ne suis pas exactement d'humeur à me répéter, ce soir. Lui as-tu rendu son baiser ?

– Oui, je... je lui ai rendu son baiser.

Ces mots me laissèrent un goût amer dans la bouche. Pourquoi ? Pourquoi étais-je allée aussi loin ? La nausée me souleva l'estomac à l'idée que je pourrais perdre Blake pour cet instant d'égarement.

– Sa langue est-elle allée dans ta bouche ?

Je laissai passer une seconde et opinai de nouveau. Ses doigts effleurèrent mes seins, il en prit un et soupesa sa masse lourde dans sa main.

– Et ses mains ? Comment aurait-il pu résister à cette poitrine parfaite quand sa langue était dans ta bouche ? T'a-t-il touchée là ?

Il pinça mon téton, déclenchant un gémissement.

– Je ne sais pas. Non.

Sa main descendit, parcourut mon ventre et s'approcha de mes cuisses ouvertes. Il effleura les lèvres de ma chatte, les touchant à peine.

– Là ?

– *Non,* insistai-je.

– Mais tu en avais envie ?

– Non.

Il claqua ma chatte, un geste vif qui provoqua en moi une vague de douleur ainsi qu'un plaisir inattendu.

– Je veux la vérité, Erica, coupa-t-il.

– J'avais envie que ce soit toi, m'empressai-je de répondre. Si une part de moi désirait tout ça, c'était pour cette raison-là. Mais je dis la vérité quand je te dis que je n'ai *rien* ressenti.

– Tu veux me faire croire qu'il t'a embrassée assez longtemps pour que Risa te voie, avec sa putain de langue dans ta bouche, et que tu n'as rien ressenti ?

Je fermai les yeux, détestant tout ça. Tout s'emmêlait, tout était aussi confus que je l'avais été moi-même le jour où j'avais laissé James s'approcher. L'émotion me serra la gorge.

– Blake, s'il te plaît, crois-moi. Tout s'est passé tellement vite. Je ne m'y attendais pas, et peut-être que l'espace d'une seconde, oui, j'ai cru que je le désirais. Mais ça m'a été intolérable. Même en pensant que tu étais parti, que nous ne nous reverrions jamais, je ne voulais pas de lui. Je te voulais, *toi,* et il n'est *pas* toi. Il ne sera *jamais* toi. Même si tu me hais et que tu me punis, ça ne changera pas.

Ma voix était larmoyante quand je prononçai cette dernière phrase, des mots qui me hanteraient jusqu'à la fin des temps s'il me quittait jamais. Dieu m'en préserve, j'en serais définitivement détruite.

– Pourquoi ne me l'as-tu pas dit ? Putain ! pourquoi faut-il que je l'apprenne de cette façon ?

Je baissai la tête.

– Je ne voulais pas te faire de mal, Blake, répondis-je. Mais il était trop tard pour ça.

– Peux-tu seulement imaginer à quel point je suis furieux en ce moment ?

Sa voix était plus grave, dangereusement grave.

Je hasardai un regard vers lui. Ses yeux paraissaient flous à travers l'humidité des miens. L'absence de compassion me glaça plus encore.

– Je suis désolée, désolée...

Ma voix chevrotait, mais j'avais désespérément besoin de le lui dire.

– Vraiment ? Et tu vas me montrer à quel point tu es désolée ?

– Je ferai tout ce que tu voudras.

Je tendis les bras vers lui, mais il m'arrêta, repoussant mes poignets loin de lui.

– Qu'est-ce qui te fait penser que je veux encore de toi après ce que tu as fait ?

Il aurait tout aussi bien pu me planter un couteau dans le cœur, vu l'effet dévastateur de ses mots. Mais ses yeux disaient tout autre chose. J'y vis de la fureur, mais aussi de la douleur. Pas assez pour adoucir la dureté de son expression, mais suffisamment pour me donner le plus ténu des espoirs.

– Tu es le seul que je désirerai jamais. Par pitié, ne me hais pas, Blake, j'étais stupide et effrayée. Je déteste ce qui s'est passé, avoir perdu espoir avant qu'on ait une chance de se retrouver. Je t'aime. S'il te plaît, laisse-moi te le prouver.

Il marqua une pause puis lâcha mes poignets. Il se releva et franchit le peu de distance qui nous séparait du canapé. Cette relégation renforça la pression déjà terrible de mon estomac. J'eus le souffle coupé en entendant le sifflement de sa ceinture filant à travers les passants de son pantalon. Il la soupesa un instant, en me toisant d'un regard de connaisseur. Ma poitrine se serra sous le poids de ma respiration angoissée. De façon tout à fait inattendue, il laissa tomber sa ceinture par terre et s'installa dans le canapé.

Il ouvrit sa braguette et libéra son érection. Il commença à en caresser doucement la dure longueur de bas en haut. Une tension complètement différente émana de lui, dont je pouvais le libérer s'il m'y autorisait. Un long moment passa tandis qu'il s'échauffait, son regard ne quittant jamais le mien. Je crispai mes ongles sur le haut de mes cuisses. Je voulais ardemment aller vers lui, mais il me punirait si je bougeais sans sa permission. Je n'osais rien dire.

– Viens là, laissa-t-il échapper d'une voix rauque.

Soulagée, je fis mine de me lever.

Il m'interrompit aussitôt.

– À quatre pattes. Tu ne te relèveras que quand je te le dirai.

J'hésitai un instant, puis m'avançai. La moquette irrita mes paumes et mes genoux tandis que je franchissais la distance qui nous séparait. Mes joues s'empourprèrent de honte. Cette position portait toute l'humiliation qu'il entendait m'infliger.

Mais rien n'aurait pu diminuer mon désir. Je m'assis sur mes talons entre ses jambes, aussi volontaire que je l'avais été précédemment. Le gland gonflé de son membre puissant disparut dans sa paume, pour réapparaître quand sa main redescendit. Son sommet luisait d'humidité. En léchant mes lèvres, je pouvais quasiment en sentir le goût. Je ne désirais rien plus que l'avoir dans ma bouche. Je pouvais effacer sa frustration, apaiser la douleur qui brûlait tant en moi qu'en lui.

– Tu la veux ?

La tension affaiblissait sa voix à mesure que son rythme accélérait.

– Oui.

Je soulevai les talons, mes mains posées sur ses genoux.

– Tu ne la mérites pas. Tu ne mérites pas le plaisir qu'elle te donnerait.

La lame qu'il m'avait déjà enfoncée dans le cœur tourna. Tel un animal blessé, je me recroquevillai.

– S'il te plaît, permets-moi… plaidai-je doucement.

Il expira entre ses dents. Je me mordis la lèvre, ma propre frustration montant avec l'approche de son orgasme. Mes paroles avaient été inutiles. Allait-il m'ignorer jusqu'à l'éjaculation ? Je fis glisser mes mains le long de ses cuisses. Je me léchai les lèvres, imaginant son goût sur elles, la pression de son désir entre elles.

– Laisse-moi te satisfaire, mon beau. Je t'aime. J'en ai envie.

Ses paupières se fermèrent, ses muscles se durcirent sous mes doigts.

– Merde… gémit-il.

Sa tête retomba en arrière avec une exhalaison nerveuse.

Enhardie, je posai une main sur la sienne, ralentissant son rythme. Aussitôt après, il était profondément enfoncé dans la moiteur de ma bouche. Je parcourus rapidement le gland de la langue. Mes joues se creusèrent sous la force de mon aspiration. Je remuai et gémis, mes cuisses frottant l'une contre l'autre tandis que je me mettais en position pour pouvoir l'enfoncer aussi loin que je le pouvais.

Aussitôt, il y fut presque. Quelques mouvements pressés contre le fond de ma gorge, et il frissonna avec un gémissement plaintif. Il me prit par les cheveux et me maintint contre lui jusqu'à s'être complètement vidé, son membre vibrant et s'agitant sous ses contre-coups.

L'inconfort de ma position et la gêne d'avoir été utilisée de cette façon pour son plaisir s'effacèrent devant le goût de sa semence, son odeur. De la base au sommet, j'en léchai la moindre trace. Mon amant, mon beau et ténébreux amant. Je voulais être ça pour lui. Je voulais l'adorer, le servir. Je voulais être tout pour lui, même en ces périodes sombres où plus rien n'avait de sens, hormis les exigences de la chair.

Il glissa hors de ma bouche, et le bruit de nos respirations emplit le silence. Ma poitrine était tendue et lourde. Mon jus mouillait mes cuisses. Je le voulais maintenant, quelle qu'ait été sa colère juste avant. Mais je résistai à l'envie de le lui montrer, d'en demander plus. Je laissai mes mains retomber sur mes genoux, en reprenant mon souffle malgré mon désir.

Il releva la tête. Son expression s'était adoucie après son orgasme, mais elle restait résolue.

– Branle-toi.

Sans plus réfléchir, je mis ma main entre mes cuisses. En puisant dans la moiteur de mon excitation pour lubrifier mon clito, je trouvai un rythme. Mes yeux se fermèrent. Un léger gémissement s'échappa de mes lèvres comme j'imaginais ses doigts, là, à me satisfaire.

– Tu voudrais que ce soit moi qui te branle ?

– Oui.

– Tu voudrais que je plonge ma bite dans ta chatte humide ?

– Oui, haletai-je.

Mon corps se tendit et toute ma peau s'échauffa. Mon bas-ventre vibra et pulsa, exigeant d'être empli par lui. Par lui tout entier, jusqu'à ce que cette folie s'efface et qu'il n'y ait plus que nous deux, ensemble.

– Continue et fais-toi mousser.

Un éclair de terreur me traversa lorsque je le sentis s'écarter de moi. S'il était déjà prêt avant à me tenir à l'écart, qu'est-ce qui l'empêcherait maintenant de m'entraîner jusqu'à mes limites et me laisser là, par mépris ? Mes doigts travaillaient fiévreusement mon clito. Mon orgasme approchait, et je l'appelai de tous mes vœux. Les paupières serrées, je me fermais à tout le reste. J'eus soudain la conviction qu'il me laisserait insatisfaite si je n'y arrivais pas moi-même.

– Blake ! gémis-je.

Son nom franchit mes lèvres en une supplique désespérée. Il n'était pas en moi, mais il était encore avec moi. Partout dans mes pensées, présent dans tous les fantasmes qui pouvaient m'amener à jouir. Je le gardai à l'esprit en agrippant le canapé maintenant vide, mes reins s'agitant de ma propre quête.

– Je suis là.

Mes yeux s'ouvrirent d'un coup au son de sa voix dans mon cou. Avant que mon regard se fixe, il glissa son bras entre les deux miens à la hauteur du coude, tira mes épaules en arrière. Mes seins se dressèrent. Mon clito vibra de désir. Je m'agitai irrépressiblement, anxieuse d'aller au bout ou d'y être emmenée. Sa main libre me prit à la gorge, son étreinte se fit à la fois douce et possessive. Son pouce appuya sur ma jugulaire, qui battit plus fort lorsqu'il couvrit mon cou.

– Je veux montrer à ton corps à qui il appartient, mais je veux t'entendre le dire, chuchota-t-il en prenant le lobe de mon oreille dans sa bouche.

Il le suça, le mordit plus fort.

Je me débattis autant que son emprise le permettait. Il me serrait trop fort.

Ses baisers goulus le long de mon cou me coupèrent le souffle et me firent frétiller. Je poussai les reins en arrière vers son érection, le suppliant en silence de me baiser. Il me força en avant, collant ma poitrine sur le canapé. Sa main quitta ma gorge et s'aplatit sur mon mont de Vénus. Il se glissa dans ma moiteur, ses doigts attisant la boule dure de mon clito. Je me tendis à ce contact, le rythme trop paisible de son geste me rendant complètement folle.

– Tu m'appartiens, Erica. Ton cœur, le sang qui le traverse quand je te tiens comme ça. Ton corps, la façon dont il vibre pour moi, jouit pour moi. Tout ça est à moi. Dis-le. Dis-moi que tu m'appartiens, ma belle.

Je me tortillai sur ses doigts, ignorant sa requête.

– Dis-le.

Je fronçai les sourcils, ma combativité renaissant soudain.

– Je n'appartiens à personne.

Quoi ?

Sa question était pleine de défi. Et, de quelque façon, l'ardeur de mon désir nourrissait également ma colère. J'avais besoin de jouir, de me libérer de cette tension, de toute cette tension.

– Je n'appartiens à personne, tranchai-je, toujours aussi vulnérable et frustrée.

Ses doigts s'écartèrent de mon clito. Il me saisit fermement par les hanches et me tira contre lui, sa bite dure plaquée contre mes fesses. J'ouvris grand la bouche, ma colère se noyant dans la tornade de mon besoin de me faire baiser.

– Tu as tort. À la seconde où j'ai passé cet anneau à ton doigt, tu m'as appartenu. Ne joue pas les idiotes en prétendant que tu ne le savais pas. Tu m'as juré que personne d'autre ne te toucherait. Tu te souviens ? Je t'ai punie à ce moment-là, et je te punirai encore et encore, jusqu'à ce que je t'entende prononcer ces putains de mots.

Il se recula et s'écarta, et quand je sentis de nouveau quelque chose, ce fut la morsure de sa ceinture sur mes cuisses. Le cri que cela m'arracha fut étouffé par le coussin du canapé, tandis qu'un autre coup s'abattait.

– Blake !

– On peut faire ça aussi longtemps que tu veux. Regarder ton cul virer au rouge me fait bander.

– On n'était plus ensemble.

Ma voix, qui débordait de toutes les émotions qui semblaient lui manquer, se brisa tandis qu'un autre coup cuisant me cinglait les fesses.

– Et la faute à qui ? aboya-t-il.

La mienne. La brûlure sur ma peau redoubla quand un autre coup s'abattit au même endroit. Je gémis, me tendis, mais il me tenait trop fermement. Il ne faisait pas de pause. Il voulait que je le ressente comme jamais auparavant.

Je t'appartiens.

Ces mots s'inscrivirent dans mon esprit tandis que je subissais encore et encore ses assauts, nouant mes muscles au point de craindre la crampe. Chaque coup apportait sa dose de douleur, le plaisir devenant un concept de plus en plus lointain. Chaque coup semblait plus fort que le précédent, jusqu'à l'engourdissement. Des larmes roulèrent, et je ne sentis plus la douleur que dans mon cœur, là où je nous avais blessés tous les deux.

Je fus à peine soulagée lorsqu'il s'arrêta. Ma vision de la pièce depuis le coussin du canapé était déformée par les larmes. Il écarta mes genoux, et je tressaillis lorsque sa paume effleura la peau sensible qui avait reçu la majeure partie de la punition. Ses doigts glissèrent entre mes fesses et jusqu'à mon sexe humide, pour s'y enfoncer profondément. Je gémis, dépassée par les événements. Mon corps était un nerf à vif, gourd et tendu à la fois. Malgré ma punition, je mouillais pour lui.

Il se dégagea et glissa un doigt humide juste à l'entrée de mon anus.

– Je devrais te baiser là. Tu le mérites, murmura-t-il.

Je secouai la tête. J'avais supporté la douleur, mais je ne pouvais pas aller plus loin. C'est ce que je croyais, du moins. Je ne savais pas s'il allait me laisser jouir, mais même ce sort angoissant valait mieux que ce qu'il menaçait de faire maintenant.

– S'il te plaît, non.

Un deuxième doigt pénétra en moi, m'étirant. J'eus un hoquet, et mon cerveau revint à la vie, sortit du brouillard. Je relevai la tête du coussin et me tendis tout entière.

– Non ! Je t'en supplie, Blake, s'il te plaît. Je ne peux pas.

Il s'immobilisa derrière moi, et se retira sans un mot.

Le soulagement s'abattit sur moi comme une masse.

– Peut-être pas ce soir, mais j'aurai ton cul. Tu peux compter là-dessus. Et tu sais pourquoi ? (Il se pencha, ses lèvres frôlant mon oreille.) Parce que tu m'appartiens.

Je me détendis, un rien de combativité encore présent en moi. Le nœud dans ma gorge fut le signal du torrent d'émotions qui me montait aux yeux. L'attente, la douleur, l'amour. Les je ne sais combien de minutes ou d'heures qui s'étaient écoulées avaient charrié un violent flot d'émotions, qui me traversa comme un orage électrique.

– Je vais te baiser, et, par Dieu, tu ne jouiras pas tant que tu n'auras pas dit les mots.

Me prenant par les reins, il glissa sa bite à travers l'entrée vibrante de ma chatte, et l'enfonça fort. Un cri quasi animal emplit la pièce, et je réalisai que c'était le mien. Une forme désespérée de plaisir m'envahit. Elle courut dans mes veines comme la plus addictive des drogues, m'emplit la tête jusqu'à ce que ne compte plus que son sexe dans le mien. Des genoux, il écarta mes jambes plus encore, pour que je ressente chacun de ses coups de boutoir jusqu'au plus profond de moi.

– Tu es mienne. (Il me pilonna.) Tu ne l'oublieras plus jamais, Erica.

Sa possession me consuma, m'emporta ailleurs. J'en avais besoin, j'avais besoin de lui. De ça. Et *j'étais* sienne.

Mienne. Tu es mienne. Je t'appartiens, pour toujours. L'esprit vide, je répétai ces mots comme un mantra jusqu'à ce qu'ils perdent tout sens. *Je t'appartiens. Je t'appartiens. Je t'ai toujours appartenu.*

– C'est ça. Tu m'appartiens, ma belle.

Mes yeux s'ouvrirent en grand. Je les avais prononcés à voix haute. Tous. Dans la folie aveugle de mon désir.

– Et, par Dieu, moi aussi, je t'appartiens.

Cette confession interrompit le fil de mes pensées. Puis il plongea en moi si violemment que je hurlai. Ses doigts revinrent sur mon clito, me propulsèrent vers les hauteurs de nouveau. Chacun de mes muscles se tendit, mais il tenait fermement mes bras. Il m'enfermait dans mon plaisir, m'interdisant tout hormis sentir ses mouvements, cette impossible friction tout au fond de moi. Le besoin de jouir brûlait en moi comme un feu dans mes veines.

– Blake... Oh, mon Dieu, par pitié, laisse-moi jouir. Je t'aime. Je t'appartiens... S'il te plaît... s'il te plaît. Je ne peux plus m'arrêter.

– Tu veux jouir ?

– Par pitié...

– Alors, jouis, dit-il.

Sur son ordre, l'orage en moi explosa. Je m'appuyai violemment, l'enfonçai en moi. Chaque muscle se tendit, un parfait état de satisfaction, apparemment perpétuel. Je sanglotai de plaisir, le bruit assourdi par le coussin en dessous de moi. Tout se libéra, me laissant faible et tremblante. S'appuyant d'une main sur le canapé, il prit son propre plaisir, revendiquant mon corps avec la même passion et la même vigueur qu'il avait revendiqué mon cœur. Moi tout entière. Je pris le tout, pour que sa possession intègre jusqu'à mon âme.

Il s'enfonça en moi une dernière fois, tendu et silencieux. La transpiration rafraîchissait ma peau. Il me couvrit le dos de son corps, m'enveloppant dans sa chaleur. Je n'étais plus qu'un soupir, faible comme je l'avais rarement été. Il laissa finalement échapper une longue exhalaison vibrante, puis enroula son bras autour de ma poitrine. Une étreinte. Chaude, et passionnée, voulais-je croire. J'aurais aimé porter mes doigts à son ventre, le serrer contre moi, le garder contre moi. Mais j'étais toujours captive, et il ne me relâchait pas.

– Je t'aime, dis-je.

En prononçant ces mots, j'espérais qu'il me les répéterait. *Pardonne-moi. Fais-nous dépasser tout ça.* Mais tout aussi vite, il se retira. Puis je ne le sentis plus du tout. Libérée, je me retournai. Il disparut dans la salle de bains. La porte se referma bruyamment dans le silence de la pièce.

Vide et transie, je m'assis sur le sol et serrai mes bras autour de mon torse. Après quelques minutes passées à écouter la douche couler, je rejoignis le lit. Mes jambes m'y portèrent à peine. Je m'effondrai entre les draps frais et tirai la couverture sur moi, regrettant que ce ne soit pas les bras de Blake.

Je laissai couler mes larmes, vague après vague, jusqu'à ce que le sommeil balaie tout.

Chapitre huit

– Erica, réveille-toi.

Je bondis dans le lit, les yeux grands ouverts sur la chambre maintenant en pleine lumière. Mon cœur battait trop vite, comme si quelque panique latente m'habitait encore. Blake était debout à côté de moi, sirotant son café. Il était déjà habillé, pantalon et chemise fraîchement repassés. Je me détendis un peu, soulagée qu'il soit simplement là.

– On retrouve Alex pour déjeuner. Il m'a envoyé un texto pour me dire qu'il aurait un peu de retard, mais tu devrais te préparer.

Je m'assis lentement et tirai la couverture pour voiler ma nudité. Je me frottai les yeux pour en chasser la torpeur. Je jetai un coup d'œil au réveil. J'avais dormi presque douze heures, mais mon corps était anesthésié, épuisé jusqu'au tréfonds. Lentement, je commençais à me souvenir de la nuit. Je n'avais pas bu une goutte d'alcool, mais j'avais quand même la gueule de bois. Comme promis, Blake m'avait donné la pire fessée de ma vie. Je voulus me mettre en colère, mais mon cœur n'était que tristesse et regrets.

Quand je cherchai son regard, il s'éloigna et se concentra sur son téléphone.

– Tu devrais prendre une douche.

Je m'adossai aux oreillers. Je touchai mes cheveux emmêlés, et pensai à la façon dont s'était achevée ma nuit. Seule. À l'écart. En serrant les dents, je trouvai la force de me lever. Je ne fis pas preuve d'une grande vivacité en me rendant à la salle de bains. Mes muscles étaient raides, et un morne mal de tête me lançait.

Je traînai sous la douche, m'échappant sous le jet chaud, comme si l'eau pouvait emporter la douleur persistante qui m'emplissait. Des souvenirs de James et de l'erreur que j'avais faite et pour laquelle nous payions tous les deux s'imposèrent à mon esprit fatigué. Blake était d'une jalousie féroce, mais je voyais aussi la souffrance que je lui avais infligée la veille au soir.

Il s'était éloigné, me laissant seule avec l'intensité de ce que nous avions fait, sans même un mot. Nous avions eu des nuits intenses auparavant. Il m'avait poussée jusqu'au bord du gouffre, et nous avions plongé ensemble. Quoi qu'il advienne, nous avions fini ces nuits ensemble. Mais pas la nuit dernière et, en me laissant seule, il avait passé une ligne. Il avait franchi une limite intangible dont je ne connaissais pas même l'existence. Peut-être l'avais-je franchie moi aussi, avec ce que j'avais fait pour le mettre hors de lui. Mais le sentiment de vide dans lequel il m'avait laissée ne ressemblait à rien de ce que j'avais jamais ressenti avec lui. Ce vide projetait une ombre sur toutes les douleurs et les punitions qu'il m'avait infligées, les rendant d'autant plus ténébreuses.

La chaleur de la douche me fit me sentir de nouveau faible et fatiguée. Je coupai l'eau et sortis m'essuyer, parfaitement consciente que Blake se trouvait de l'autre côté de la porte, mon cœur entre les mains. Nous allions devoir parler de la situation, à un moment ou à un autre, mais ce ne serait pas une conversation facile. Et je n'avais pas non plus la tête à faire une présentation à Alex, mais ça ne semblait pas avoir autant d'importance que ça aurait dû.

Blake s'affaira sur son ordinateur portable pendant que je m'habillais pour le rendez-vous. On ne se dit rien. Comme attiré par une force magnétique, mon regard n'avait de cesse de retourner vers lui. S'il s'en aperçut, il ne le montra pas, restant infailliblement concentré.

S'il avait voulu parler, qu'aurais-je dit, de toute façon ? Au lieu de quoi, je me contentai de lui emboîter le pas pour rejoindre le restaurant en bas, puis jusqu'à notre table. Je m'efforçai de masquer la grimace qui me vint lorsque je pris un siège. Je ne pouvais ignorer l'inconfort dû à mes fesses contusionnées, mais je ne voulais pas donner à Blake la satisfaction de savoir que ça m'incommodait.

Alex arriva, il me salua. Je souris faiblement et on échangea des politesses. Je dis avoir quitté la soirée tôt la veille parce que je ne me sentais pas bien, et ce n'était certainement pas un mensonge. Il voulut entrer dans les détails, élaborer une logistique avec Clozpin. Je hochai la tête, mais la fougue qui aurait dû me porter et m'entraîner dans la discussion n'y était pas. Je me contentai de regarder mon assiette, sans avoir faim le moins du monde. Mes pensées revenaient toutes à ce qui s'était passé entre Blake et moi. Qu'est-ce qui pouvait avoir de l'importance quand les choses n'allaient pas bien entre nous ?

Un silence gêné s'installa, mais la partie de moi qui aurait pu s'en inquiéter n'en avait cure. La main de

Blake trouva mon genou sous la table et le serra gentiment. Je levai les yeux. Mon cœur bondit dans ma poitrine à ce contact, comme s'il s'était remis à battre à cet instant. Il fronça légèrement les sourcils d'un air interrogateur, mais lorsque je voulus parler des larmes m'emplirent les yeux.

– Alex, si tu veux bien nous excuser, s'empressa-t-il de dire.

En un instant, on quitta la table pour trouver un endroit discret, à l'autre bout du restaurant. La pénombre nous enveloppait. Il s'approcha de moi, me donnant l'impression de chasser l'air de mes poumons. J'attendais qu'il me touche. J'avais besoin qu'il me touche, ou j'allais craquer.

Gentiment, il leva les mains et en encadra mon visage. Je laissai échapper un soupir, la fatigue reprenant le dessus. Il releva ma tête, faisant se croiser nos regards. Ces yeux qui m'avaient défaite, qui avaient brûlé de ténèbres et de passion – tout ce que j'en étais venue à aimer en cet homme – me regardaient.

Je t'aime. Je voulais le lui dire. Je voulais laisser ces mots se déverser encore et encore, jusqu'à ce qu'il me les répète.

– Blake...

– Tu vas bien ?

Il passa son pouce sur ma joue. Chaque contact, chaque geste me bouleversait. Mes yeux s'emplirent de larmes, qui aussitôt coulèrent. Mes mains montèrent vers sa poitrine, désireuses de sentir sa chaleur, sa force...

– Je ne peux pas y arriver, Blake. Pas maintenant. Je suis désolée... Je ne peux juste pas.

Il me fit signe de me taire et effaça mes larmes.

– Je peux m'en occuper, d'accord ?

– Non, je ne peux pas gâcher ça. Il faut que je sois là.

– Tu ne gâches rien. Tout va bien. Je vais parler à Alex. Remonte te reposer.

Il me prit par les épaules et serra mes bras un court instant, puis il repartit. Avant que j'aie le temps de le rappeler, il était hors de vue, et j'étais de nouveau seule.

Je me pressai vers les ascenseurs, baissant la tête pour dissimuler mon visage défait. Je chassai mes larmes, mais elles continuaient de se déverser. Qu'est-ce qui n'allait pas chez moi ?

De retour dans la chambre, je parcourus des yeux la pièce vide. Vide comme mon cœur, creux et endolori. Je voulais que Blake soit là. Je détestais l'idée qu'il n'y soit pas, mais je n'étais pas en état de parler affaires avec Alex face à face – ce qui était ironique puisque c'était le seul objectif de ce voyage.

Sans me déshabiller, je me laissai tomber sur le lit, qui n'avait pas encore été fait. Je m'étais réveillée sans son contact et j'étais là, à survivre à peine de ne toujours pas le trouver. Je me laissai alors gagner par le sommeil, prête à rentrer chez moi, en rêvant que je pouvais me réveiller et tout recommencer.

* * *

Je pris un siège à un bout de la table de conférence et attendis que le reste de l'équipe s'installe autour de moi. Après avoir dormi la plus grande partie de l'après-midi dans la chambre d'hôtel puis durant le vol de nuit, j'aurais dû être reposée. Mon épais brouillard émotionnel s'était en partie dissipé. Assez pour que, quand Blake m'avait finalement briefée sur son entretien avec Alex, mon cerveau se soit remis, de mauvais gré, en mode professionnel. Les conditions sur lesquelles ils s'étaient entendus étaient bonnes, meilleures que celles que j'aurais escomptées ou même demandées. J'aurais voulu être surprise, mais avec Blake aux commandes je n'aurais pas pu m'attendre à moins. Tout ce dont j'avais besoin, c'était de saisir l'opportunité qui se présentait, et d'agir maintenant pour que nous puissions conserver notre avance.

– Comment ça s'est passé à San Francisco ?

La voix d'Alli interrompit le fil de mes pensées. Elle s'était assise dans le siège qui me faisait face. Je croisai ses yeux marron en rêvant de trouver le moyen de lui expliquer tout ça. Ma douce et adorable amie. Je ne savais pas par où commencer. Comment entamer une conversation sur le fait que j'avais été punie par mon futur époux pour avoir été surprise en train d'embrasser l'un de mes employés pendant que Blake et moi n'étions plus ensemble ? Bon sang, mon dilemme du moment ressemblait à une histoire de cinglés.

– Bien, mentis-je.

J'avais mal partout. À cause du sexe, bien sûr, mais des heures avaient passé sans la moindre émotion entre Blake et moi. Au cours du voyage du retour, tout était resté neutre entre nous. Mais je pouvais sentir son hésitation, la tension qui accompagnait ses réponses courtes, le soin accordé à éviter mes yeux qui le suppliaient en silence. Qui quémandaient un regard, un contact, n'importe quoi indiquant que tout allait bien entre nous.

Trop anéantie pour le presser plus avant, j'avais simplement suivi le mouvement. C'était une réaction acquise, apprise peu de temps auparavant, quand nous avions été séparés en de tout autres circonstances. Tout cela me pesait, maintenant. Je détestais ne pas savoir ce qu'il pensait, et une part de moi craignait ce qu'il dirait si j'osais le lui demander. J'avais besoin de croire que nous surmonterions tout ça, qu'il y avait une lumière au bout du tunnel. Si j'avais pensé une seconde que nous ne le pourrions pas, que nous ne le ferions pas, je ne crois pas que j'aurais pu continuer.

Peu à peu les autres s'installèrent, alors que je prenais des notes de dernière minute. J'écartai toutes mes craintes, refusant de laisser les événements du week-end polluer ma journée. Malgré tout, nous avions du travail, et il me fallait aller de l'avant.

James s'assit dans le siège qui faisait face à Blake. L'air s'épaissit autour de moi, emplissant l'espace qui les séparait. L'antipathie qu'ils éprouvaient l'un pour l'autre était tangible. La normalité que j'appelais de mes vœux vola en éclats lorsque je vis le regard de Blake. James changea de position sur son siège comme Blake lui adressait un regard si venimeux que je n'aurais pas été surprise de les voir se sauter à la gorge, littéralement, dans les secondes à venir.

Je jurai intérieurement, me demandant comment Blake m'avait convaincue de le laisser diriger cette réunion, sachant que James serait là aussi, au cœur de l'action. J'aurais dû deviner que Blake chercherait la moindre opportunité pour l'affronter, et déclencher les hostilités.

Je m'empressai de prendre la parole et de ramener leur attention sur les dossiers en cours.

– Ce week-end, Blake et moi avons rencontré un partenaire potentiel, Alex Hutchinson, qui nous a donné son accord pour référencer nos ventes Internet sur son site marchand, en échange, pour nous, d'une visibilité accrue et d'une commission. On travaille encore sur des points de détail, mais c'est un pas de géant pour notre croissance, qui va nous permettre d'élargir notre champ d'activité et de développer notre notoriété. Par contre, il va falloir apporter quelques ajustements à notre plateforme pour maximiser cette opportunité.

– Des nouvelles des annonceurs ? demanda James, tempérant mes bonnes nouvelles de la dure réalité du coup que nous avait porté notre concurrent, et son comportement.

– Il n'y a eu aucune fermeture de compte depuis une semaine, répondit Alli, alors peut-être que Risa a mangé son pain blanc, si je puis dire. Heureusement, les autres restent fidèles, malgré ces développements.

Je réprimai une grimace. J'aurais utilisé quelques qualificatifs mieux sentis plutôt que son prénom.

– Quel est le calendrier ? demanda Chris, notre programmateur maison en chemise hawaïenne.

– Aussi vite que possible. Je sais que ça va être compliqué de réaliser ça tout en maintenant ce qui est déjà en place, mais je suppose qu'au vu de ce qu'on a traversé avec les tentatives de piratage, on devrait pouvoir se débrouiller. Sid, tu peux commencer à étudier leur API ?

Blake lui tendit une liasse de papiers.

– Voici la documentation. Alex et moi nous sommes déjà penchés dessus. Ça devrait pouvoir être implémenté sans trop de difficultés.

Sid s'en empara en ouvrant de grands yeux. Je me permis un petit sourire, non pas victorieuse mais heureuse, déjà, d'avoir éveillé son attention. Voir le projet progresser était un peu effrayant. Je m'aventurais en terre inconnue, mais c'était ce qu'on devait faire. Marche ou crève, et j'étais déterminée à survivre. Cette opportunité avec Alex promettait d'être notre planche de salut.

La suite de la réunion se passa sans accroc, et je répartis les tâches. Ça me redonna de l'assurance. Je n'étais partie qu'un week-end, mais j'étais revenue dévastée. Retrouver mon équipe me remettait les pieds sur terre, et j'étais impatiente de me plonger dans ce nouveau projet. La tension qui émanait de Blake s'était apaisée. James m'adressa néanmoins quelques regards inquiets. Comme toujours, il savait qu'il se passait quelque chose, que je n'étais pas dans mon assiette. Sauf que je ne voyais vraiment pas comment je pourrais jamais lui expliquer pourquoi. Je laissai échapper un soupir de lassitude. Qu'est-ce que je ne donnerais pas pour remonter le temps !

La réunion s'acheva et tout le monde commença à se disperser. Je rassemblai mes notes, me préparai à retourner à mon bureau et à me plonger dans ma journée de travail.

– Il faut qu'on parle.

Blake avait dit cela d'une voix grave, sur un ton où perçait une indubitable menace. Je relevai la tête : il avait les yeux fixés sur James, resté immobile derrière un masque d'indifférence.

– De... ?

Blake se leva lentement.

– Je crois qu'il serait préférable d'en discuter en privé. D'accord ? demanda-t-il en indiquant la porte.

James quitta son siège d'un geste souple et ouvrit le chemin. Mon cœur battait la chamade, et je parcourus le bureau des yeux. Personne ne semblait s'être aperçu de rien. Je m'empressai de les suivre. Ils s'étaient déjà avancés dans le couloir lorsque je les rejoignis, refermant la porte derrière moi.

Dressé devant James, Blake le fixait, les bras croisés.

– Je voulais vous annoncer en personne que vous alliez donner votre préavis. De préférence cette semaine.

– Pardon ? dit James en se raidissant. C'est Erica, mon patron, pas vous.

– Le problème n'est pas là. Vous partez.

Blake avait parlé d'un ton qui ne laissait aucune place au doute. Colère et frustration m'envahirent. Je voulais que Blake sache à quel point j'étais désolée, à quel point je voulais arranger les choses entre nous. Mais il m'attaquait sur le point le plus sensible. Ma société. Mon gagne-pain. Ce refuge qui était à moi et uniquement à moi, et sur lequel il faisait planer une ombre avec ses exigences.

– Blake, qu'est-ce que tu fais ? Arrête ça.

Je m'avançai d'un pas, espérant que personne à l'intérieur du bureau ne nous entendait.

Il se tourna vers moi, le regard chargé de toute la douleur que je lui avais causée, et de la colère qu'il avait concentrée sur James.

– Il s'en va, Erica. C'est aussi simple que ça. À moins que tu ne préfères que ce soit moi qui parte.

– Tu ne peux pas faire ça !

Je le dévisageai durement, presque trop épuisée pour mettre sa résolution à l'épreuve.

Le petit gloussement de James mit fin à notre confrontation. Ses yeux bleu pâle étaient fixés sur Blake, ses poings serrés le long de ses cuisses.

– Le succès vous est vraiment monté à la tête, hein, Landon ? Vous croyez que vous pouvez débarquer ici et aboyer des ordres ? Quel genre de connard infatué fait ça ? Et vous avez l'audace de porter la main sur elle. J'aurais dû vous défoncer pour que vous compreniez l'effet que ça fait.

Blake se tourna pour faire face à James, mâchoires serrées.

– Qu'est-ce que vous racontez ? Je ne l'ai jamais frappée !

Je m'avançai d'un tout petit pas, peu désireuse de me placer physiquement entre eux deux. Dans l'état où nous étions tous, je n'étais pas certaine de ne pas risquer de prendre un coup.

– James, non, tu ne comprends pas.

– Tu lui as dit que je t'avais frappée ?

Je croisai le regard de Blake, implorant et plein de confusion, avec peut-être même une trace de culpabilité.

– Non. Bon sang, arrêtez, tous les deux !

James fit un pas vers moi.

– Vous n'avez pas à accepter ça, Erica, dit-il d'une voix plus douce. Un mot, et je le sors d'ici.

– Aucune chance.

Blake poussa alors James, un peu plus râblé et qui alla heurter le mur. Il réagit immédiatement et lança un coup de poing que Blake évita de peu. Ils s'empoignèrent, jusqu'à me convaincre qu'ils allaient s'entredéchirer si je ne réagissais pas. Je devais absolument faire quelque chose.

– C'était Daniel ! glapis-je.

Tant pis pour le secret, si ça pouvait stopper cette folie.

Blake mit fin à l'empoignade, et ils restèrent un moment à distance, s'efforçant tous deux de reprendre leur souffle, les yeux brillant de fureur. Une forme de confusion adoucit un peu la colère de James.

– Qui ça ?

– C'est... ce n'est pas important. Mais le jour où tu m'as vue comme ça, je sortais de chez lui. On s'était disputés, et... (Je soupirai, tout le fardeau des dernières quarante-huit heures tombant d'un coup sur mes épaules.) ... il m'a frappée.

Un silence pesant suivit. Plus de mots, plus de poings serrés. Aucun d'eux ne bougea.

L'expression sur le visage de Blake me retourna les entrailles. Comme si apprendre pour James n'avait pas suffi, mes paroles formèrent un voile de trahison sur ses traits qui me donna envie de m'élancer vers lui. De le prendre dans mes bras, de lui répéter que j'étais désolée. Pour tout.

– D'abord ça, dit-il en indiquant James d'un mouvement de la tête, et maintenant tu me dis que Daniel t'a frappée ? Qu'est-ce qui se passe, Erica ? Il y a encore autre chose que tu veux m'annoncer ? Mettons tout sur la table.

Mes lèvres tremblèrent, les larmes me montèrent de nouveau aux yeux. Trop pris par sa colère, il n'entendrait pas mes remords, pour l'instant. J'étais seule avec mes sentiments. Seule, et forcée de trouver comment imposer un semblant d'armistice entre ma vie personnelle et ma vie professionnelle. Comme cause perdue, on ne faisait pas mieux.

– Vous devriez partir. Tous les deux. Laissez-moi.

Ces derniers mots eurent du mal à franchir mes lèvres. Ils manquaient de conviction, révélant que j'étais à bout de nerfs.

James jura et nous laissa. Le bruit de ses pas se perdit dans l'escalier. La porte claqua si fort en bas que cela résonna jusqu'à nous. Blake restait immobile, son regard brûlant en moi. Le silence était douloureux, et mes pensées tourbillonaient.

Je pouvais aussi presque entendre celles de Blake. Une litanie de pourquoi. Pourquoi ai-je été aussi stupide ? Aussi têtue ? Lorsque je relevai la tête vers son regard blessé, ses yeux le confirmèrent. Sa posture reflétait de toute évidence ses efforts pour réprimer sa colère, le paroxysme de sa douleur. Les muscles de ses bras étaient encore tendus et noués, prêts à n'en pas douter à faire de James son punching-ball.

Je me serais excusée, j'aurais tenté de le ramener vers moi, si je n'avais pas été si furieuse contre moi-même. Je le savais jaloux, mais là il était allé trop loin. Il n'avait aucun droit de provoquer James et de s'imposer dans les affaires de ma boîte comme ça. Quoi qu'il soit arrivé.

– Je ne sais même pas quoi te dire, dit-il enfin.

– Alors, ne dis rien. Blake, je suis vannée, je suis vidée, et je suis à la limite de craquer. Je n'ai pas besoin que tu me fasses la leçon pour me dire que tout est de ma faute. (Ma voix trembla et j'essuyai une larme qui s'était libérée.) Peut-être que ça l'est, mais je ne peux pas t'entendre me le dire maintenant. Je n'en peux plus.

Il hésita un instant, un lourd silence s'imposant de nouveau entre nous. Puis, sans un mot, il partit.

Exclu de mon monde, encore une fois. Je le regardai se retirer, soulagée de la pression de son ressentiment, mais infiniment plus malheureuse que je ne l'étais auparavant.

Chapitre neuf

J'hésitai dans le couloir, la main posée sur la poignée de la porte. Le rire d'Alli et des autres portait de l'autre côté des murs de leur nouvel appartement. J'avais vraiment envie de participer à la fête et d'être heureuse pour Alli et Heath, mais je n'en aurais pas le cœur tant que Blake me tiendrait à distance.

Il avait pris ma demande de ne rien dire et de partir un peu trop au pied de la lettre. Deux jours avaient passé. Il avait encore travaillé tard la veille au soir, était rentré après que je m'étais endormie et s'était levé avant mon réveil. La seule preuve que j'avais de son passage était une tasse de café vide dans l'évier. Il semblait toujours hors de ma portée et, même si j'étais moi aussi en colère, la distance me brisait le cœur.

Je pris une inspiration et poussai la porte, consciente de tout l'amour qui se déployait autour de moi dès que j'approchais la famille de Blake. Mais c'était aussi contagieux, alors j'espérais qu'ils pourraient me sortir de ce trou noir, et peut-être en sortir Blake.

Reflétant parfaitement l'énergie d'Alli et de Heath, l'appartement bruissait des rires, des conversations, et du cri d'Alli quand on fit sauter le bouchon du champagne.

– Erica !

La sœur cadette de Blake, Fiona, se précipita pour m'étreindre lorsque j'entrai dans le salon. Catherine était juste derrière elle et me donna une chaleureuse accolade dès que Fiona se fut écartée.

– Comment vas-tu, ma chère Erica ? Tu es resplendissante.

– En pleine forme. Merci.

Je lui adressai un faible sourire en jetant un coup d'œil emprunté à la tenue que j'avais improvisée. Je fus surprise de ne pas découvrir deux chaussures dépareillées, tant j'avais la tête ailleurs ces temps-ci. Jupe noire, chemisier, ballerines. Difficile de se tromper.

Quand je croisai de nouveau le regard de Catherine, son front était plissé d'inquiétude. Je m'illuminai aussitôt et affichai mon plus beau sourire. Quoi qu'il advienne, je ne voulais pas que mes problèmes avec Blake viennent assombrir la fête d'Alli. C'était un moment important pour elle et Heath, et je craignais déjà de lui voler la vedette avec toute cette folie qui entourait le mariage et dont elle m'assurait qu'on devait reparler ce soir.

Alli me rejoignit, prit ma main et m'attira plus avant dans la pièce.

– Laisse-moi te faire faire le tour du propriétaire.

– Bien sûr.

J'adressai un petit signe de la main à Heath et à Greg avant qu'ils ne disparaissent de mon champ de vision.

Alli me montra toutes les pièces, une par une. Rien ne manquait, comme on pouvait s'y attendre dans le domicile d'un Landon. Des couleurs chaleureuses, des pièces spacieuses, des aménagements d'un goût parfait. Certaines pièces étaient encore pleines de cartons, mais, pour la plus grande partie, c'était déjà leur maison.

– C'est magnifique, Alli.

Ses épaules se redressèrent, et elle sourit.

– Merci. Je l'adore. Je suis impatiente qu'on soit vraiment chez nous. Heath a fait un super boulot, mais il nous reste encore à peaufiner le travail.

Je souris aussi, considérant le chemin parcouru. Heath n'était sorti de désintox que depuis quelques semaines, mais tous les deux avaient déjà bien progressé vers une vie meilleure, vers une vie normale. Alli déployait toute son énergie pour se réimmerger dans ma société, et Heath faisait de même dans celle de son frère. Blake voulait qu'il s'implique davantage, et d'après tout ce que j'avais entendu, Heath avait pris le taureau par les cornes et s'était investi plus qu'il ne l'avait jamais fait auparavant.

Au fond de moi, j'étais heureuse pour eux, vraiment heureuse. Mais je ne pouvais m'empêcher de faire un parallèle avec Blake et moi. Même en partageant un appartement, nous étions plus distants que lorsque nous ne vivions pas sur le même palier. S'installer ensemble avait été facile, presque trop. J'avais d'abord hésité, mais, devant l'insistance de Blake, les grands sacs-poubelle du déménagement du dortoir d'Harvard avaient repris le chemin de l'escalier. En moins de vingt-quatre heures, ma vie s'était un peu plus encore intégrée dans la luxueuse organisation qui était la sienne. Mais si j'aimais partager son espace, je ne me sentais pas autant chez moi dans cet appartement-là qu'Alli dans le sien.

– Je suis tellement heureuse pour toi, dis-je en m'efforçant de parler d'une voix ferme, comme Alli cherchait dans mon regard le soutien de sa meilleure amie.

Elle sourit, satisfaite, et passa son bras sous le mien.

– Merci, mon chou. Je suis heureuse, moi aussi. Maintenant, soyons encore plus heureuses en allant boire un peu de champagne. On doit parler des préparatifs du mariage et des derniers détails de la fête avec Fiona.

– La fête ?

Elle écarquilla les yeux et mit sa main devant sa bouche.

– Oh, merde !

– Quoi ?

– Oh, merde merde merde ! Oublie ce que je viens de dire.

Je m'immobilisai, et la retins sur le pas de la porte.

– C'est bon, Alli. Crache le morceau.

Ses épaules s'affaissèrent.

– C'était censé être une surprise. Catherine veut vous organiser une petite fête de fiançailles.

Je fronçai les sourcils.

– Blake est au courant ?

– Évidemment.

– Et pourquoi personne ne m'en a parlé ?

– On s'est dit que ce serait mieux de te faire la surprise. Je sais que tu es stressée par tout ce qui se passe au bureau ces temps-ci. On ne voulait pas que ce soit un souci de plus. Et puis, ce n'est pas grand-chose, vraiment. Juste une petite fête dans leur maison, avec des proches de la famille qui voudraient te rencontrer.

Immédiatement, mon estomac se rappela à mon bon souvenir. Je ne savais pas qui étaient ces proches de la famille mais, vu la tension entre Blake et moi, je risquais bien de me retrouver seule la plus grande partie de la soirée, ce qui était loin d'être encourageant.

– Ça ne t'embête pas ?

– Non, c'est bien, insistai-je. Ça a l'air sympa. Si je peux aider d'une façon ou d'une autre, dis-le-moi.

– Ne t'inquiète pas pour ça. Je crois que Catherine maîtrise la situation. Vous n'avez plus qu'à venir, tous les deux, et être vous-mêmes.

Elle me prit la main, la serra de façon rassurante, et nous sommes entrées dans le salon. Fiona remplissait les flûtes, s'approchant le plus près du bord possible sans laisser déborder la mousse.

– Où sont-ils tous passés ? demandai-je.

– En haut. Il y a une terrasse. C'est super, une fois le soleil couché, des nuits comme celle-ci.

Je me demandai si Blake était arrivé et déjà là-haut avec son père et son frère, mais ça m'aurait gênée de reconnaître que je n'avais quasiment aucune idée de ce qu'il avait fait la journée et la nuit précédentes. Je voulais croire qu'aujourd'hui serait différent. La présence de sa famille semblait toujours rendre Blake plus humain, moins divin, en quelque sorte. Peut-être qu'en leur compagnie on pourrait briser ce mur qui nous séparait et se parler, parler vraiment ensemble. Fraîchement fiancés, on était censés être amoureux, posés, avoir envie d'être ensemble. Pour l'instant, on pouvait à peine se trouver dans la même pièce sans que la tension entre nous ne devienne palpable.

Je m'assis avec Alli sur le grand canapé, en face de Fiona. J'admirai la grande baie vitrée.

– Je pense qu'on devrait porter un toast. À l'emménagement. (Fiona trinqua avec Alli.) Et évidemment, aux fiançailles de Blake et Erica.

– À tout ça ! s'exclama-t-on en chœur.

Je me laissai aller dans le canapé, bus une gorgée. Peut-être que c'était ce dont j'avais besoin, pendant que Blake évacuait la pression. Un peu de champagne, et une discussion entre filles.

Alli ne perdit pas de temps et se mit aussitôt à fouiller dans son sac, posé sur le sol.

– En parlant de fiançailles...

Elle en tira un tas de magazines consacrés au mariage, qui débordaient de marque-pages de couleur. L'attrait des intermèdes entre filles s'évanouit aussitôt.

– À l'évidence, le plus important est le choix de la robe, Erica, mais on doit déjà parler des dominantes, parce que ça me rend folle de ne pas savoir, et que je suis à ce point égoïste.

Je ris doucement. Je n'y avais pas pensé une seule seconde. Et je ne m'y étais plus intéressée depuis le collège, quand le rose et le pourpre étaient en tête de liste chez toutes les jeunes filles.

Fiona vint s'asseoir de l'autre côté d'Alli.

– Oh, j'adore celle-là. Peut-être en bleu marine, dit-elle en montrant un des modèles.

Alli pinça les lèvres.

– Je ne sais pas. Si ça se passe sur la plage, ça ne fera peut-être pas assez de contraste. Qu'est-ce que vous pensez du mauve, ou de quelque chose de vraiment vif, comme le fuchsia ?

– Peut-être que ce serait une bonne idée de faire porter un smoking et une cravate roses à Blake et à Heath, s'esclaffa Fiona.

Alli rit avec elle. Avant peu, la réunion de travail vira à la discussion sur les drapés roses à paillettes, et elles gloussaient à en tomber du canapé. J'aurais accepté tous leurs choix si ça avait permis de passer à autre chose. Mais j'entendis du bruit venant de la cuisine et me souvins que Catherine se chargeait seule de préparer le dîner pour tout le monde. Les hommes n'avaient pas réapparu.

Dans la cuisine. Catherine touillait quelque chose dans un grand faitout fumant. À l'odeur, c'était italien et délicieux. J'eus soudain faim, alors que je n'avais pas eu d'appétit de toute la journée.

– Coucou, ma chère Erica. Tu veux quelque chose ?

– Oh non, tout va bien. Je venais juste voir si vous aviez besoin d'aide en quoi que ce soit.

Catherine sourit.

– Je crois que je maîtrise. Retourne t'amuser avec les filles.

Je parcourus du regard la grande cuisine stylée, espérant y trouver quelque chose à nettoyer. N'importe quelle excuse pour ne pas repartir tout de suite. Ne pas retourner dans l'antre de la demoiselle d'honneur.

Qu'est-ce qui n'allait pas chez moi ? Toutes les femmes de la planète rêvaient de se concentrer sur de telles occupations. Comment pouvais-je diriger un site de mode et ne pas me passionner pour les préparatifs de ce qui promettait d'être un mariage au-delà de tout ce que j'avais pu imaginer ? Le grand mariage en blanc prenait un sens nouveau à mesure qu'Alli et Fiona se disputaient la confirmation de leurs options.

Je me mordis la lèvre et cherchai une excuse pour rester avec Catherine.

– Ça va ?

– Oui, je vais bien, répondis-je. (*Mais j'irais beaucoup mieux si je pouvais me volatiliser en cet instant même,* ajoutai-je en mon for intérieur.) J'ai juste besoin d'une pause, je crois. Elles...

Elle ébaucha un sourire et je pus lire de la compréhension dans ses yeux.

– ... te rendent folle ?

– Peut-être un peu ! m'esclaffai-je.

De nouveaux éclats de rire résonnèrent depuis le salon, et l'on échangea un regard entendu.

– Alli a involontairement parlé de la fête de fiançailles. Merci. Ce n'était pas nécessaire.

– Oh, ne dis pas de bêtises. Ça me fait plaisir. Tu n'as pas idée à quel point les membres de notre famille sont heureux de la nouvelle. Ils sont impatients de te connaître. Et, pour te dire la vérité, ils sont également impatients de revoir Blake. Il est un peu ours dès qu'il s'agit d'apparaître dans de grandes réunions de famille.

– Eh bien, encore merci. Je me sens mal parce que c'est probablement moi qui devrais penser à des choses comme ça. Et j'aurais d'ailleurs probablement dû faire des tas d'autres choses auxquelles je n'ai pas pensé ces derniers temps.

Tout allait trop vite. Le travail. Les préparatifs du mariage. Et comme si ça ne suffisait pas, ce clash avec Blake, qui menaçait de tout mettre sens dessus dessous.

– Blake a l'habitude des responsabilités, mais je suppose qu'il n'est pas d'une grande aide dans la préparation d'un mariage…

Je secouai la tête.

– Je crains que non.

Je jetai un regard nerveux alentour, mes yeux se posant partout sauf sur son visage. Lorsqu'elle se tut, je la regardai timidement. Elle fronça les sourcils, s'approcha, et posa ses mains sur la mienne.

– Tout va bien entre vous ? demanda-t-elle gentiment. J'espère que tu ne m'en voudras pas de te dire ça, mais tu n'as pas l'air d'une fille heureuse d'être fiancée pour l'instant.

J'avais la gorge nouée et déglutis difficilement.

– Rien d'inquiétant.

– Il t'a contrariée ?

Mon cœur se serra. Comment parler de ce qui s'était passé entre nous ces derniers jours ? Je me contentai de hocher la tête, incapable de dissimuler ma peine.

– On se contrarie l'un l'autre. On avait tort tous les deux, et les choses se sont tendues. On a eu du mal à se parler ces derniers temps. (Je baissai la tête.) Parfois, il est juste écrasant. Horripilant, en fait.

– J'aurais pu te le dire, fit-elle en riant doucement. Si tu avais dû l'élever !

Je lui adressai un faible sourire.

– Je n'imagine même pas.

– C'est un jeune homme difficile. Il l'a toujours été. C'est mon fils et je l'aime, mais il est aussi obstiné qu'on peut l'être. Pourtant j'ai su dès que je t'ai vue que tu étais celle qu'il lui fallait. Et je prie tous les jours pour qu'il soit aussi celui qu'il te faut. Il a beaucoup changé, en bien. Je ne l'ai jamais vu aussi tendre qu'il l'est avec toi, Erica. Il y a quelque chose de différent. Ce sont des détails, mais je les vois.

Les larmes me brûlaient les yeux. Avant que je puisse dire quelque chose ou trouver une excuse pour sortir, elle me serra contre elle. Je lui rendis son étreinte.

– Ne tire pas un trait sur lui, murmura-t-elle. Si quelqu'un peut briser ces murailles et l'atteindre, c'est bien toi.

Je me reculai un peu et essuyai mes larmes.

– C'est juste qu'en ce moment j'aimerais ne pas nous sentir aussi distants.

La voix de Blake résonna à travers l'appartement, mêlée à celles de son père et de son frère. Mon cœur bondit d'une anticipation soudaine. Il était là.

– Blake ! cria Catherine en me relâchant.

J'essuyai de nouveau mes yeux, espérant effacer toute trace de cet instant. Quelques secondes plus tard, Blake se joignait à nous. Il n'était entré que de quelques pas dans la cuisine et se tenait là, les mains dans les poches de son jeans. Mon cœur s'arrêta, à voir le peu d'efforts qu'il avait à faire pour être d'une élégance à couper le souffle. *Et il est tout à moi*, me rassurai-je, même si ça n'avait pas été mon impression générale ces derniers temps. Son regard émeraude passa de l'une à l'autre, s'arrêta sur moi. Je détournai les yeux pour dissimuler mon récent accès de faiblesse, mais je savais que je m'étais trahie à la seconde où il m'avait vue.

– Blake, reprit Catherine en durcissant le ton, il faut que tu parles à Erica. Tout le monde ici fait la fête et s'amuse, pendant que cette pauvre fille est en larmes à cause de toi. Vous devez vous parler.

Il la dévisagea un instant, sans changer d'expression.

– Maman, je n'en discuterai pas avec toi.

– Tu n'es pas censé être le génie de la famille ? grimaça-t-elle. Bon sang, ce n'est pas à moi que tu dois parler, c'est à ta fiancée, à ta future femme. Tu répares ce que tu as cassé ici, voilà tout ce que j'ai à dire.

Elle lui adressa un regard dur, puis son expression s'adoucit lorsqu'elle se tourna vers moi. Elle serra ma main de façon rassurante.

Sans un mot, Blake fit demi-tour et disparut dans le couloir. Je lui emboîtai le pas, jusqu'à ce que nous soyons seuls dans l'une des pièces que j'avais visitées un peu plus tôt. Ce devait être leur futur cabinet de travail. Deux bureaux étaient alignés contre un mur, déjà couverts de piles de papiers.

Blake s'arrêta au milieu de la pièce, me tournant le dos. Je fermai la porte derrière moi et m'y adossai.

Cette intimité soudaine était aussi synonyme de silence, un silence gêné qui pesait entre nous. Je cherchai mes mots, quelque chose que je pourrais dire et qui nous ramènerait là où nous en étions avant San Francisco. Mais je ne savais pas quoi lui dire. Il allait être furieux parce que j'avais craqué devant sa mère, même si je n'avais jamais envisagé, même en rêve, de lui raconter ce qui s'était passé entre nous.

– Je suppose que tu veux parler, dit-il doucement en se retournant pour me faire face.

J'acquiesçai, j'avais la gorge serrée et eus du mal à déglutir. Je n'avais pas envie de parler ici, mais qui sait quand j'aurais de nouveau son attention.

– Ce n'était pas prémédité, mais tu n'étais pas là. Elle a commencé à parler de nous, et j'ai craqué. Je suis désolée.

– Je suis là, maintenant.

Sa voix était plus calme, et il avança d'un pas. Il s'arrêta non loin de moi, les mains toujours enfoncées dans les poches avec désinvolture. D'habitude, j'appréciais cette attitude, ce je-m'en-foutisme qui émanait parfois de lui, surtout quand il s'agissait de boulot. Je me souvenais du jour où il s'était assis devant moi dans la salle de conférence d'Angelcom, avec son air détaché. J'en avais été aussi profondément affectée que douloureusement attirée par lui. Aujourd'hui, je savais mieux à quoi m'en tenir. Je savais qu'en fait il se sentait concerné, mais ça n'apaisait en rien le conflit qui bouillonnait en moi au sujet de notre situation présente.

– Blake... tu m'as fait mal.

Il serra les mâchoires, et plusieurs secondes s'écoulèrent.

– Je t'avais prévenue que si tu ouvrais la porte à cette partie de moi...

– Je ne parle pas de douleur physique, le coupai-je. Je sais qu'on peut être en colère, et parfois se faire du mal. C'est inévitable. Je sais qu'on peut s'en prendre à l'autre, et de bien des façons. Je reconnais que cette nuit-là a été difficile pour moi, non pas qu'il y ait eu quoi que ce soit qu'on n'ait pas déjà fait avant, mais parce qu'à la fin je ne sentais plus que ta colère. Ça m'a blessée bien plus profondément que n'aurait pu le faire un coup physique, parce que j'ai eu l'impression que tu me haïssais et que tu voulais me faire du mal. Peut-être que ça t'a permis de te sentir mieux...

– Absolument pas, crois-moi, dit-il en grimaçant.

– Alors pourquoi ? Tu m'as laissée là comme si je ne représentais rien pour toi. Comme si tu m'excluais pour me punir plus encore. Quand est-ce que ça va se terminer ? De combien de façons dois-je te dire que je suis désolée, que j'ai fait une erreur stupide que j'aimerais bien pouvoir effacer ?

Il détourna légèrement la tête, se passa la main dans les cheveux.

– Ça n'aurait jamais dû arriver.

Je me laissai aller contre la porte.

– Je sais. J'aimerais tant que ça ne se soit pas passé.

Il se retourna à nouveau vers moi.

– Non, je ne crois pas que tu comprennes vraiment. Ce qui s'est passé pendant qu'on était séparés... Tout ça est arrivé parce que tu étais incapable de te fier à moi pour m'occuper de Daniel et de ses menaces.

– Ce n'est pas vrai.

– Si, c'est vrai, Erica. Si tu l'avais fait, nous n'aurions pas été séparés. James n'aurait jamais eu l'occasion de t'approcher alors que tu étais à ce point vulnérable.

– Je pensais que Daniel allait te tuer. Tu comprends ? Tu me manquais tellement que c'en était une torture, mais quand je t'ai vu avec Sophia ce soir-là, puis avec Risa, quelque chose en moi a abdiqué. Je savais que c'était fini, que je t'avais perdu. Ça n'avait rien à voir avec un quelconque désir pour James. C'était au contraire parce que je me sentais tellement vide sans toi que je l'ai laissé se rapprocher.

– Tu crois vraiment que j'aurais laissé Daniel me faire du mal ou t'en faire à toi ? Tu imagines une seule seconde que je n'aurais pas remué ciel et terre pour te protéger de ce cinglé ? Au lieu de ça, tu m'as déchiré le cœur.

La douleur que pouvaient infliger des mots était bien réelle. Je le savais, pour avoir connu cette torture. Par peur des menaces de Daniel, je nous avais fait vivre des semaines en enfer.

– Il ne s'agit pas juste de James, même si je ne suis pas heureux de ce qui s'est passé, crois-le bien. Mais ce n'est qu'un autre mauvais souvenir de toute cette histoire. Vu ce que Daniel t'avait fait vivre, je n'ai pas voulu en rajouter. Mais la vérité, c'est que tu nous as mis tous les deux en danger parce que tu ne voulais pas venir me demander mon aide. Comment suis-je supposé être ton mari si tu ne me laisses pas te protéger ? Bon sang, Erica, je suis allé à l'encontre de tout ce que me dictait mon instinct pour t'offrir l'espace dont tu avais besoin, et ça nous a menés où ?

Mes lèvres tremblèrent sous la violence de ses paroles.

– J'ai fait une erreur. J'étais effrayée, et tout ce qui importait à l'époque, c'était de te savoir en sécurité.

– Combien de fois vas-tu nous imposer ce genre de situation, parce que tu es trop obstinée pour me faire confiance ?

– Tu me punis pour des choix que j'ai déjà faits, pour des décisions que je ne peux plus modifier. Les choses ont changé depuis.

Il secoua la tête.

– Vraiment ? Tu pourrais me dire que tu ne ferais pas exactement les mêmes choix ? Parce que moi, je peux te dire que si tu avais eu intrinsèquement assez confiance en moi pour venir me parler quand Daniel t'a menacée, tout se serait passé bien autrement. Et combien de fois je t'ai parlé de James ! Je le savais. Putain, je savais qu'il se rapprochait trop, et tu l'as gardé près de toi. D'autant que ça continue, alors que tu sais que ça me rend fou. J'ai envie d'exploser cette tête de nœud, pour avoir posé les mains sur toi. Tu comprends ce que ça me fait, Erica ?

Je refoulai mes larmes devant ce jeu de massacre. Des journées sans rien, et maintenant ça...

– Blake...

– Je veux le contrôle, Erica. Mais je ne vais pas te l'arracher. Il faut que tu me le donnes. Tu as ouvert la porte. Maintenant, il faut la franchir. Tu as essayé de tracer cette ligne entre nous, entre le travail et notre relation, où tu garderais la capacité de contrôle dont tu crois avoir besoin. C'est terminé maintenant.

Mon estomac se noua dans une familière envie pressante de m'enfuir, de le repousser. Je ne savais pas si je pourrais jamais lui accorder le genre de contrôle qu'il désirait. Et si je n'y arrivais pas ?

– Qu'est-ce que tu veux dire ?

– Que tu as dit que tu me voulais, tout entier. Et c'est ainsi que je suis. Tout ce merdier avec Daniel... et maintenant James. Ce genre de chose ne doit plus jamais arriver.

– Je ne le veux pas non plus, insistai-je.

– Et je te garantis que ça n'arrivera plus.

Ma bouche s'entrouvrit, mais mes mots se perdirent dans les siens. Il devait savoir à quel point c'était impossible, ce qu'il me demandait. Pourquoi sa domination au lit ne lui suffisait-elle pas ?

– Tu en reviens à mon rôle de soumise ? Tu veux que je joue à un jeu de domination/soumission avec toi ? Ça me va, Blake. Je m'agenouillerai, je supplierai, mais je ne laisserai pas ça déborder sur ma vie professionnelle. J'ai mes limites, et il faut que tu le comprennes.

– Ce n'est pas un jeu pour moi. Et c'est exactement cette façon de penser qui est le problème.

Il s'avança d'un pas, braquant ses yeux sur moi. Sur la défensive, j'eus un geste de recul, et me plaquai fermement contre la porte. Il posa ses mains sur la surface de bois de part et d'autre de mes épaules, nos corps se touchant presque, ne me laissant quasiment plus d'espace. Le regard qu'il fixa sur moi ne faisait pas le moindre doute. Sa voix était grave lorsqu'il parla de nouveau.

– Quel effet ça te fait, Erica, quand tu m'abandonnes le contrôle ?

C'était une question piège, mais je voyais bien qu'il n'était plus question de Daniel ou de James. Son attitude s'était radoucie, son intense dureté s'était muée en quelque chose d'autre. Quelque chose de sexuel. Pas moins intense : son énergie était palpable. Elle vibrait entre nous, faisait naître des étincelles sur ma peau partout où il me touchait. Un doigt sur la courbure de mes lèvres, son pouce sur ma jugulaire. Mon Dieu, je voulais ses mains partout, maintenant.

– Tu lâches tout et tu te sens bien, n'est-ce pas ? De savoir que je m'occupe de toi, de nous. Que, quoi qu'il advienne, je mènerai notre barque à bon port.

Il fit glisser sa main sur ma poitrine, puis partout sur mon torse, comme s'il marquait tous les endroits qui lui appartenaient. Sur mon corps, ils étaient nombreux.

– Est-ce que je t'ai jamais laissé tomber ? Y a-t-il jamais eu entre nous un moment où, quels que soient les extrêmes où je t'avais entraînée, tu ne m'en as pas demandé plus ? Où tu n'as pas joui comme une folle en hurlant mon nom ? Dis-moi que je me trompe.

J'en eus le souffle coupé, et m'efforçai de reprendre haleine. Je secouai la tête, connaissant la réponse aussi bien que lui. Une douce chaleur se répandit sous ma peau et irradia entre mes cuisses, un rappel de ce qu'il pouvait faire à mon corps, du pouvoir dont il disposait avec une telle aisance. Je pouvais m'adapter à ce genre de domination. En fait, je ne voulais pas que cette part de lui change, jamais.

Il se pencha. Le plus ténu des effleurements enfiévra mes lèvres. Je me cambrai pour le recevoir pleinement, mais il se recula, me laissant étourdie de désir, prise de vertige. J'inspirai comme je le pus, m'efforçant de me libérer du sort qu'il m'avait jeté. En me faisant miroiter un contrôle dont j'étais déjà l'esclave, il tentait de m'entraîner vers des choses autrement plus complexes.

– Qu'est-ce que tu me fais ?

– Je te montre ce que tu veux, ce qu'il nous faut.

– Tu sais que ce n'est pas de ça qu'il est question. Je sais que je peux tout te donner et que tu seras là pour moi. Mais tu ne peux pas m'attraper, me revendiquer, et t'attendre à ce que je te laisse me posséder.

Il haussa les sourcils.

– Vraiment ? Ce n'est pas ce que tu disais l'autre nuit. J'ai entendu tes paroles haut et clair.

– Comme si tu m'avais laissé le choix. Balance-moi au bord d'un tel orgasme, et je te dirai que tu es l'empereur de Chine.

– Tu ne veux pas qu'on te possède, c'est ça ? Tu ne veux pas m'appartenir autant que je désire t'appartenir, j'ai raison ?

À ces mots, une douleur sourde irradia dans ma poitrine. Je ne pouvais démêler ce qu'il disait de mon aversion irrépressible à laisser quelqu'un contrôler ma vie.

– Je n'ai jamais eu à dépendre de quiconque, à répondre de mes actes devant qui que ce soit. Tu le sais, et tu continues d'essayer de me changer, comme si c'était quelque chose que je pouvais débrancher.

– Si tu m'épouses, ça devra changer. Définitivement.

– Qu'est-ce que ça veut dire ?

– Ça veut dire que tu viens me voir avant même *d'envisager* de prendre une décision inconsidérée. Ça veut dire que tu m'impliques assez pour que je puisse m'assurer que ce sera le cas, et ça inclut le départ de James de ta société. Ça veut dire que tu me demandes de l'aide quand tu en as besoin, et que tu n'as aucun secret, *jamais.* Et quand se présente une situation qu'il est plus logique de me laisser gérer, tu me laisses faire. Quoi que ce soit.

Il s'approcha de nouveau, le regard grave, parcourant mon visage des yeux, dessinant un demi-cercle autour de mon menton. Lorsqu'il reprit la parole, sa voix n'était plus qu'un murmure.

– Ça veut dire qu'à chaque fois que tu respires, qu'à chaque fois que tu fais un pas, ce n'est pas uniquement ta vie que tu pousses plus avant, mais la nôtre. Tu le fais en sachant que je suis là avec toi, irrévocablement solidaire de chaque décision que tu prends.

Ma poitrine me faisait mal à force d'essayer de prendre une respiration complète. Un mot après l'autre, je bataillai avec ce qu'il me disait. Il ne me laissait aucun espace pour m'enfuir, résister, rien.

– J'ai... j'ai l'impression que c'est un ultimatum ?

Je posai la question en le regardant sans ciller, espérant avoir mal compris. La gravité dans ses yeux me donna sa réponse avant qu'il n'ouvre la bouche.

– Je veux tout ça, Erica. Je n'accepterai rien de moins. Fais-toi à cette idée, ou...

J'essayai de maîtriser le tremblement qui me parcourait. Comment pouvait-il me demander ça ? Menacer notre relation ? J'avais l'impression d'être un animal sauvage acculé dans un coin de la cage.

– Ou quoi ?

Ma réponse avait été claire, pleine de défi.

Il resserra son emprise sur ma taille, reproduisant les mouvements de ses mâchoires. Avant que j'aie eu le temps de jauger à quel point mon défi l'avait mis en rage, ses lèvres s'écrasèrent sur les miennes. Maintenant puissantes et exigeantes, elles forçaient l'entrée. Je m'ouvris pour lui, à peine préparée à la passion dévorante de sa langue. Des jurons ronflaient dans sa gorge, étouffés par la sauvage fusion de nos bouches. Son assaut de ferveur me transperça, embrasant tous mes sens pour répondre à sa passion.

Je lui rendis son baiser, plongeant les mains dans sa chemise pour nous unir plus fort. Les langues emmêlées, les dents crissant, on se fondit follement l'un en l'autre. Je sentis l'immanquable déploiement de son érection contre moi. Il palpa mes cuisses, retroussa ma jupe, exprimant sans doute possible ce qu'il voulait de moi. J'inspirai violemment, étouffai en expirant le râle bruyant qui voulait franchir mes lèvres.

Il glissa sa main entre mes jambes, me frotta à travers ma jupe, me rendant folle de désir pour lui. Un petit gémissement m'échappa, le plaisir prenant le dessus sur la partie rationnelle de mon esprit qui savait que le lieu n'était pas bien choisi. Mais mon corps n'en avait cure quand j'étais dans ses bras.

– Pourquoi, Erica ? Putain, pourquoi tu me résistes ?

Mes hanches tournoyèrent, tressautant sur sa main. Ma culotte était trempée, et j'étais prête à l'accueillir. Quand il utilisait ses mains, il gagnait à tous les coups. Le combattre était une cause perdue, et pour avoir été privée de lui si longtemps, j'étais prête à lui grimper dessus si j'abolissais la distance. Mes mains couraient sous sa chemise, sur son torse nu.

– Je te veux... Maintenant.

Il souffla, et glissa sa main sous mon jupon pour aller titiller mon sexe palpitant à travers le fin tissu de ma culotte. Crispant les doigts, je fis descendre mes ongles le long de ses flancs, aveuglée par l'immensité de mon désir pour lui.

Mais un autre bouchon de champagne sauta dans le salon. Suivi des voix familières des membres de sa famille et de celle d'Alli qui m'appelaient, brusque rappel que nous n'étions pas assez seuls pour poursuivre ce que nous avions commencé.

On s'écarta, le souffle court.

– Bon sang !

Blake recula maladroitement et se rajusta. Même à travers son jeans, je pouvais voir qu'il bandait douloureusement, prêt à me sauter de toute urgence sur n'importe quelle surface à portée. Ici, ç'aurait pu être le bureau de Heath. Mais ç'aurait été malvenu. Plaisant, mais malvenu.

Je déglutis, m'efforçant de revenir à la réalité. Je laissai ma tête retomber en arrière. La poitrine haletante, j'essayais désespérément de maîtriser le flux de tension sexuelle qui s'était emparé de moi. *Merde.* C'était pire que le septième cercle de l'enfer. Il s'était écarté de plusieurs mètres, une distance terrible si l'on considérait qu'il venait de me tenir si étroitement serrée contre lui.

– Blake, je ne veux pas qu'on se dispute. S'il te plaît, rentrons, et laissons tout ça derrière nous.

Après un temps, il se retourna vers moi, me mettant de nouveau du baume au cœur. Mais je ne vis aucune résignation dans ses yeux. Loin de là, il semblait avoir pris sa décision pendant le court instant où je remettais mon cerveau en marche.

– Je t'ai dit que j'étais désolée, et j'étais vraiment sincère, plaidai-je.

– Je sais, mais ça ne suffit pas, cette fois. Ce que je te demande... Ce n'est pas ce que je *désire*. C'est ce dont j'ai *besoin*. Ce dont *nous* avons besoin.

Il emprisonna mon regard, la tension croissant entre nous. J'ouvris la bouche, mais il parla avant moi.

– Le choix t'appartient, Erica.

Tout simplement. Des mots prononcés d'un ton définitif. L'espérance dans ses yeux tandis qu'il attendait... Qu'il attendait quoi ? Que je me soumette ? Que je lui donne tout ? Chaque petite parcelle de moi qui méritait que je m'y raccroche, jusqu'à la dernière – et il voulait que je lui offre tout ça, ainsi que ma confiance, mon amour et mon avenir ?

J'avais envie de craquer. J'avais envie de pleurer, parce que je savais que je ne pouvais pas lui donner la réponse dont il avait besoin. Le pouvais-je ? Je n'arrivais même pas à le concevoir.

Alors que j'entrais en guerre contre moi-même, il franchit la distance qui nous séparait. Il m'embrassa, un rapide baiser sur les lèvres. Ce geste de tendresse me fit de nouveau perdre le fil de mes pensées. Il me regardait dans les yeux.

– Je t'aime, Erica. Mais si tu ne peux pas me donner ça...

Il n'acheva pas sa phrase, se contenta de secouer la tête, ses yeux semblant refléter le maelström de ses émotions.

Mais que me disait-il ? Que c'était tout ? Avant que j'aie pu l'interroger, il tendit la main vers la poignée de la porte, et je m'écartai pour le laisser passer. Tête baissée, les mains dans les poches, il disparut dans le couloir, en direction des bruits de la fête.

Je restai là, paralysée par ce qui venait de se passer. Après avoir tant voulu lui parler, je considérai avec incrédulité que ce pouvait être ça qui l'avait obsédé tout ce temps.

Toutes les émotions que j'avais refoulées pour continuer à vivre normalement ces derniers jours étaient remontées à la surface ce soir, et je n'étais plus en état de rester avec sa famille en prétendant que tout allait bien. Un regard vers Blake, en sachant que notre relation était dans la balance, et je m'effondrerais.

Et quand bien même des excuses auraient suffi, je n'aurais pas pu en faire plus, et mon cœur n'en supporterait pas davantage non plus. Je ne pouvais en encaisser plus, sachant que tout ce que je lui avais donné n'était pas suffisant.

Sans fournir à la mère de Blake la moindre indication sur notre conversation, je traversai la cuisine et filai dans le salon. Ignorant tout le monde, de crainte de fondre en larmes si je croisais un seul regard, tout particulièrement celui de Blake, je rejoignis Alli. Elle était debout près du canapé, un verre à la main. J'attrapai ma pochette et la serrai rapidement dans mes bras.

– Je suis désolée, murmurai-je, et je sortis.

Chapitre dix

L'appartement était sombre et silencieux. Trop silencieux. J'étais rentrée seule, et j'avais essayé en vain de dormir. Je me débattais intérieurement avec l'énormité de ce que Blake m'avait dit, de ce qu'il m'avait demandé, la demande *après* la demande. Sauf que celle-là n'avait pas été accompagnée d'un anneau serti de diamants scintillants, mais de la menace très explicite de ne rien avoir du tout. Je voulais croire qu'il bluffait, que je saurais le convaincre de modifier sa façon de penser. Mais si ce n'était pas le cas ? Si rien de ce que je pouvais dire n'affectait la position dans laquelle il m'avait mise ?

J'avais envoyé un texto à Alli juste avant minuit, pour savoir s'il passerait la nuit là-bas. Non, il était parti. Elle ne savait pas où. Le sommeil avait fini par prendre le dessus un peu avant l'aube.

Le temps était plus lourd que d'habitude, après les ondées de la veille au soir. Quand je sortis, Clay m'attendait dehors avec l'Escalade, prêt à m'emmener au bureau. Même les jours où il n'avait pas à me servir de chauffeur, il n'était jamais bien loin. À l'évidence, Blake n'allait plus prendre le moindre risque avec ma sécurité, et il me paraissait évident que rien de ce que je pourrais dire n'y changerait quoi que ce soit.

Je savourai l'air frais et sec du SUV, et me laissai conduire à travers les rues de la ville. Mes pensées dérivèrent vers Blake et l'endroit où il passait ses nuits. Avant que mon imagination ne s'emballe, je regardai Clay.

– Vous savez où était Blake cette nuit ?

Il détourna le regard de la route pour croiser le mien dans le rétroviseur.

– Je ne saurais trop le dire, mademoiselle Hathaway. Il m'a demandé de me tenir à votre disposition cette semaine. Je n'ai pas eu d'autre contact avec lui depuis.

– Il y a quelqu'un d'autre avec lui ?

– Non, mademoiselle. Seulement vous.

Il ne s'inquiétait pas pour lui-même, semblait-il, mais moi si. Les rues défilèrent, puis Clay s'arrêta devant le bureau. Je le saluai et me dirigeai au pas de charge vers l'entrée de l'immeuble.

Mon organisme avait désespérément besoin de café pour tenir la journée, mais j'avais décidé de sauter ma pause matinale habituelle au Mocha. J'évitais Simone. Je ne savais pas ce que James lui avait raconté de sa confrontation avec Blake. J'avais déjà atteint mes limites émotionnelles avec ce qui s'était passé entre Blake et moi la veille au soir. Si je devais affronter une situation stressante de plus, j'allais craquer.

– Erica.

M'arrêtant devant la porte de l'escalier qui menait au bureau, je fis volte-face, pour découvrir un visage familier. Vêtu professionnellement d'un pantalon gris et d'une chemise légère à col en V, Isaac Perry se tenait devant moi.

Putain de merde.

– Qu'est-ce que vous faites là ?

Je pus à peine dissimuler mon irritation. De tous les jours où il aurait pu débarquer à l'improviste, il avait fallu qu'il choisisse celui-là. Il eut la décence de paraître quelque peu gêné.

– Je vous ai envoyé un mail. Je n'ai pas reçu de réponse, alors je me suis dit que j'allais passer, puisque j'étais en ville.

– Vous auriez pu téléphoner pour me prévenir.

– Je sais, désolé. Ç'a été une décision de dernière minute.

Il ne ressemblait pas à l'homme qui m'avait pelotée quelques mois plus tôt. Mais plutôt à l'homme au sourire juvénile qui m'avait convaincue d'accepter le dîner d'où tout avait découlé.

– Je sais que vous êtes occupée, dit-il. Je ne prendrai pas beaucoup de votre temps.

– Si Blake apprend que vous êtes venu...

J'étais heureuse, pour une fois, de savoir que Blake ne risquait pas de passer au bureau aujourd'hui. Du moins, je ne pensais pas qu'il le ferait. Vu notre soirée, nous allions probablement nous tenir à distance un certain temps.

Il se rembrunit légèrement, baissa les yeux vers ses chaussures de luxe.

– Je sais. Je comprends bien que ce n'est pas mon plus grand fan. Mais j'espérais que vous auriez assez de compassion pour me donner une chance de m'expliquer.

Je m'écartai de la porte, croisai les bras sur ma poitrine. Nous étions en public, mais la dernière fois que je l'avais vu, ses mains couraient de façon déplaisante sur tout mon corps. Je ne pouvais pas et n'allais pas lui faire confiance.

– Je ne suis pas sûre qu'on ait réellement à discuter de quoi que ce soit, Isaac.

Il souffla, son expression se fit plus humaine et moins circonspecte qu'auparavant.

– Je suis désolé, Erica. Vraiment. Permettez-moi de vous offrir un café, s'il vous plaît. C'est tout ce que je demande. Cinq minutes.

Ses doux yeux bleus me suppliaient, et je me souvins de l'Isaac Perry qui avait été charmant. Et puis, il me promettait un café.

– Très bien.

Son regard s'éclaira, mais j'étais loin d'être emballée. Je me crispai intérieurement en poussant la porte du Mocha, Perry à ma suite, espérant que par miracle Simone ne travaillerait pas ce matin-là. C'était beaucoup demander, étant donné que je n'étais pas entrée ici une seule fois sans que la fringante *barista* rousse ne m'y accueille.

Elle était occupée avec un client quand on s'installa. Je m'enfonçai dans mon siège, passai le doigt sur le bord de la table. Isaac allait me presser de l'accepter comme annonceur, et je n'avais pas encore pris ma décision. Blake serait furieux, évidemment, mais ce serait peut-être aussi de la folie de refuser un compte comme celui d'Isaac, si ça pouvait nous permettre de nous développer plus vite. Avec autant d'émotions dans la balance, je n'étais pas plus avancée quant à la façon de considérer son offre.

Perdue dans mes pensées, je faillis sursauter quand Simone vint nous saluer.

– Eh bien, dit-elle avec un petit sourire, ça faisait un moment.

– Salut, Simone. Hum, oui. Désolée, répondis-je.

Des mondes divergents entraient en collision, et je

ne pouvais vraiment pas m'occuper d'elle maintenant. De toute façon, je ferais probablement mieux de lui dire ce qui s'était passé avec James, et d'en finir avec cette histoire.

– Comme d'habitude ? demanda-t-elle, ramenant mes pensées à l'instant présent.

– Bien sûr.

Son regard glissa vers Isaac qui, l'air de rien, semblait apprécier ses formes, comme la plupart des hommes.

– La même chose, ajouta-t-il avec un sourire poli.

Je soupirai en attendant ma dose de caféine.

– Alors, de quoi vouliez-vous me parler ?

– Je voulais expliquer...

– Qu'y a-t-il à expliquer, Isaac ? Vraiment... Je n'ai pas le goût des hommes qui me pelotent, ou qui me touchent d'une quelconque façon sans mon approbation explicite.

– Je suis allé trop loin, je le reconnais.

– Bien trop loin. Et il est tout de même un peu difficile de juste oublier tout ça et de me précipiter pour faire des affaires avec vous, j'espère que vous le comprenez.

– Absolument, répondit-il en pinçant les lèvres. J'ai fait une erreur. Mon comportement a été inexcusable.

J'enregistrai sa sobre confession, et juste au moment où j'envisageai de lui pardonner il poursuivit.

– Je n'aurais pas dû boire.

Je me rembrunis face à une excuse pareille.

– Vous plaisantez ? On a bu une bouteille à deux.

– J'étais sous traitement. Des médicaments qu'on ne mélange pas avec de l'alcool. Vous ne pouviez pas le savoir, et ce n'est pas une excuse.

– Vous avez raison, ce n'est pas une excuse.

Il baissa les yeux vers la table.

– Je voulais que vous sachiez que je n'étais pas moi-même. Je mentirais si je disais que vous ne me plaisiez pas, mais si j'avais été moi-même je n'aurais jamais agi comme ça.

Je le dévisageai attentivement, me demandant où il voulait en venir. Son besoin d'obtenir mon pardon paraissait subit, et je ne pouvais pas m'empêcher de trouver ça suspect.

– Qu'est-ce que vous voulez de moi, Isaac ?

Il soupira et se redressa.

– Le monde est petit, et nous avons de nombreuses relations communes. Je sais que Blake m'a passé par pertes et profits, mais il est probable que nos chemins se croiseront de nouveau un jour ou l'autre. Malgré cette histoire, dit-il en faisant un geste de la main qui nous englobait tous les deux, j'espérais que nous pourrions tout de même travailler ensemble. Appelez ça une offre de paix.

– Un engagement financier contractuel est un bien étrange gage de paix.

Il retint difficilement un sourire.

– Peut-être, mais je me suis dit que vous préféreriez ça à des fleurs et des chocolats.

– Je suis fiancée. Ce serait une perte de temps et d'argent.

Son regard devint fixe, et il plissa légèrement les yeux.

– Je ne savais pas. Félicitations.

– Merci, répondis-je sèchement.

– Quoi qu'il en soit, je désire sincèrement travailler avec vous. Avant que l'alcool prenne le dessus, j'avais été intrigué par ce que vous aviez proposé. J'aimerais faire un essai, si vous pensez qu'on peut dépasser ma débâcle magistrale.

Je secouai la tête. S'il savait seulement ce que je venais de vivre...

– Je ne sais pas...

Il se renfonça dans son siège et baissa la tête.

– C'est normal. Je comprends, Erica. Je ne vais pas m'en offusquer. Je m'étais juste dit que ça valait le coup d'essayer. Pour ce que ça vaut, je suis sincèrement désolé. Je suis consterné par ce que j'ai fait. Plus j'y repensais, et plus je me disais que je devais venir vous présenter mes excuses. J'espère que si nous nous revoyons, et je pense que ça arrivera, nous pourrons au moins rester cordiaux.

Je soupirai, tout en regrettant d'éprouver de la pitié pour lui. Je m'efforçai de découvrir dans son langage corporel un signe qu'il me menait en bateau, mais il était aussi désarmant que le jour où nous nous étions rencontrés.

– Je vais y réfléchir. D'accord ?

Il sourit.

– C'est tout ce que je demande. (Il se leva prestement.) Écoutez, merci pour cette rencontre. Je ne voulais pas vous prendre par surprise, mais il vaut mieux dire certaines choses de vive voix.

– Je comprends.

Il aurait été bien plus facile de refuser son offre d'armistice par e-mail. Malgré la haine fervente que lui portait Blake, je me surpris à envisager ce lien entre nos deux sociétés.

Simone arriva avec nos cafés fumants, déjà commodément préparés dans des gobelets à emporter. Il lui tendit un billet et la remercia puis se dirigea vers la sortie.

– Qui était-ce ? demanda Simone.

– Un annonceur potentiel.

Vraiment ? Est-ce que j'envisageais sincèrement ce gage de réconciliation ? Je n'étais pas convaincue que ses intentions étaient entièrement mauvaises, mais pas vraiment encline non plus à lui pardonner.

– C'est probablement un bon prospect. Il m'a laissé près de quarante dollars de pourboire.

Je réussis à rire. Elle se glissa dans le siège qu'il venait de libérer.

– Que se passe-t-il ? Tu m'évites ?

Je bus une gorgée de café, trop épuisée pour afficher autre chose que ma véritable expression. Elle plissa les yeux.

– Simone, au risque de t'offusquer et de créer des problèmes entre toi et James, il faut que je te dise quelque chose.

– James t'a embrassée. Je sais.

– Tu le sais ? repris-je en écarquillant les yeux.

– Oui, il me l'a dit l'autre jour. Il m'a raconté que Blake avait pété un câble, qu'il lui avait ordonné de donner son préavis.

– Merde, maugréai-je, autant au souvenir de cette journée qu'en réaction au fait qu'elle était au courant.

– Écoute, il faut que tu règles ça avec James. C'est justement le genre de chose qui m'inquiétait dans cette histoire de triangle amoureux, mais...

– Mais quoi ?

– Erica, je tiens à James. Je veux dire, ça fait un moment qu'on se voit, et je sais que lui aussi tient à toi. Il me répète que son coup de cœur pour toi fait partie du passé, mais il te considère encore vraiment comme une amie. Je ne sais pas si lui et Blake pourront dépasser ça, mais c'est toi qui es aux commandes. C'est toi qui décides.

– Je déteste ça. Tout ça, gémis-je. Blake m'a mise dans une position impossible. Je n'ai pas envie de virer James, et je suis furieuse que Blake ait ouvert les hostilités. Il n'avait pas mon accord pour faire ça. Il est à l'évidence extrêmement jaloux, et il ne peut pas supporter l'idée que je travaille chaque jour avec un homme qui m'a fait des avances.

Elle retroussa les lèvres.

– Je vais parler à James, poursuivis-je. Et même si ce n'est pas une consolation, je suis désolée que vous vous retrouviez impliqués dans tout ça. Je pense que toi et James formez un beau couple. Vraiment. Je vous considère tous les deux comme des amis, et je n'ai vraiment pas envie de m'immiscer entre vous. Malheureusement, la jalousie de Blake est un rappel perpétuel d'une imprudence que James et moi préférerions oublier. Je sais qu'on veut tous les deux passer à autre chose, et j'espère qu'on y arrivera.

– Ce n'est pas une situation facile. Mais ça ne doit en rien affecter notre amitié. Je suis toujours ta frangine. Roule, ma poule !

Je ris, et elle me tendit sa main pour qu'on s'en tape cinq. Puis elle se leva.

– File t'occuper de ta vie de cinglée, moi, je vais resservir du carburant aux accros en manque. D'accord ?

– Excellent programme. Merci.

Elle sourit et s'éloigna. J'attrapai mon gobelet et quittai le café, peut-être un peu rassérénée. Il y avait au moins un incendie qui n'avait plus besoin d'être éteint.

Je passai la matinée à m'occuper de mes mails jusqu'à ce qu'Alli fasse irruption dans mon bureau pour me tenir au courant des développements en publicité. Elle avait ouvert deux nouveaux comptes, un très bon début dans la compensation de la perte de chiffre que nous avions subie. Je faisais quelques additions rapides quand elle m'interrompit.

– Alors, qu'est-ce qui se passe entre toi et Blake ?

Je croisai son regard inquiet. Je soupirai et posai mon stylo. Il fallait bien que je lui parle, à un moment ou à un autre. Vu que je m'étais enfuie de sa soirée, elle ne pouvait que se demander ce qui s'était passé entre nous, et m'avait poussée à partir.

– Rien d'inquiétant. Quelques obstacles à surmonter, je suppose.

– Laisse-moi plutôt m'inquiéter. Surtout quand Blake reste chez moi tard le soir et s'isole dans un coin avec Heath pour des discussions à cœur ouvert entre frères jusqu'à des minuit.

Je m'agitai sur mon siège.

– Je n'avais pas réalisé qu'il était resté aussi tard.

– Il n'est pas rentré ?

Je secouai négativement la tête.

– Tu crois qu'il est allé où ?

Je jouai nerveusement avec mon stylo.

– Je n'en ai pas la moindre idée.

– Qu'est-ce qui s'est passé entre vous ? Tu agis bizarrement depuis que tu es rentrée de San Francisco. Je pensais que tout s'était bien passé.

– C'est le cas, au niveau business. Mais on est tombés sur Risa là-bas. Écoute, je ne peux pas t'en parler ici. Tu veux qu'on aille prendre un verre ce soir, après le boulot ? J'essaierai de t'expliquer, d'une façon ou d'une autre.

Je réprimai un gémissement. Cette discussion allait être du grand n'importe quoi.

– D'accord. Je vais me chercher de quoi déjeuner. Tu veux quelque chose ?

– Oui, prends-moi juste la même chose que toi.

Elle me laissa seule, et à peine une minute plus tard James venait prendre sa place sur le siège de l'autre côté de mon bureau.

– Vous avez une minute ?

– Bien sûr.

Je déplaçai quelques papiers, sans autre raison que celle de retarder un peu ce qu'il allait dire. Mais Simone avait raison. Nous avions besoin de parler. Nous avions besoin d'aller au fond des choses. Je laissai ma tête tomber entre mes mains. Nous n'avions pas encore dit un mot, et je perdais déjà mes moyens. Je pris une longue inspiration.

– Il faut qu'on parle.

Il s'adossa dans son siège, me dévisagea.

– Vous n'allez pas me virer, n'est-ce pas ?

– Non. (Je me tassai dans mon fauteuil. Tout le café du monde ne suffirait pas à rendre cette conversation supportable.) Je suis désolée pour tout ça. Sincèrement, je ne sais pas à quel moment ça a mal tourné, mais je tiens à régler le problème. Il faut juste que je trouve le moyen de le faire d'une façon qui convienne à tout le monde.

– Landon est le seul à faire un caca nerveux, tous les autres agissent comme des adultes. Je ne vois pas pourquoi vous devriez vous plier à ses caprices, sauf s'il vous menace financièrement.

– Il ne ferait jamais ça. Et... je ne sais pas, James. Je l'ai mis dans une situation difficile qu'il m'est quasiment impossible de t'expliquer.

– Quelque chose qui a à voir avec ce Daniel, je suppose ?

– C'est d'une complexité que tu ne peux même pas imaginer. Pas que tu ne sois pas capable de comprendre, mais il est préférable que certaines choses demeurent du domaine du privé. Et effectivement, Daniel a joué un grand rôle dans le fait que Blake et moi n'étions plus ensemble. Tout a dégénéré à la vitesse grand V à partir de ce moment-là et jusqu'à ce qu'on réussisse à se retrouver. Et quand il a découvert ce qui s'était passé entre toi et moi… (Je soupirai, fermai les yeux.) Je suppose que ç'a été la goutte d'eau qui a fait déborder le vase. Et maintenant, j'essaie de tout arranger entre nous.

Il hésita un temps.

– Je tiens à vous, Erica. Je tiens à mon boulot aussi, mais si vous voulez rester avec Blake et que ma présence ici rend votre vie inutilement difficile, alors je dois partir. Je n'aime pas plus que vous cette tension.

– Mais je ne veux pas que tu t'en ailles. Tu es important pour cette société, et pour moi. Malgré tout ce qui s'est passé, tu restes un ami. Et je ne vais pas mettre un ami à la porte.

Il se mordilla la lèvre, tapota l'assise de son siège avec son pouce, parut perdu dans ses pensées.

– Est-ce que ça aiderait si je n'étais plus là ?

– Qu'est-ce que ça veut dire ? Je viens de te dire que…

– Je veux dire, plus au bureau. Est-ce que ce ne serait pas plus facile si je n'étais plus tous les jours ici, au bureau ? Je pourrais travailler chez moi. C'est un détail purement technique, mais si ça me permet de garder mon boulot et de rester dans la société, ça vaut le coup de l'envisager.

– Et tu serais prêt à le faire ?

– Bien sûr. Et si, à terme, vous avez besoin de quelqu'un ici, j'organiserai la transition. Je m'installerai peut-être à mon compte, je travaillerai en free-lance, quelque chose comme ça.

Je plissai le nez, je n'aimais pas trop cette partie de sa proposition.

– Je déteste cette idée.

– Moi aussi, mais ce n'est pas de votre faute. Je ne sais pas trop ce que Blake vous raconte, mais j'aurais dû faire machine arrière dès que j'ai su que vous sortiez d'une relation. Vous aviez besoin d'un ami, et je n'ai pas été à la hauteur.

– Bien sûr que si.

– J'ai tiré des conclusions trop hâtives. Sur bien des points. Je suis responsable aussi, et si ça me vaut de devoir faire des sacrifices, ce ne sera que justice.

– J'apprécie ton offre. Mais ne prenons pas de décisions précipitées.

– Je ne crois pas que ce soit précipité, sincèrement. Il nous a plutôt fallu du temps pour y arriver. Je vois bien que vous êtes stressée. Vous n'avez pas été vous-même de la semaine, et je déteste vous voir comme ça. Je ne veux pas en être la cause. Je ne l'ai jamais voulu, et je ne le voudrai jamais. Mais si on peut changer ça, au moins pour l'instant, et que ça vous donne un peu de marge de manœuvre ou de liberté d'action pour arranger les choses avec lui, alors il faut le faire.

– J'espère qu'il va se calmer un peu. J'arriverai peut-être à le raisonner.

C'était un gros « peut-être ».

Il se pencha en avant, posa ses coudes sur ses genoux.

– Vous voulez épouser Blake, n'est-ce pas ?

– Oui, répondis-je après une pause.

– Personnellement, je ne peux pas le supporter, mais à l'évidence il compte beaucoup pour vous. Assez pour que vous ayez répondu oui à sa demande. Je ne veux pas être celui qui vous priverait de tout ça. On s'est plantés avec cette histoire de relation au bureau, et maintenant il faut réparer.

Je hochai la tête, regrettant qu'il y ait une telle part de vérité dans ce qu'il disait.

– Peut-être que tu as raison.

– Ce n'est pas ce que nous voulons, ni l'un ni l'autre, mais c'est peut-être la seule chose à faire.

Chapitre onze

Le reste de la journée passa à toute vitesse. Tout espoir n'était peut-être pas perdu, dans ce fatras qui était ma vie. On engrangeait de nouveaux comptes, je n'avais plus de problème avec Simone, et – au moins pour l'instant – James et moi avions un plan pour arranger les choses. Ceci dit, je ne pouvais pas non plus nier que l'idée de le voir quitter la société me brisait un peu le cœur. Il était devenu un membre de l'équipe, et un ami. Le voir tous les jours me manquerait, et je ne pouvais m'empêcher d'en vouloir à Blake de m'avoir mise dans une position qui imposait son départ. Alors que je songeais à ça, Alli passa me rappeler notre rendez-vous du soir.

Je ramassai mes affaires pour partir. Quelques minutes plus tard, Clay nous déposa devant un restaurant de sushis à la mode, dans une rue animée de la ville. On commanda toutes les deux un mai tai. J'avalai le cocktail doux d'un trait et en demandai poliment un autre à la serveuse lorsqu'elle nous apporta nos assortiments de sushis. C'était juste un jour comme ça. Au moins, l'alcool m'aiderait à m'endormir quand je rentrerais chez moi et y trouverais une fois de plus notre lit vide.

– Donc, James va travailler chez lui pour un temps.

J'avais fini par lâcher le morceau, sachant que le silence tendu d'Alli recouvrait toutes ses questions muettes sur ce qui pouvait bien être en train de se passer.

Alli fronça les sourcils.

– Pourquoi ?

Je pris une longue inspiration.

– Quand Blake et moi n'étions plus ensemble, on s'est mis à se voir un peu plus, James et moi, comme des amis. J'ai essayé de maintenir ça sur un plan professionnel, mais il a commencé à en vouloir plus. Finalement, il m'a fait des avances, et...

Alli en resta bouche bée.

– Tu n'as pas...

– On s'est embrassés. Ç'a été bref, et j'ai voulu y mettre fin au bout de trois secondes. Mais apparemment Risa nous a vus, et ce week-end, à la remise des prix, elle l'a dit à Blake. Je suppose qu'elle voulait se venger de moi en s'attaquant à notre relation. Malheureusement, ça a marché. Blake était hors de lui. On s'est disputés. Il voulait que James dégage, ou sinon...

Je pris une bouchée, haïssant l'idée qu'il l'avait emporté. Que je lui avais donné ce qu'il voulait.

Alli, les yeux écarquillés, continuait de me regarder fixement.

– Je ne m'attendais pas à ça.

– C'est pour ça que je ne te l'avais jamais dit. C'était une erreur, et j'aurais préféré qu'elle passe inaperçue, mis ça n'a pas été le cas, et maintenant je la paie.

– Donc, tout va bien entre vous deux, maintenant que James ne viendra plus au bureau ?

– Je n'en ai pas la moindre idée. Nous ne nous sommes pas vraiment parlé.

Je massacrai l'un de mes sushis en pensant à l'horrible distance qui s'était instaurée entre nous ces derniers jours. J'avais beau être furieuse contre Blake, je détestais chaque seconde de nos disputes. Rien n'allait plus quand nous n'étions pas ensemble, et je ne pouvais qu'espérer que tout allait changer, maintenant.

– À part ça, comment ça va avec Heath ? Donne-moi un peu d'espoir. Tout semble parfait entre vous ces temps-ci.

Elle haussa les épaules et plaça un morceau de gingembre sur l'un de ses sushis.

– Je ne dirais pas « parfait ».

Je haussai un sourcil.

– Des problèmes au paradis ?

Elle s'esclaffa, mais son rire s'éteignit aussitôt.

– Je ne sais pas. Je m'inquiète pour lui.

– C'est compréhensible, mais est-ce qu'il t'en a donné des raisons ?

– C'est bien là le problème. Pas vraiment. Mais je ne peux pas m'empêcher de m'inquiéter. Il est allé au bout du programme, et depuis je n'ai pas réussi à me débarrasser de l'impression qu'il allait rechuter.

– Mais il t'a, toi. Il a Blake et leur famille. On dirait qu'il est en bonne voie. Tout se passe parfaitement bien, non ?

– Je sais. En apparence, tout paraît génial. L'appartement, nos boulots. Mais j'ai l'impression qu'à chaque fois que je m'en assure auprès de lui, il me dit que je suis à l'affût. Il me rappelle que Blake est à l'affût, que toute sa famille est à l'affût. Et c'est compréhensible, mais il me répète qu'il n'a pas besoin d'une personne de plus qui scrute le moindre de ses gestes. Alors que c'est juste que je tiens beaucoup trop à lui pour risquer de perdre ce que nous avons.

Je réfléchis un moment à ce qu'elle me disait. Je n'avais pas connu le Heath dépendant aussi bien que je connaissais le nouveau Heath, sevré, mais j'en avais assez vu pour savoir à quel point il avait été différent. Je croyais que sa relation avec Alli et le fait d'en avoir été privé quand il était retourné en désintox était ce qui lui avait permis de bien mieux s'en sortir. Blake le croyait aussi, et c'est ce qui l'avait poussé à le faire revenir plus tôt, et de façon très inattendue.

– On dirait que tu t'attends à ce qu'il échoue, Alli, dis-je enfin.

Ses épaules tombèrent et la tristesse envahit ses yeux.

– Je suis terrifiée. Je ne veux pas revivre ce que nous avons vécu. C'était l'horreur. Je veux dire, tu m'as vue. J'ai besoin de Heath – je suis follement amoureuse de lui, et je ne peux pas m'imaginer sans lui. Mais pour que ça marche, il faut qu'il reste clean. Je ferai tout pour m'assurer que ce soit le cas.

– Je me souviens de l'état dans lequel tu étais, mais aussi du sien. Je pense que vous avez besoin l'un de l'autre, mais peut-être que ce dont il a encore plus besoin, c'est que tu aies confiance en lui. On sait toutes les deux comment est Blake, et les parents sont des parents. Il veut que tu l'aimes et que tu croies en lui, pas que tu le maternes.

– C'est dur, soupira-t-elle, parce que quand on était à New York, on passait chaque minute ensemble. On avait juste à s'organiser autour de mon emploi du temps, maintenant qu'il travaille avec Blake on a beaucoup moins de temps pour nous.

– Ce n'est pas parce que tu ne passes pas chaque minute de ta vie avec lui qu'il est en danger. Travailler avec Blake et prendre plus au sérieux ses responsabilités, c'est bon pour lui. Même si c'est du temps qu'il ne peut pas passer avec toi.

– Tu as raison, acquiesça-t-elle. J'aimerais juste qu'on n'ait pas à vivre avec ce démon invisible qui menace de venir se glisser entre nous. Chaque jour est une opportunité pour que les choses se passent mal.

– Alli…

Je lui pris la main et la serrai. Elle releva les yeux vers moi.

– Arrête d'attendre les mauvaises nouvelles. La meilleure chose que tu as à faire est de l'aimer, de lui montrer que tu tiens à lui, et de profiter de chaque minute passée ensemble. Arrête d'essayer de contrôler ce que tu ne peux pas contrôler.

* * *

Comme la pluie commençait à tomber plus fort, je me réfugiai sous l'auvent de l'immeuble. Je parcourus la rue des yeux mais ne vis aucun signe de la Tesla de Blake. Mon cœur se serra, et la perspective de passer une nouvelle nuit sans lui me rongea les tripes. Un peu plus tôt, j'avais envisagé de l'appeler pour lui parler de ma conversation avec James, mais quelque chose – peut-être ma fierté – m'avait retenue. Il finirait par l'apprendre, mais je n'étais pas encore tout à fait prête à lui faire savoir qu'il avait remporté ce round.

En montant l'escalier, je croisai Cady juste devant la porte de l'appartement que Sid et moi partagions autrefois.

– Salut, me dit-elle avec un sourire radieux, ses clés dans la main.

– Vous avez vu Blake ? demandai-je avec un enthousiasme nettement moins débordant que le sien.

– Il était au bureau quand je suis partie. Pourquoi ?

J'hésitai à lui en dire plus.

– Il n'est pas rentré la nuit dernière, c'est tout, ajoutai-je finalement.

– Oh… (Son expression se fit plus préoccupée.) Je pense qu'il a dû travailler tard, alors. Il avait l'air épuisé, et... eh bien, il n'était pas exactement d'excellente humeur aujourd'hui. Ceci explique peut-être cela.

Je soupirai, parcourue par une vague de soulagement. Cela dit, savoir qu'il restait au bureau ne le ramenait pas pour autant à la maison. Je la remerciai et montai jusqu'à notre appartement. Je posai mes affaires sur l'îlot central de la cuisine et me rendis dans la chambre. Le lit était en désordre, sans parler des draps, et pas pour les bonnes raisons. Je n'avais pas beaucoup dormi, et lui probablement pas beaucoup plus.

Je pris une douche rapide. L'appartement était silencieux. Nouant la serviette autour de ma poitrine, j'allai ouvrir ma boîte à bijoux posée sur ma commode. Je remis ma bague de fiançailles, et les diamants des bracelets assortis attirèrent mon regard. Je les pris. Leur poids s'imposait à ma paume. Les coûteux anneaux brillaient dans la lumière ténue de la chambre à coucher. Ils étaient magnifiques, mais leur signification l'était plus encore. Je palpai les petits médaillons. La roulette miniature cliqueta contre son pendant, le cœur... le cœur de Blake.

Relevant la tête, je surpris mon reflet dans le miroir. Mes yeux épuisés débordaient d'une tristesse que ne pouvait provoquer que l'éloignement de Blake. Livrer ce combat contre lui semblait vain et néfaste, quand ma réponse serait à chaque fois oui. Quand le seul avenir que je pouvais envisager était un avenir avec lui.

Je voulais qu'il revienne, à n'importe quel prix, même celui de ma fierté. Penser que je pouvais tenir tête à quelqu'un comme lui – un homme qui savait ce qu'il voulait et n'avait de cesse de l'obtenir – était au mieux illusoire. Mais, bon sang, il m'avait poussée à bout.

Lui confier mon corps et mon cœur ne suffisait pas, mais de toute façon j'avais toujours su que ce serait le cas. Une partie de moi savait qu'un jour notre relation en arriverait là, qu'il voudrait tout ce que je pouvais donner. Il avait été dominant et horripilant depuis le premier jour. J'avais été folle de croire que ça pouvait changer.

Mais il avait raison. Je m'étais battue comme une forcenée pour maintenir cette délimitation entre nos deux mondes. Je l'avais laissé entrer, petit à petit, mais j'avais toujours gardé certains aspects de ma vie hors de portée. Parce que je lui avais donné plus qu'à quiconque, je voulais croire que c'était assez. Mais ça ne l'était pas. C'était clair maintenant.

Je ne voulais plus me battre, et je ne voulais pas que notre vie soit un champ de bataille. Peut-être que c'était pour ça qu'il ne me laissait plus d'autre option. On était tous les deux blessés et malheureux à la suite de mes erreurs, et il m'imposait de les payer, ou de changer.

Je passai les bracelets à mon poignet, les admirai. Je les avais toujours portés avec fierté. Je voulais que le monde entier sache que je les arborais pour lui, même si personne ne connaissait la signification qu'ils avaient pour nous. Notre promesse. Comme celle à mon doigt.

Blake pouvait me posséder. Il pouvait détenir ce que j'avais au plus profond de moi, mais j'avais capturé quelque chose de précieux en lui aussi. Quelque chose qu'il n'avait jamais donné à personne d'autre.

Je regardai de nouveau vers le lit, incapable d'ignorer la douleur que me causait le manque : elle était bien trop forte.

* * *

J'avais affronté des trombes d'eau et étais trempée quasiment jusqu'aux os quand je franchis les portes des bureaux du Landon Group. Un trait de lumière se dessinait sur le sol devant la porte entrouverte de Blake. Je frappai doucement avant d'entrer, espérant ne pas être accueillie par une crise cardiaque.

Il était paresseusement assis, les pieds sur son bureau, concentré sur les écrans à l'autre bout de la pièce, et se tourna vers moi.

– On travaille dur ?

Je contournai son bureau et m'assis sur le bord.

– Qu'est-ce que tu fais là ? demanda-t-il.

– C'est moi qui devrais te poser cette question. Tu vas rester combien de temps à camper ici et à bouder ?

Son visage se détendit, et il porta son verre de whisky à ses lèvres.

– Je ne boude pas. (Il reposa son verre, me toisa de la tête à mes talons hauts à lanières.) Tu es trempée.

Je haussai les sourcils et dirigeai mon regard vers les fenêtres de son bureau. Les stores étaient baissés, lui interdisant toute vue sur le monde extérieur.

– Si tu sortais seulement de ta caverne, tu aurais remarqué qu'il pleut à seaux.

– Tu es venue à pied ? demanda-t-il en plissant le front.

J'ouvris de grands yeux.

– Non, Clay m'a amenée, détends-toi.

Je balayai son bureau du regard, et réagis à la vue d'une pile de documents marqués d'un logo familier.

– Qu'est-ce que c'est ? demandai-je en les prenant.

Il soupira, l'air contrarié.

– Les états financiers de l'agence de mannequins de Sophia.

Il me les retira des mains et les jeta à l'autre bout du bureau, hors de ma portée. Mes yeux se plissèrent.

– Elle était à Boston ?

Il but une autre gorgée.

– Pourquoi ? Tu crois qu'elle me les a livrés en main propre ?

Je le dévisageai, refusant de lâcher le morceau.

– Non, Sophia n'était pas en ville, du moins pas à ma connaissance. Tu peux rentrer tes griffes.

Soulagée, je lui souris.

– Tu ne peux pas m'en vouloir de demander, n'est-ce pas ?

– Je suppose que non, maugréa-t-il.

Je pris une longue inspiration et décidai de me jeter à l'eau. J'aurais bien aimé l'amener à résoudre notre problème par un jeu de taquineries, mais on n'y arriverait probablement qu'à l'issue d'une discussion sérieuse. Même si ça ne s'était pas si bien passé la dernière fois.

– J'ai beaucoup réfléchi à ce que tu m'as dit l'autre nuit.

– Et... ? demanda-t-il, imperturbable.

– Je comprends que tu sois fâché, et je comprends pourquoi. J'ai traîné les pieds, en particulier en ce qui concerne ma société. Ç'est mon refuge, en un sens. Une partie de ma vie vers laquelle je peux retourner, quoi qu'il arrive entre nous, et qui m'appartient. Dont chaque succès et chaque échec m'est imputable. C'est tout ce pour quoi j'ai travaillé, et ça m'effraie de le partager avec toi. Mais je veux changer et t'y impliquer plus.

Il me regarda droit dans les yeux.

– Pourquoi ferais-tu ça, après tout ce temps ?

– Eh bien, déjà, si on se marie... (Je m'attardai un instant sur cette idée, en m'efforçant de ne pas m'appesantir sur la possibilité qu'on ne le fasse pas, qu'il ne le désire plus.) Je suppose qu'alors, ce qui est à l'un est à l'autre. Si je ne peux pas faire confiance à mon futur époux pour ma boîte, à qui ferai-je confiance ?

Il reposa son verre, fit glisser ses mains sur ses cuisses, parut m'étudier.

– D'accord, dit-il simplement. Donc James s'en va, je suppose ?

Je cherchai dans ses yeux le moindre signe qu'il pourrait céder sur ce point.

– Tu n'as pas l'impression d'être un tant soit peu déraisonnable dès qu'il s'agit de garder James dans la société ?

– Si je suis déraisonnable, c'est en réponse à un comportement déraisonnable, et dans ce cas précis je dirais que c'est totalement justifié. Je t'ai indiqué ma position sur ce point. Rien n'a changé.

– Et si je te disais qu'à compter d'aujourd'hui tu pouvais avoir tout le contrôle que tu veux sur la société, excepté sur ce tout petit point précis ?

J'illustrai mon propos en lui montrant la modicité de l'espace que cela représentait entre mon pouce et mon index, comme si ça pouvait être utile.

– Tu devrais rentrer, Erica. Ce n'est pas la peine qu'on dorme ici tous les deux.

Il retira ses pieds de son bureau et fit tourner son fauteuil vers les écrans d'ordinateur. Bon sang, qu'il était têtu ! Je pouvais presque voir ses ergots se planter dans le sol. Dieu me préserve, il ne reculait devant rien. Il mettait la survie de notre relation en jeu pour obtenir ce qu'il voulait, ce dont il disait avoir besoin. Je n'arriverais pas à le raisonner ce soir. Sauf si j'utilisais des moyens aussi déloyaux que les siens.

– Comme tu veux, dis-je en me relevant.

Lentement, je caressai le premier bouton de mon imper. Puis je les dégrafai un par un. Blake reporta son attention sur moi. Son regard se figea lorsque j'écartai les deux pans, lui donnant un aperçu de ce que je portais en dessous. Pas grand-chose.

– Ce n'est pas par le sexe que tu me feras plier.

– Vraiment ? dis-je en inclinant la tête.

Je le défiais, tout en sachant que j'avais déjà secrètement décidé d'accepter ses exigences. Je souris et retirai mon imper. Quand je le laissai tomber par terre, j'étais quasi nue, avec juste un peu de dentelle pour couvrir le minimum. Des filets d'eau dégoulinaient de mes cheveux sur ma peau déjà humide. Je m'étais inquiétée de l'effet de la pluie sur mon apparence, mais à en juger par la façon dont les lèvres de

Blake s'entrouvrirent, ça avait même probablement joué en ma faveur.

– Je crois que je peux te faire changer d'avis.

– Impossible. J'en ai marre, Erica.

Si j'avais eu les yeux bandés, j'aurais peut-être cru qu'il ne pouvait en effet pas être influencé. Mais son regard le trahissait, fixé sur ma poitrine pendant que je jouais avec l'agrafe sur le devant de mon soutien-gorge.

– Je crois me souvenir que tu as un faible pour la dentelle, le narguai-je.

– Tu es ma seule faiblesse, murmura-t-il.

Ses mots me transpercèrent le cœur. Mon sourire espiègle s'évanouit. Je voulais être sa faiblesse, mais pas s'il se le reprochait, comme le ton de sa voix semblait l'indiquer. Je tournai les talons et m'éloignai lentement. Ma fierté en avait pris un coup, et maintenant je me sentais aussi blessée qu'embarrassée. Je voulais qu'il me désire, qu'il m'accueille, peut-être pas à mi-chemin, mais qu'il fasse tout de même un pas.

– Où est-ce que tu vas ?

J'esquissai un petit sourire devant ce petit signe d'espoir. Je ralentis devant le canapé, à l'autre bout de la pièce, et dégrafai mon soutien-gorge puis le laissai glisser le long de mes épaules et de mes bras, privant Blake de la vue de mes seins nus. Accrochant de mes pouces ma culotte quasi inexistante, je l'ôtai, pour apparaître toute nue, hormis mes bijoux.

– Tu ne vas pas l'emporter comme ça, tu sais.

Je fis volte-face, et il fut immédiatement devant moi, le regard brûlant.

– Je ne cherche plus à l'emporter.

Il n'y avait plus le moindre défi dans cette concession.

– Alors qu'est-ce que tu es en train de faire ?

Je passai mes mains sur sa poitrine.

– Je te laisse gagner.

Il cilla.

– Tu joues avec moi. Les jeux ne m'intéressent pas.

– Je ne joue pas. Je t'offre ce que tu veux. Je te donne tout de moi.

Je tendis les bras et les enroulai autour de son cou. Mes seins frottaient contre sa poitrine à travers sa chemise. Je pouvais sentir son cœur battre la chamade, au même rythme que le mien.

– Ça ne marche pas. Être séparés nous détruit. Je ne peux pas vivre sans toi, Blake. Je peux à peine survivre une nuit sans toi. Comment pourrais-je risquer de te perdre à jamais ? Si tu ne veux pas même me donner cette petite chose, alors je n'ai pas le choix, n'est-ce pas ? Donc, je te laisse gagner. Je te confie tout ce que j'ai, mon corps, mon âme, ma boîte. Prends ce que tu veux, sois où tu as besoin d'être.

Je croisai son regard, voulant qu'il croie chacun des mots que j'avais prononcés.

– ... Et James.

Je pris une inspiration, me résignant au choix que j'avais fait.

– Il part. C'est fait.

Chapitre douze

Il me regarda en silence. Je m'étais accrochée à lui, mais il ne m'avait pas touchée. Il se retenait encore. Et pourtant, à la façon dont ses muscles bandés saillaient sous sa peau, je ne pouvais m'empêcher de sentir que ça pouvait changer à tout moment. J'étais devenue la proie, et cette traque allait s'achever très bientôt. L'anticipation faisait s'emballer mon cœur.

– C'est ce que tu veux, non ?

Ma voix s'altéra lorsqu'il passa sa langue sur ses lèvres.

– Ce n'est pas tout ce que je veux.

Le désir emplit ses yeux, se mêlant à la détermination tranquille que j'avais sentie croître en lui ces derniers jours. Ma peau s'échauffa sous son regard explorateur.

– Je te donne tout, murmurai-je.

– J'aimerais le croire, mais tu n'as jamais fait que me résister. Comment saurais-je que quelque chose a changé ?

Comment le lui prouver ?

L'amour ne suffisait pas. Les mots, y compris tous ceux que j'avais prononcés, ne suffisaient pas. J'étais là, nue et vulnérable. J'étais là, collée à l'homme qui exigeait la moindre parcelle de moi. Je laissai retomber mes mains. Qu'est-ce qui était assez ? J'avais finalement cédé à toutes ses exigences, et maintenant je me demandais comment je pouvais le lui prouver.

Je tortillai nerveusement les doigts. Je tâtai le petit cercle de diamants sur ma phalange. J'eus soudain une idée. Mon estomac se noua et l'adrénaline envahit mes veines. Je fermai les yeux.

Merde. J'allais tout lui abandonner, et j'étais pétrifiée.

J'expirai nerveusement, espérant que ça me dénouerait la gorge. Ouvrant les yeux, je rassemblai mes forces. Je regardai dans les yeux de Blake, y perçus un maelström de désir et d'anxiété.

– Blake, je t'aime tant. Et je te fais confiance. Vraiment. (Je veillais à conserver le même ton, pour ne pas lui donner une quelconque raison de douter de moi.) Alors, prends ce mot pour ce qu'il est... tout... *tout* ce que j'ai. Ne me le fais pas regretter.

Je fermai les yeux une seconde, et tombai à genoux. Le seul bruit dans la pièce était celui du métal contre le métal, le cliquètement des bracelets tandis que je plaçais mes mains sur mes cuisses.

J'attendis. J'attendais qu'il me croie, qu'il vienne à moi, que ce soit lui qui nous remette ensemble.

Une minute passa, qui me parut une éternité. Aucun mouvement, aucune parole. Seulement l'écho de ce que j'avais fait et l'anticipation de là où ça nous mènerait. Lentement, il se pencha vers moi. Je gardai les yeux baissés vers le sol et la toile sombre de son jeans tendue aux genoux. Il releva mon menton pour que nos regards se croisent. Ses lèvres étaient entrouvertes, laissant entendre de petits halètements qui contrebalançaient ma respiration désordonnée.

Il traça une ligne sur mes lèvres tremblantes.

– C'est ce que je veux... si c'est ce que tu veux, dit-il finalement.

Mon cœur martela ma poitrine, en un puissant rappel de l'importance qu'il avait pour moi.

– Je te veux. Je ne peux pas promettre que je serai parfaite, mais je vais essayer d'être ce que tu veux, ce dont tu as besoin.

Il glissa sa main sur ma joue et dans mes cheveux, m'engageant à me relever. Je me redressai en m'appuyant sur sa poitrine. Ses muscles durs glissèrent sous mes doigts. Il me maintint ainsi, nos lèvres toutes proches, ses yeux brûlants d'émotion.

– Tout ce que j'ai jamais voulu, depuis le jour de notre rencontre, c'est ta confiance, souffla-t-il dans un murmure sur mes lèvres. Je veux être là pour toi, pour t'aider, te protéger. Je ne peux rien faire de tout ça si tu me résistes, si tu me repousses.

– Je ne le ferai plus, c'est promis.

Son regard se radoucit. Il enroula un bras autour de ma taille, me serra contre lui.

– Et je te promets que tu n'auras jamais à regretter ce choix.

Une sensation de chaleur envahit ma poitrine, dispersant les tensions et les doutes. Mon amour pour cet homme m'apparut, me faisant trembler de tout mon corps. Il entraîna dans son sillage un tourbillon de désir, qui m'imposait de le posséder immédiatement. Son nom sur mes lèvres, je l'embrassai fiévreusement, comme si c'était ma dernière chance. Mes mains dans ses cheveux, je m'accrochai à lui, pour rapprocher nos corps autant qu'il était possible. Il répondit à mon vœu silencieux en posant ses deux mains sur mes fesses. La pression contre ses reins me montra à quel point il me désirait aussi.

J'inspirai comme je pus, le souffle coupé par ses baisers et l'électricité dans l'air.

– Prends-moi maintenant. Prends ce qui t'appartient, Blake.

Il me porta rapidement sur le canapé et m'y allongea sur le dos. Pendant qu'on échangeait un baiser dévorant, il attrapa mes poignets et les ramena au-dessus de ma tête. Je me cambrai, fébrile et impatiente de le sentir contre moi. Il relâcha son emprise et je voulus en profiter pour m'avancer vers lui, mais découvris que mes poignets étaient entravés par les bracelets. La paire de menottes la plus onéreuse que je porterais jamais, d'une beauté qui me maintenait captive comme jamais rien d'autre ne l'avait fait.

– Tu m'as donné ce que je voulais, Erica. Maintenant, je vais te donner tout ce que tu veux. Tu ne manqueras de rien ce soir, ma belle.

Mes doigts brûlaient de le toucher, de s'enfoncer dans ses cheveux, de courir sur son dos. Je gémis, l'impossibilité de bouger et de l'attraper malgré mon violent désir se rappelant brusquement à mon bon souvenir.

– Alors, baise-moi et ne me fais plus attendre.

Il descendit le long de mon corps, ses baisers laissant une trace humide sur mon torse. Un coup de langue dans mon nombril, un léger frottement de ses dents sur ma hanche.

– Blake, gémis-je.

– J'y viens, ma belle. Crois-moi, j'y viens. Je veux d'abord te goûter juste un peu.

Il poussa l'une de mes jambes vers le sol. Attrapant l'autre au genou, il la maintint fermement contre le dossier du canapé, m'exposant complètement à lui. J'étais étendue là, débordante de désir et offerte à l'homme qui ne manquait jamais de faire de moi la pire des traînées en quelques mots bien choisis.

La fièvre m'envahit. Mon cœur tonna, l'anticipation sexuelle débordant même ma passion pour lui maintenant. Je serrai les poings en me souvenant de mes entraves. Les anneaux de métal, frais contre ma peau aux endroits où j'exerçais une pression, me rappelaient qui menait la danse. Je fermai les yeux et soupirai, me laissant aller dans les coussins moelleux du canapé.

– Bonne fille. Détends-toi, et je vais te faire voir des étoiles, murmura-t-il.

Il flatta l'intérieur de ma cuisse de ses lèvres. À chaque fois que sa langue dardait et entrait en contact avec ma peau, mes yeux roulaient en arrière. Mes doigts se crispèrent sur l'accoudoir du canapé, là où il les avait placés un peu plus tôt. Des vagues de chaleur me parcouraient, comme de la lave en fusion. J'aurais juré que je n'avais jamais été à la fois aussi avide et aussi patiente, convaincue qu'il allait satisfaire mes besoins.

Des mains chaudes et assurées glissèrent de mes genoux vers le centre de mon corps, que Blake élargit plus encore avec ses doigts. Quand sa bouche entra en contact avec les chairs sensibles entre mes cuisses, je commençai à trembler. Son emprise sur mes cuisses se raidit, pour mieux m'immobiliser. La douce pression de son baiser intime fit place à sa langue, qui parcourut mon clito d'un grand coup de velours. Je laissai échapper un cri, et ma patience fut mise à rude épreuve tandis qu'il continuait de masser la petite boule de nerfs tendue, la suçant et la léchant, ahanant tout contre elle.

– Tu as un goût de paradis.

Ses paroles soufflèrent sur mon sexe palpitant un air plus frais que la douce chaleur de sa bouche. Bon sang, sa bouche. Sa langue allait et venait de haut en bas, suceuse et dévoreuse. Il n'y avait plus rien de préliminaire dans la façon dont il me bouffait. J'étais dangereusement proche de l'orgasme, et me trémoussais au rythme de ses mouvements.

– Tu me veux au fond de toi quand tu jouiras ? Tu veux quelque chose sur quoi t'écraser quand tu plongeras dans l'abîme ?

Il glissa un doigt solitaire en moi, juste assez pour me rappeler ce qui me manquait tant.

Je m'empressai d'acquiescer, ma voix ayant laissé place à un halètement incontrôlable. Je voulais chaque instant intensément érotique que son bel esprit pouvait imaginer. Sans un mot de plus, il se releva. Il ôta sa chemise et tira sur sa ceinture.

Au bruit qu'elle fit en glissant à travers les passants, tout mon corps fut parcouru d'un frisson féroce. Je me mordis la lèvre et me cambrai. Un demi-sourire naquit au coin de sa bouche tandis qu'il déboutonnait son jeans et le faisait descendre en même temps que son caleçon, révélant sa bite dure, magnifique, et prête.

– Admets-le.

Je me tournai vers son visage, aussi époustouflant que le reste de son corps. Je plissai le front.

– Admets que tu aimes la ceinture.

Mes dents appuyèrent encore un peu plus fort sur ma lèvre inférieure. La douleur, la douce frontière du plaisir.

– Je sais que c'est le cas, s'esclaffa-t-il. Ta chatte mouille incroyablement à chaque fois. Tu n'as pas vraiment besoin de l'admettre, parce que je le sais déjà. Ton corps te trahit. Mais j'aimerais entendre ces mots sortir de ta bouche.

Le souvenir du cuir brûlant ma peau provoqua une réponse physiologique au-delà de tout ce que j'aurais pu imaginer. Malgré toutes les craintes que j'avais dû affronter et sans que je l'aie réellement décidé, j'aimais effectivement ce que nous avions fait. Je n'avais pas le souvenir d'une seule chose que je n'avais pas aimée, ou dont je n'avais pas été complètement folle, d'ailleurs. Je voulais être provoquée. Je voulais aller plus loin. C'était peut-être dément, et peut-être que rien de tout ça n'avait le moindre sens pour le reste du monde, mais il avait raison. J'aimais ça, et il était inutile de le nier. Je souris.

– Je le reconnais.

Il se dressa au-dessus de moi avec un sourire diabolique.

– Je crois que je me suis trouvé une petite déviante. Une petite déviante belle et maligne. Je savais que tu étais faite pour moi, et tu continues de me prouver que j'avais raison.

Mon sourire s'élargit.

– Je préfère tout de même tes mains. C'est mieux quand tu sens la brûlure aussi, et quand tu t'arrêtes pour me saisir et me toucher là.

Il gémit et palpa son érection, pompant toute sa longueur rigide.

– Je n'avais pas prévu de te fesser ce soir, mais tu me donnes envie de te plaquer sur mon bureau en cet instant même.

– Ça pourrait se faire.

Je le regardai par en dessous. Je m'apprêtais à l'en supplier quand il se baissa entre mes cuisses. Quand il fut sur moi, le contact soyeux de nos corps chauds glissant l'un sur l'autre fut presque trop. J'inspirai bruyamment, et il saisit la lèvre que j'avais pincée. L'aspirant dans sa bouche, il passa sa langue sur la chair gonflée.

– Je ne veux pas te punir, ma belle, je veux te récompenser. Je veux passer des heures à te faire jouir pour moi. Encore (il porta ses lèvres à mon cou) et encore (le suçota en descendant vers l'épaule) et encore, jusqu'à ce que tu me supplies d'arrêter.

Je serrai les dents, sachant à quel point j'étais déjà près du gouffre.

– Je te supplie... de commencer. Laisse-moi jouir, Blake, s'il te plaît.

– C'est ce que je vais faire. Tu veux ça comment ? Lent ?

Je m'arquai vers sa bouche comme il descendait vers mes seins. Virevoltant autour d'une pointe durcie du bout de la langue, il suça, aspira.

Il me regarda. Je secouai la tête.

– Rapide ?

Se tournant vers l'autre sein, il lui appliqua le même traitement jusqu'à ce que je sois prête à perdre la tête.

– Oui, soufflai-je.

– Fort ?

Il prit la pointe du mamelon entre ses dents, et ses doigts retrouvèrent ma chaleur moite. Il glissa deux doigts à l'intérieur, tourna doucement. Il mordilla gentiment mon téton. Je vibrai et me crispai.

– Oh ! merde… haletai-je.

Il se libéra et remonta.

– Ton corps me dit tout ce que j'ai besoin de savoir, ma belle. Maintenant, je vais te donner tout ce que tu veux.

Quand la chaude couronne de son gland se pressa en moi, je crus que j'allais mourir de l'intensité du soulagement qu'elle m'apportait. Il me pénétra facilement, et j'exhalai en un long râle. Je perdais toute emprise sur la réalité beaucoup trop vite. Enfoncé là, il donna de rapides coups de reins. Son mouvement possessif ne m'aida en rien à garder mes esprits. Puis il m'embrassa partout, visage, épaules, cou.

– Blake, par pitié, laisse-moi te toucher. J'en ai besoin.

Son corps profondément uni au mien, je vis dans ses yeux sa vulnérabilité quand il obtempéra. Je redescendis mes poignets, les muscles de mes épaules endoloris par ma position. Il dénoua les bracelets, me libérant rapidement. À la seconde où il le fit, je plongeai une main dans ses cheveux et l'attirai vers ma bouche pour un baiser passionné.

Comme si ce geste était le signal qu'il pouvait me baiser comme une bête, il agrippa mes hanches et plongea en moi.

Ses coups puissants et profonds me firent remonter sur le canapé jusqu'à ce que son autre main saisisse l'accoudoir. Ce nouvel appui lui permit de me baiser encore plus fort, de me posséder encore plus profondément.

– C'est ce que tu veux, ma belle ?

– Oui, gémis-je. Bon Dieu, oui !

J'enfonçai mes ongles dans ses flancs, avec l'envie de le marquer. J'emprisonnai ses reins entre mes cuisses, pressant ses mouvements en moi. J'avais besoin de le sentir, de nous sentir, de tout sentir disparaître dans la béatitude que ça pouvait déchaîner.

– Je n'aurais jamais cru que je pourrais aimer quelqu'un comme je t'aime, Erica... Bon sang ! tu n'as aucune idée de ce que tu me fais.

Je tremblai, la profondeur de sa pénétration déclenchant des vagues d'un plaisir comme électrique à travers tout mon corps. J'étais perdue dans cette sensation. J'agrippai ses cheveux à la racine, mon sexe s'écrasant sur lui. Tout s'écrasait. Toutes les murailles, toute ma fierté... Rien n'importait plus que ça.

Sans prévenir, il se redressa sur ses genoux. Il saisit mes chevilles, les plaça sur ses épaules. Au coup d'après, il me mit sur orbite. Il était allé tellement profond.

Il glissa sa main entre nous et traça de petits cercles serrés sur mon clito. Un arc-en-ciel apparut devant mes yeux. Je commençai à perdre pied. L'orgasme était si proche que je pouvais le humer. Je le percevais de tout mon être, jusqu'au bout des doigts et des orteils.

– Blake... laissai-je échapper comme une prière.

– Dis-moi comment tu le veux.

– Fort ! hurlai-je, la jouissance m'envahissant déjà.

Mon dos se souleva du canapé, mon corps fut pris de spasmes incontrôlables. Avec un grondement féroce, il agrippa les chairs de mes hanches. Des deux mains, il m'enfonça sur sa bite, et me baisa plus fort que je ne l'avais été de toute ma vie. Son membre s'allongea en moi, heurtant mon tréfonds de cette délicieuse façon qui précédait toujours de quelques secondes son éjaculation.

Il jura, vibra en moi. Les yeux levés vers le ciel, il reprit sa respiration. Il avait l'air aussi démoli que moi. Glissant hors de ma chatte, il retomba sur le canapé. Les mains sur la tête, il expira lentement, par saccades.

– Pourquoi ?

Il tourna la tête vers moi, la confusion s'ajoutant au chaos sur son visage.

– Pourquoi quoi ?

– Pourquoi, bon sang, voulais-tu nous priver de ça ?

Il s'esclaffa, et je souris aussi, trop exténuée pour autre chose qu'une plaisanterie. Puis son sourire s'effaça. Il posa sa main sur mon genou, caressa tendrement ma cuisse. Plusieurs minutes s'écoulèrent ainsi.

– Ne me quitte plus jamais, Blake, dis-je doucement.

Nos regards convergèrent.

– Je ne t'ai pas quittée.

– Tu as quitté notre lit, et je ne savais pas où tu étais.

– Je ne voulais pas être loin de toi. Je ne veux jamais être loin de toi. Je ne pense qu'à toi. Tu es la seule personne avec laquelle j'ai envie d'être.

– Alors pourquoi es-tu parti ?

Il soupira.

– Si j'étais rentré à la maison, je t'aurais baisée à ne plus pouvoir.

Je ris de nouveau, malgré le sérieux que je m'efforçais d'afficher.

– Et depuis quand est-ce un crime ?

– Pas vraiment un crime, mais aussi incroyable que ça puisse paraître – et, crois-moi, ça l'était –, te baiser n'allait pas me procurer ce que je voulais. Pire, ça risquait de ne faire que compliquer les choses et brouiller les enjeux. Nous savons tous les deux que le sexe n'était pas le problème. Mais j'espérais que tu viendrais, tôt ou tard. Et j'étais prêt à me contenter de me branler jusqu'à ce que tu acceptes mes exigences, même si ce n'était pas une perspective réellement plaisante.

Je secouai la tête, incrédule.

– Et maintenant que j'ai accepté ?

Il fit encore descendre sa main, prit la mienne et entrelaça nos doigts.

– Maintenant, je veux te ramener à la maison et te montrer toute l'étendue de ma gratitude jusqu'au lever du soleil.

* * *

Je m'habillai pour aller travailler et rejoignis Blake dans la cuisine. Le voir là se servir du café me fit réaliser plus encore à quel point notre éloignement avait été terrible. Je voulais Blake dans ma vie chaque matin, chaque soir, et chaque minute qu'il nous était possible de voler entre les deux. Et je me dis que la vie conjugale devrait assez bien répondre à ça. Un petit frisson d'excitation me parcourut à cette pensée.

Je me frayai un chemin autour de l'îlot pour aller me chercher un café, et il m'attrapa au vol pour un baiser. Je fondis. Ses lèvres s'attardèrent, et sa langue me nargua. Des souvenirs de la nuit tourbillonnèrent dans mon esprit. Chaque contact, chaque fulguration. Là, j'aurais bien aimé avoir le temps pour un rappel. Mais, quoi qu'il en soit, le week-end approchait et nous allions pouvoir en passer au moins une partie au lit. Je voulais Blake à mes côtés, mais je voulais aussi rattraper un peu de mon sommeil en retard. Je n'avais pas réellement dormi depuis le voyage à San Francisco, et la fatigue commençait à se faire sentir.

– Je suis épuisée.

J'échappai à son étreinte puis allai m'asseoir autour de l'îlot avec mon café.

– Alors on est deux. Pourquoi tu ne restes pas à la maison ?

– Certains d'entre nous doivent travailler, mon cher.

Un silence confortable s'installa pendant que nous buvions nos cafés.

– Quand James part-il du bureau ?

Je serrai les mâchoires, j'avais conservé un peu d'amertume quant au départ de James.

– Je voulais justement t'en parler, en fait.

Il reposa brusquement sa tasse. Ses sourcils se dressèrent, comme par défi.

– Ce n'est pas ce que tu crois, le rassurai-je.

– C'est quoi, alors ?

– Demander à James de partir n'était pas ce que je voulais, mais je l'ai fait pour toi.

– Pour nous, reprit-il.

Je soufflai bruyamment.

– Peu importe. Mais il est difficile pour moi de ne pas y voir un parallèle avec ta situation avec Sophia.

Il m'adressa un regard inexpressif avant d'aller remplir à nouveau sa tasse.

– Elle vit à New York.

– Mais tu as couché avec elle. Vous avez un passé ensemble. Vous avez eu une relation sexuelle et romantique. Et même si je ne la méprisais pas personnellement, ça me dérangerait que tu continues de la voir, même sporadiquement.

Il se tourna et s'adossa au comptoir. La posture était désinvolte, mais je pouvais sentir sa tension sous ses vêtements. Je détestais ce que le prénom de cette femme déclenchait dans cette pièce. Je détestais également nos vêtements. Les conversations de ce genre semblaient mieux se passer quand nous étions nus.

– La seule raison pour laquelle je continue de la voir est professionnelle. Je te l'ai déjà dit. Pourquoi toujours revenir sur ce sujet ?

– Parce que je suis un être humain, et que, comme toi, je suis jalouse de quiconque veut ce qui est à moi. Tu es à moi, et tu ne peux pas nier qu'elle te veut. Tu peux bien me répéter toute la journée que vous êtes juste amis, mais je pourrais te dire la même chose de James et moi, et tu ne l'entendrais pas.

– Qu'est-ce que tu veux que je fasse ?

Je laissai courir mon doigt sur le bord de ma tasse, craignant soudain de frôler la catastrophe avec Blake, et ce si peu de temps après que nous nous étions réconciliés.

– Depuis combien de temps es-tu engagé dans sa société ?

Il fronça les sourcils.

– Quatre ans.

Je hochai la tête.

– Ça fait long.

– Où veux-tu en venir, Erica ? Crache le morceau.

– J'aimerais que tu envisages de te désengager de sa société. Je ne veux pas dire que je veux que sa boîte souffre, mais je ne peux pas m'empêcher de penser que garder ce lien avec toi est comme un filin de sécurité pour elle. Que tant qu'elle l'aura, elle gardera une chance de te reconquérir.

– Elle n'a aucune chance de me reconquérir.

– Lui as-tu annoncé qu'on se mariait ?

Il serra les mâchoires. Il se dégagea et alla jeter le reste de son café dans l'évier.

– Tu es une vraie plaie, Erica. Tu as conscience de ça ?

Je m'esclaffai, soulagée par cet instant de légèreté.

– Fais ce que tu veux, Blake. Je te dis juste ce que je ressens. Tu veux que je sois honnête avec toi, alors je le suis. J'ai fait un sacrifice pour le bien de notre relation, et ce genre de sacrifice est plus facile à assumer quand il n'y a pas deux poids deux mesures.

Il fit le tour de l'îlot et se planta devant moi. Ses yeux étaient pleins de gaieté. Quelque chose avait changé en lui, et j'adorais déjà ça.

– Je vais y réfléchir.

– Merci, murmurai-je en me hissant sur la pointe des pieds pour embrasser ses lèvres.

– Tu es contente ?

– Tu me rends heureuse, alors oui. Et moins j'ai à te partager, mieux je me porte.

Il bougonna et se pencha pour m'embrasser de nouveau, laissant filer le bout de sa langue sur mes lèvres.

– Et si je te rendais heureuse encore une fois avant le travail ?

Chapitre treize

Je me concentrai sur mon travail toute la matinée. Dans l'ensemble, tout allait bien. Il n'y avait pas de problème avec Blake, James et moi avions éclairci la situation, et j'étais prête à aller de l'avant. Après le déjeuner, Daniel m'envoya un texto pour me rappeler le rendez-vous que nous avions programmé pour l'après-midi même.

Je me maudis d'avoir oublié. En sortant, je hélai un taxi qui me mena au QG de campagne de Daniel. J'avais beau ne pas avoir besoin de ce deuxième boulot, j'eus pitié de l'énergie que déployait le sous-directeur de campagne de Daniel. Sans attendre, il m'entraîna à travers l'agitation continuelle du QG, qui me mettait toujours les nerfs à vif.

– Très heureux de vous revoir, Erica.

Will referma la porte derrière nous. Passant une main dans ses cheveux blond foncé toujours ébouriffés, il s'assit derrière son bureau.

Je m'assis face à lui et sortis mon carnet.

– Moi aussi. Quelles sont les nouvelles ?

– Eh bien, comme vous le savez certainement, l'époque des débats a commencé.

Il leva les mains au ciel. Je fis la moue.

– Non, je ne savais pas. C'est une bonne chose ?

Il haussa les sourcils. Il croyait toujours que c'était un poste important pour moi, et non une situation que Daniel m'avait imposée, ce qui expliquait mon absence totale de connaissances sur l'état actuel de la campagne. Si j'avais voulu, j'aurais su où trouver les informations, mais rien dans l'élection du gouverneur du Massachusetts ne m'intéressait, même si mon père biologique en était un candidat important.

– Jusqu'ici, oui, ça se passe bien. Monsieur Fitzgerald en a remporté la plus grande partie. Notre position dans la course est solide, et avec un mois de campagne restant à mener, nous voulons que cette dernière ligne droite serve à consolider la victoire.

– Évidemment.

Je ne savais toujours pas quoi penser d'une victoire ou d'une défaite de Daniel. C'était mon père, et même si c'était aussi un meurtrier sociopathe, une partie de moi voulait l'encourager. Je chassai cette étrange idée de mon esprit et poussai Will à me donner plus d'informations. Je ne m'étais pas tenue au courant depuis des semaines. Dieu merci, Daniel m'avait laissé une certaine liberté d'action, mais j'avais l'impression que ça n'allait pas durer.

Will passa une heure à me mettre au courant. On discuta de stratégies possibles et d'idées nouvelles. Je réussis à trouver des parallèles entre mon activité et les objectifs de communication de Daniel, si bien qu'après mon départ Will disposerait d'un certain nombre de nouvelles initiatives à mettre en place d'ici notre rendez-vous suivant, la semaine d'après.

Le bourdonnement constant à l'extérieur du petit bureau de Will parut gagner en volume. Sentant un changement, je tournai la tête. À travers les parois vitrées du bureau, je vis que plusieurs personnes s'étaient rassemblées près de l'entrée, où se tenait Daniel. Il était toujours aussi imposant, dans un costume impeccable, mais sa posture était plus détendue. Il était en train de parler, mais de là où l'on était on ne pouvait pas l'entendre. Puis ses yeux bleus croisèrent les miens, et son sourire parut s'élargir un peu. Quelques secondes plus tard, il nous rejoignait dans le bureau de Will.

Je me levai, un peu embarrassée. Devais-je lui serrer la main ?

– Will, un de nos stagiaires là-bas a besoin d'aide pour des communiqués de presse qui doivent partir aujourd'hui. Des questions sur des citations, des choses à ne pas dire. Vous pouvez vous en occuper ? Ça me donnera l'occasion de discuter un peu avec Erica.

– Bien sûr. Prenez votre temps.

Will s'empressa de se lever, ramassa des papiers et son téléphone.

Aussi perturbante que la présence de Daniel puisse être, je me détendis tout de même quand Will et son stress quittèrent la pièce. Daniel s'enfonça dans son siège, jambes croisées, tapotant du bout des doigts sur son genou.

– Comment ça va ?

– Bien.

– Et Blake ?

Je lui adressai un regard inquiet. Il laissa échapper un petit rire. Il semblait de bonne humeur, mais par habitude j'envisageais toute communication directe avec lui – tout particulièrement au sujet de Blake – avec circonspection. J'avais probablement gardé quelques séquelles de certaines de nos rencontres, moins civiles.

– Je ne faisais que demander. La dernière fois qu'on s'est parlé, tu m'as dit que vous étiez fiancés. Des nouvelles, à ce sujet ?

Je pris une longue inspiration, mon soulagement tempérant ma crainte qu'il puisse encore garder sérieusement rancune à mon fiancé.

– Hum, non, pas vraiment. Comment va Margo ? demandai-je, espérant changer de sujet.

Daniel détourna les yeux.

– Elle se remet. La campagne électorale a été une bénédiction pour elle, ça lui a donné quelque chose sur quoi se concentrer, Dieu merci.

– C'est une bonne chose, je suppose.

– Tiens, elle m'a parlé de toi, l'autre jour.

Je n'avais pas vu Margo depuis des semaines, et pas depuis la mort de Mark. Et je n'avais aucune envie de revoir la femme qui avait donné naissance à mon violeur, sachant que nos malencontreuses retrouvailles avaient de fil en aiguille entraîné sa mort. Je ne pouvais pas compatir à sa peine, ni faire semblant de ne pas savoir que c'était à mon père qu'elle devait cette disparition.

– Elle sait que je travaille avec vous sur la campagne ?

Il hocha la tête.

– Elle le sait. Vous avez avancé sur les détails, Will et toi ?

– Oui, je crois que nous avons un bon projet pour les prochaines étapes. Si les choses continuent à bien se passer à l'extérieur de la planète Internet, nos efforts pourraient vous procurer un avantage supplémentaire. Je veux dire, je n'ai jamais fait ça dans le domaine de la politique, mais c'est pour le moins prometteur.

– Excellent. C'est ce que je voulais entendre. Je suis heureux qu'on ait trouvé ce terrain d'entente, d'une façon ou d'une autre.

Je me plongeai dans mon carnet. Il était heureux maintenant, mais il m'avait fait vivre l'enfer pour en arriver là, quand il aurait pu tout bêtement le demander gentiment. Sans le meurtre et la violence et les menaces de mort qui, je l'espérais, appartenaient maintenant au passé.

– Erica !

Je relevai la tête devant ce ton plus exigeant.

– Est-ce que ça aiderait si je te disais que je suis désolé ? Pour tout ce qui s'est passé ?

– Je suis ici aujourd'hui. N'est-ce pas suffisant ? Est-ce que je dois en être heureuse, en plus ?

– Je me sentirais un peu mieux si c'était le cas. Si on l'emporte, il y aura de quoi être heureux pour tout le monde.

J'essayai d'imaginer ça un instant. Je n'étais pas certaine que ma vision de la victoire était la même que la sienne.

– Vous croyez vraiment que remporter cette élection vous rendra heureux ?

Une profonde ride s'inscrivit sur son front, et il se leva.

– J'ai une journée chargée. Je dois encore régler d'autres choses avec Will avant de partir, mais ça m'a fait plaisir de te voir.

J'attrapai rapidement mon sac, y glissai mon carnet, et me levai.

– À plus tard, alors.

Je le dépassai, tendis la main vers la poignée de la porte. Il posa une main sur mon coude, et je m'écartai d'un bond. Mon cœur battit la chamade au souvenir de la dernière fois qu'il m'avait touchée, m'emplissant de rage. Je le fixai par-dessus mon épaule, accrochant son regard.

– Même si ça ne veut rien dire pour toi, que tu n'es pas vraiment heureuse d'être là, je veux que tu saches que je suis fier que tu fasses partie de tout ça.

J'opinai rapidement puis sortis. Je saluai Will d'un geste de la main et filai aussi vite que possible. Au passage, j'aperçus Daniel qui me regardait partir d'un air stoïque.

* * *

Je fus accueillie à mon entrée dans l'appartement par l'odeur alléchante du dîner, avec un morceau de jazz en musique d'ambiance. Blake était dans la cuisine, l'air concentré, mettant la touche finale à nos deux assiettes.

– Qu'est-ce que c'est ?

Je me débarrassai de mon sac et m'appuyai contre l'îlot pour le regarder.

– Si j'ai tout bien fait, ça devrait avoir l'apparence et le goût de filets de bœuf Wellington. Lucullus serait fier de moi, je crois.

Je souris, touchée par ce geste, et un peu fière, aussi. Blake excellait dans tout ce qu'il entreprenait.

– Si j'avais su que me mettre à genoux aboutirait à un dîner de gourmet chaque soir à la maison, je l'aurais fait plus tôt. Tu sais que la nourriture ouvre le chemin de mon cœur.

– Attention à ce que tu dis, ajouta-t-il en souriant. Ça pourrait te valoir une punition.

– Ça m'intrigue, gloussai-je. J'espère que tu en feras bon usage.

– Ne commence pas à fantasmer sur la façon dont ça va t'être servi pour autant, ma douce, reprit-il avec un regard ténébreux.

– Je n'oserais jamais. Rien de ce que tu fais n'est moins que totalement dominant. Évite juste de me demander de t'appeler « Maître » pendant qu'on mange, d'accord ?

Je me glissai derrière lui et passai mes bras autour de sa poitrine, le serrant contre moi tandis qu'il ajoutait des herbes aromatiques à nos assiettes.

– On va faire comme ça. Allez, viens manger.

Je le lâchai, et on se mit à table. Je sentis mes joues rosir au souvenir d'avoir été attachée à ce même meuble un jour que j'avais été accueillie à la maison par un Blake moins aimable.

– À quoi tu penses ?

J'écarquillai les yeux comme si j'avais été prise sur le fait.

– Hum... la table.

Il rit et enfourna une bouchée de viande.

– Tu essaies d'expédier un dîner fin pour te faire attacher, ma belle ?

– Non. J'essaie de souffler un peu avant que tu travailles ton encordage. Dis-moi, qu'est-ce qui t'a mis de si bonne humeur ?

Il se détendit dans son siège.

– Max a dégagé.

– D'Angelcom ? demandai-je d'un air surpris. C'est incroyable. Comment as-tu fait ça ?

– Malheureusement, ma discussion avec Michael n'a pas servi à grand-chose. Il a dit exactement ce que je prévoyais. Il voudrait que tout s'arrange entre nous, ne pas s'impliquer. Alors je me suis débrouillé.

– Comment as-tu fait ?

– Eh bien, j'ai parlé à Heath de nous désengager financièrement de la société de Sophia. Il a investi lui aussi, tu sais. Je ne suis pas sûr qu'on puisse le faire sans...

– Attends, quel rapport ça a avec Max ?

– En fait, j'ai passé en revue tous les investissements que j'ai en commun avec les membres dissidents du conseil, et j'ai envisagé pour chacun la pire des pires décisions que je pouvais prendre. Quelques courtes conversations plus tard, j'avais leur accord.

– Tu ne recules devant rien.

– Ça te surprend ?

– Non, admis-je.

Il haussa les épaules.

– J'aurais pu pirater leurs comptes en banque et les saigner à blanc. Là, j'ai été gentil.

– Tu l'as dit à Max ?

Il secoua la tête, ses yeux brillant encore d'une satisfaction à peine voilée. Je haïssais Max, bien sûr. Mais j'adorais surtout voir Blake enfin heureux après tout ce qu'il lui avait fait endurer.

– J'ai demandé à un des administrateurs de lui faire parvenir un exemplaire des minutes, avec nos regrets les plus sincères. Il comprendra le message.

Je mâchai en silence un moment, essayant d'imaginer la réaction de Max à cette nouvelle. Je me demandais si se faire virer aurait autant d'importance pour lui que le virer en avait pour Blake. De toute façon, Angelcom était une porte ouverte sur les affaires de Blake qui offrait à Max un moyen de lui faire du mal quand bon lui semblait. Cet accès verrouillé, Blake était plus en sécurité. *Nous* étions plus en sécurité.

– Tu dois être soulagé.

– Oui, et je suis aussi plein d'espoir, parce que quand on a procédé à une nouvelle élection des membres du conseil, je leur ai fait ajouter quelqu'un.

– Qui ça ?

– La future madame Blake Landon, évidemment.

Sous le choc, je le dévisageai et cherchai mes mots.

– Je crois que certains de nos problèmes de confiance proviennent du fait que j'ai un rôle dans tes activités alors que tu n'en as officiellement aucun dans les miennes. Je suis heureux que tu sois venue à moi, Erica. Je ne peux pas te dire à quel point ça a été un soulagement. Mais je ne veux pas que tu croies que tu n'as aucun pouvoir dans notre relation, que ton avis ne compte pas. Et je ne veux pas décourager ton évolution en tant qu'entrepreneur. C'est cet état d'esprit qui m'a attiré chez toi, après tout. Alors, la dernière chose que je voudrais serait bien d'éteindre cette flamme. J'y ai réfléchi, et je me suis dit qu'un poste au conseil d'Angelcom serait parfait, que tu y apporterais ton expérience des start-up.

Je posai ma fourchette et, la gorge serrée, je déglutis difficilement. Ses paroles et son geste étaient presque trop pour que je puisse tout assimiler d'un coup. Tout ce que je craignais de me voir arracher était bien plus en sécurité entre les mains de Blake. Sous son contrôle. Peut-être que tout ce que j'avais à faire était de concéder un peu de ce contrôle pour le voir me revenir sous une autre forme.

– Merci. Je suis flattée que tu l'aies même envisagé. Mais tu es sûr de toi ? Je veux dire, j'ai déjà l'impression de ne pas être à ma place dans les congrès pro. Je n'imagine même pas m'asseoir à la table du conseil et tenir mon rang. M'impliquer à ce niveau-là est une grave décision.

– Décider de t'épouser était une grave décision. T'intégrer au conseil était facile. Tu vas te faire accepter par tous ces gars en un rien de temps. Tu es maligne, belle, et sacrément culottée. Ils ne vont pas savoir comment s'y prendre avec toi, comme moi la moitié du temps. Franchement, je suis impatient de m'asseoir à la table du conseil et de voir ça.

– Mais ce sont tous des investisseurs, non ? Je ne suis pas un investisseur. Quelle sera ma place ?

– Tu es ma femme… ou tu vas l'être. Et c'est ce que je fais, moi, je trouve de nouveaux projets dans lesquels investir. Quand je déciderai de placer un ou cinq millions, tu participeras à la décision.

Je jouai un temps avec ma serviette sur mes genoux.

– Je n'ai aucune envie de gâcher cette incroyable soirée, mais c'est peut-être justement le bon moment pour en parler. Je veux dire, je suppose que tu veux un contrat prénuptial ?

Nous n'avions jamais évoqué la propriété des biens, ni aucune de ces choses, depuis qu'il m'avait demandé de devenir sa femme. Je n'étais pas certaine de jamais pouvoir réduire le fossé qui nous séparait sur le plan financier. Malgré toutes ses paroles apaisantes sur le fait que ça n'avait aucune importance, je voulais avoir mes propres ressources, apporter ma propre contribution à notre vie commune.

L'ardeur de son regard diminua un peu, pour laisser place à une expression plus sérieuse.

– Ne t'y trompe pas, ce qui est à toi est à moi. Je n'ai pas besoin d'un document juridique pour me sentir plus en sécurité dans notre mariage. Si tu décides de divorcer et de me clouer au pilori, je ne suis pas certain qu'un quelconque montant financier réduira la souffrance de t'avoir perdue. Ce n'est pas un problème pour moi.

– C'est un peu imprudent, non ? Tu as passé la moitié de ta vie à amasser ta fortune, et tu veux tout risquer maintenant ?

– Tu es un risque ? D'habitude, quand tu me quittes, tu n'emportes que mon cœur. C'est le plus gros risque que je prends, en fait.

Je jetai ma serviette sur la table et regardai ailleurs, détestant l'entendre me rappeler combien je l'avais blessé. Avant que je boude plus encore, il saisit ma main et m'attira pour me prendre sur ses genoux.

– Je n'ai pas envie de discuter des détails de notre séparation, de quelque façon que ce soit. Je t'aime. Je veux t'épouser. Rien n'est plus important que d'atteindre cet objectif. Ce lien, cette promesse, est le seul pacte que j'ai envie d'établir entre nous.

Je soupirai. Je n'allais pas l'emporter dans cette discussion. Je posai une main sur sa poitrine, sentis les lents mouvements de sa respiration. Son cœur battait là, alimentait la chair et le sang de l'homme que j'aimais tant que ça faisait mal.

– J'espère que tu sais que je ne ferais jamais...

Il porta un doigt à mes lèvres.

– Je te fais confiance, et crois-moi quand je te dis que ça ne m'inquiète pas. Pour Angelcom, est-ce que c'est une chose que tu veux faire ? Je veux dire, je voulais faire voter ton entrée pendant que je les tenais par les couilles, mais si tu ne veux vraiment pas, tu n'es pas obligée.

– Je crois que ça pourrait être amusant. Et c'est vrai que ce serait bien d'avoir une meilleure vision de ce que tu fais. C'est effrayant, évidemment, mais ce serait une bonne expérience pour moi. Tu m'as déjà tant appris.

– Bien.

Il glissa ses doigts dans mes cheveux et m'attira à lui pour m'embrasser. Mon esprit dériva un peu comme je me délectais de l'onctuosité de son baiser. Son emprise ferme mais tendre sur moi, qui m'ancrait contre lui. Au cours de ce moment de douceur entre nous, je revins sur ces... progrès. La partie de moi qui avait si longtemps freiné des quatre fers pour me protéger paraissait maintenant bien ténue, presque puérile. Accorder à Blake ma confiance, toute ma confiance, avait déjà plus changé les choses entre nous que je ne pouvais l'imaginer. Et de la meilleure façon.

Cette évolution me rappela quelque chose de moins positif. Je me reculai, cherchant son regard.

D'une main, il écarta une mèche de mon visage.

– Tout va bien ?

– Il y a une chose dont je veux te parler.

J'allais bouger, mais il me retint.

– Dis-moi.

J'hésitai un instant.

– Isaac est passé au bureau hier.

– Vraiment ?

Le mécontentement dans sa voix exprimait moins une question qu'une menace. Je jouai avec la toile de sa chemise. Je n'étais pas vraiment certaine d'aimer parler des gens qu'il méprisait dans une telle proximité.

– Il avait essayé de me joindre il y a peut-être deux semaines. Je l'ai ignoré, je ne savais pas trop quoi envisager après ce qu'il avait fait.

– Tu ne m'en as pas parlé.

– Non, mais je t'en parle maintenant. (Je le regardai dans les yeux, m'efforçant d'exprimer qu'il y avait là aussi un progrès, même s'il était accompagné de nouvelles qu'il n'aimait pas.) Je ne voulais pas t'embêter, et puis je voulais aussi y réfléchir un peu toute seule. Il veut devenir l'un de nos annonceurs. Et ce ne serait pas un petit compte. Ça engloberait toutes les publications concernées par notre marché, ce qui serait un coup immense pour nous.

– Tu ne peux pas le prendre comme annonceur.

Son ton était catégorique, sans un soupçon de doute.

– J'avais bien l'impression que tu allais dire ça, et je comprends tes raisons. À l'évidence, je les partage. Pour ce que ça vaut, il avait l'air sincèrement désolé. Hormis cet incident, il semblait plutôt inoffensif.

– Quelqu'un qui a autant d'argent et de pouvoir n'est jamais inoffensif.

– Alors, avec ton argent et ton pouvoir, qu'est-ce qui te rend différent ?

Il fronça les sourcils.

– Est-ce que je te parais inoffensif ? Le fait que je sois amoureux de toi ne veut pas dire que j'hésiterais une seconde à démembrer quiconque représenterait une menace pour toi, moi ou nos affaires.

– C'est vrai. Pourtant ça nous aiderait à compenser la perte de chiffre pendant qu'on implémente les modifications pour Alex, mais je suppose que c'est un risque qu'on ne peut pas prendre.

– Tu le paierais plus tard, je te le garantis. Tout se paie.

Je le dévisageai un instant.

– Qu'est-ce qu'il y a entre vous deux ?

– Parce que avoir essayé de te violenter n'est pas une raison suffisante pour que je le haïsse ?

Je plissai les yeux dans une requête muette pour plus d'honnêteté de sa part.

– Je sais qu'il y a autre chose. Tu le connaissais avant de me rencontrer, et tu ne l'aimais déjà pas beaucoup à cette époque-là.

Il soupira et relâcha son étreinte. Il me tapa sur les fesses d'un geste qui signifiait « File ! ».

Je me rembrunis.

– Non. Tu peux me le dire maintenant, pendant que je suis sur tes genoux.

Son expression resta un moment inchangée, et je craignis qu'il ne soit pas d'accord. Finalement, il souffla longuement et se mit à parler.

– Avant que je rencontre Sophia, Isaac faisait déjà partie de son cercle d'amis. Elle posait pour ses magazines, et ils se connaissaient depuis longtemps. Quand j'ai mis fin à notre histoire, il est venu à la rescousse. Il a joué les sauveurs, et il a bien tenu son rôle. Je suis sûr qu'il voulait juste se la taper, et qui sait, peut-être qu'il a réussi. Quand on s'est séparés, il a mis un point d'honneur à me diaboliser devant elle et les autres. Je me souciais pas vraiment de ce que pensaient les autres. J'étais plus ennuyé qu'elle croie que je l'avais abandonnée.

– Mais tu ne l'as pas abandonnée.

– Je te l'ai déjà dit, elle n'avait pas bien accepté les choses. Elle ne prenait plus rien quand on s'est séparés, alors elle n'a pas compris. Il m'a fallu énormément de volonté pour ne pas retourner vers elle, rien que pour m'assurer qu'elle avait cessé de se faire du mal. En fait, la drogue n'était pas la raison de notre rupture, c'était la goutte d'eau qui avait fait déborder le vase. L'éloignement pendant qu'elle était en désintox n'avait fait que révéler à quel point nous étions différents. À quel point il était évident que ça n'aurait jamais marché.

– Tu l'aimais ?

Il pinça les lèvres.

– Je ne sais pas. On se l'est dit, mais je ne pourrais pas te dire si ce que je ressentais était vraiment de l'amour. Moi, je voulais prendre soin d'elle, et elle, elle avait besoin de ce genre d'attentions. Ça a marché un temps, mais je ne peux pas dire que c'était de l'amour. Ça n'avait pas le moindre rapport avec ce que nous partageons, Erica.

Je me mordillai la lèvre en essayant de toutes mes forces de maîtriser la jalousie qui bouillonnait en moi.

– J'ai réfléchi à ce dont tu m'as parlé, à me désengager de son agence. Financièrement, ce pourrait être dommageable pour elle si je le faisais. Je détiens plus de parts que quiconque. J'ai beaucoup investi à ses débuts, pour l'aider à démarrer. En plus de ça, Heath est lui aussi engagé. Je ne sais pas trop ce qu'il pense de cette idée, mais il a l'air plutôt hésitant. Leur relation est différente. Une forme d'amitié, un lien qu'elle et moi n'avons pas. Peut-être parce qu'ils ont affronté ensemble une période difficile de leur vie et qu'ils s'en sont sortis. Je ne sais pas, mais une partie de moi n'a pas envie de faire pression sur Heath plus que nécessaire.

Je regardai ailleurs, m'efforçant de dissimuler ma déception. Envoyer James travailler chez lui n'était pas vraiment pratique pour moi non plus. Je serrai les lèvres un peu plus fermement à mesure que mon ressentiment croissait. Blake posa sa main sur ma joue pour tourner mon visage vers le sien et regagner mon attention.

– Je comprends que ça te tracasse, alors je vais voir ce que je peux faire. Peut-être de façon plus progressive, pour que l'effet sur sa société soit moins dévastateur.

– Tu continues de la materner.

Il se crispa légèrement.

– Peut-être. Les vieilles habitudes ont la vie dure.

– Elle n'est pas aussi vulnérable que tu le crois. Si tu avais vu comment elle m'a parlé... elle peut être vraiment féroce. Si elle se sert de ce trait de sa personnalité dans ses affaires, elle s'en sortira bien.

– La jalousie peut changer les gens en une version bien laide d'eux-mêmes.

Je me mis à penser à ce sentiment. J'avais été forcée d'exclure James du bureau pour satisfaire à la jalousie de Blake. Je quittai brusquement ses genoux, malgré ses efforts pour m'y maintenir.

Le temps que j'atteigne la cuisine, que j'avais l'intention de nettoyer jusqu'à ce que ma fureur soit retombée, il m'avait rattrapée. Il me fit tourner sur moi-même et me plaqua contre le comptoir.

– Arrête.

– Que j'arrête quoi ? grondai-je.

– Qu'est-ce que tu veux que je fasse ? Que je coule sa boîte ?

– Tu n'es pas idiot, Blake. Je crois que tu peux trouver quelque chose. Donne-lui un échéancier. Fais-lui contracter un emprunt. Peut-être qu'elle peut commencer à vendre ce que j'imagine être une collection de chaussures de marque assez conséquente. Mais je ne veux plus qu'elle pose ses griffes sur toi, jamais, de quelque façon que ce soit.

Il ouvrit de grands yeux.

– Les seules griffes sur moi, ce sont les tiennes. Comme, justement, en cette minute.

Je le regardai durement. Je me fichais de ce qu'il disait. Toutes ses paroles rassurantes ne faisaient que brasser de l'air si, à chaque fois que je croisais Sophia, son sourire me racontait une tout autre histoire. Et tant qu'il n'aurait pas rompu tout lien avec elle, je continuerais de voir son visage.

– Tu m'appartiens, et la prochaine fois que je la vois, je veux qu'elle le sache. Tu peux dire que je suis jalouse, et si ça me rend laide, tant pis.

Il repoussa une mèche de cheveux derrière mon oreille.

– Ça me plaît, que tu protèges ton territoire. Ça ne te rend pas laide.

– Alors, finis-en avec elle. S'il te plaît.

Je me détendis dans ses bras, espérant qu'il ferait le bon choix.

Un long moment s'écoula. Mon ressentiment vira à la déception.

– OK.

Je relevai les yeux, mais avant que j'aie pu prononcer un mot, ses lèvres étaient sur les miennes, me réduisant au silence, me donnant tout ce que j'avais voulu.

Je ris.

– OK !

Chapitre quatorze

Marie, debout derrière moi, bouclait de petites mèches de mes cheveux. Et Alli avait un air des plus concentré tandis qu'elle appliquait au pinceau du fard sur mes joues.

– Tu en fais trop, Alli. C'est une fête de fiançailles, pas le grand jour. Ça va aller.

Elle se redressa, la tête penchée sur le côté.

– Maintenant, ça va. Tu es parfaite. Et puis, il faut que tu t'habitues. Le mariage, c'est comme un bal de fin d'année gonflé aux stéroïdes.

– C'est bien ce que je craignais, répondis-je en souriant. Continue de me dire des choses comme ça, et je prends Blake au mot pour qu'il m'enlève et m'épouse ailleurs !

– Tu ne ferais pas ça ! s'exclama Fiona en sortant la tête du magazine de mariage ouvert sur ses genoux.

– Non, admis-je. Vous êtes mes seules amies, et si je vous privais de ce mariage, je suis sûre qu'aucune d'entre vous ne m'adresserait plus jamais la parole.

– N'importe quoi. (Alli souleva une spirale de cheveux que Marie venait de libérer.) Mais on devrait tout de même commencer bientôt à hanter les boutiques de robes. Je suis sûre que c'est ça qui te fera passer en mode mariage.

Je soupirai.

– Ça pourrait être vrai. Je devrais peut-être me mettre à chercher des idées dans ces magazines. Je ne sais même pas par où commencer.

– Oui, enfin, ne cherche pas trop, parce que Alli et moi on a déjà choisi presque tout ce dont tu as besoin, plaisanta Fiona, le regard plein d'humour. Tout satin, avec bustier, ajouta-t-elle.

Fiona retrouva la page, me montra la photo d'une mariée magnifique.

– Hum, joli. Et la dentelle ?

Alli écarquilla un peu les yeux.

– Tu en veux ?

– Je ne sais pas. Peut-être. Je crois que Blake aime la dentelle.

– Ça doit être de famille, commenta Alli d'un ton malicieux.

Je ris, m'efforçant de ne pas bouger la tête, pour que Marie ne me brûle pas par inadvertance avec le fer à friser.

– Oh mon Dieu ! s'exclama Fiona d'un air dégoûté. Cette conversation doit cesser. Par pitié. Vous allez me faire faire des cauchemars.

On pouffa, Alli et moi, en échangeant un regard complice.

La porte s'ouvrit, et Heath passa la tête dans l'encadrement.

– Maman vous fait dire que les gens commencent à arriver, alors descendez dès que vous êtes prêtes. Qu'ils n'attendent pas trop longtemps l'invitée d'honneur.

Il nous fit un clin d'œil.

– Va-t'en, Heath, tu vas la rendre nerveuse, dit Fiona.

– Ça va, j'ai gardé un peu de charisme en bouteille, dis-je en levant ma flûte de champagne presque vide.

– Tu n'as pas besoin de charisme en bouteille, dit Marie en lâchant une autre boucle. Tout le monde va t'adorer.

Ses mots me réchauffèrent le cœur. De tous les gens ici, Marie était ma seule famille, même si plus j'y pensais plus la ligne entre la famille de Blake et la mienne devenait floue. Alli évoluait dans les deux mondes, tout comme moi, et j'étais loin d'être une étrangère dans la vie des Landon. C'était une famille chaleureuse et accueillante, à laquelle j'appartenais un peu plus chaque jour. L'absence de la mienne se faisait moins sentir, et les moments où je regrettais de ne pas avoir une famille normale étaient de plus en plus rares.

– On arrive très vite. Dès qu'on est belles, lança Alli en passant ses doigts dans ses cheveux déjà parfaitement lisses.

– Vous êtes déjà belles, ma belle, répondit Heath en souriant, les yeux fixés sur Alli.

Elle rougit, fit semblant de l'ignorer.

– Tu es indécent, va-t'en, reprit Fiona en lui lançant un coussin.

Elle manqua sa cible comme il refermait la porte, et l'on entendit son rire à travers la cloison.

Marie boucla la dernière mèche.

– Tu es prête, mon bébé.

Je me levai, m'inspectant de nouveau dans le miroir. Je ne m'inquiétais pas tant de mon apparence que de ne pas décevoir les amis des Landon et toute la famille. Je me dirigeai tout droit vers une surcharge familiale, mais j'étais aussi prête que je le serais jamais.

Alli glissa son bras sous le mien et me donna un petit coup de coude.

– Allons charmer tout l'arbre généalogique des Landon.

– Je suis prête. Allons-y.

Blake vint nous retrouver comme nous sortions de la pièce dans laquelle nous nous étions casernées pour nous préparer entre filles. Il était tout simplement exquis en jeans noir et chemise rayée, les manches retroussées jusqu'aux coudes. Il aurait été superbe dans un sac de jute, une toge, n'importe quoi. Laissant les autres s'éloigner, je m'attardai pour voler quelques instants avec lui.

– Tu es éblouissante. Je suis impatient de t'exhiber, dit-il, ses yeux s'enténébrant.

– Ça te plaît ?

Je baissai les yeux vers la robe crème, sans bretelles, que je portais. Le haut en dentelle couvrait les volants de la jupe qui tombait juste en dessous du genou.

– Je l'adore. Très nuptial. Mais évidemment, je t'adore encore plus.

Il m'attira contre lui et se pencha pour un baiser, doux et plein de dévotion. Ses lèvres frôlèrent les miennes avec une sorte de révérence. Je fermai les yeux et m'abandonnai à son étreinte. Il dessina le pourtour de mes lèvres avec sa langue. Je soupirai et m'ouvris à lui, accueillant son goût de miel.

Sa langue s'aventura plus avant, fouillant et picorant. Je gémis doucement, me mettant sur la pointe des pieds. Il s'écarta un peu, secoua la tête.

– Partons avant que je décide de t'enlever et d'aller te faire l'amour à la place.

Je n'aurais pas été contre, si je n'avais pas su que ses parents nous attendaient et avaient déjà déployé une telle énergie dans la préparation de cette fête.

– Alli a passé au moins vingt minutes sur mon maquillage. Elle me tuerait. Sans même parler de tes parents et de tous les autres.

Il marqua une pause.

– Tu es nerveuse ?

Je haussai les épaules.

– Peut-être un peu. Je ne connais quasiment personne.

– Tu vas vite faire connaissance. Il s'agit principalement d'amis de mes parents qui m'ont vu grandir. Ils vont t'adorer.

Ses mains se refermèrent sur les miennes, nos doigts s'entrelacèrent. Sa poitrine contre la mienne, on ne faisait aucun effort pour bouger. J'aurais pu rester comme ça, cachée dans ses bras, des journées entières. Comme si le reste du monde n'existait pas.

– Je t'aime, Blake. On se le dit tout le temps, mais parfois, j'aimerais te prouver à quel point c'est vrai. Mais il n'y a rien qui rende justice à ces mots.

Il souleva ma main et pressa ses lèvres contre l'anneau qui ornait mon annulaire.

– Tu me le prouves. Chaque jour, en étant avec moi. Et si ça ne suffit pas, tu as le reste de notre vie pour me le prouver.

Je souris chaleureusement.

– Ça me semble être un bon plan.

– Allez. Il faut y aller.

Blake m'entraîna dans le grand salon qui ouvrait sur la cuisine design des Landon et sur une salle à manger impressionnante. Les deux pièces combinées donnaient sur l'Océan à travers un mur de baies vitrées. La vaste pièce avait commencé à se remplir de petits groupes d'invités. Sans me donner le temps d'envisager de me présenter moi-même, Catherine nous entraîna vers le premier noyau d'amis. Blake eut un grand sourire en les reconnaissant, et je me préparai pour ce qui allait être les premières d'une longue série de présentations de la soirée.

Les heures passèrent, tandis que nous allions d'un groupe à l'autre. Les membres de la famille éloignée de Blake étaient aussi plaisants et adorables que ceux de la famille proche. Pour eux, Blake était encore un jeune homme – un garçon, même. Je pouvais le voir dans leurs yeux et à la désinvolture de leurs échanges. Ce n'était plus l'homme dominateur et intimidant que se battait bec et ongles pour obtenir ce qu'il voulait. Blake plaisantait, et rougit même à plusieurs reprises des histoires de sa jeunesse qui circulaient parmi les invités.

Je racontai à nouveau notre rencontre dans la salle de conférence d'Angelcom, en en revivant chaque instant. L'attirance à la base de notre intérêt l'un pour l'autre n'avait fait que croître depuis.

Extérieurement, Blake était la perfection. Beau, couronné de succès, riche au-delà de ce que je pouvais imaginer, et charmant, en plus. Mais peu de gens connaissaient son cœur. Les ténèbres qui pouvaient se trouver là, parfois, et la passion qui avait approfondi notre lien. Dans le tableau qu'il faisait de sa jeunesse, je voyais un homme profondément intelligent qui cherchait des réponses dans notre monde alambiqué. Et dans cette quête, il avait perdu un ami.

Même s'il refusait d'entrer dans le détail, je savais qu'il portait le poids du suicide de Cooper comme une croix. J'avais également deviné que quelque chose avait changé en lui lorsque c'était arrivé. Une vocation pour le contrôle dont il avait tant besoin était née alors. Une fervente détermination à ne jamais revivre ce genre d'expérience terrible, combinée à l'opportunité que Pope, son mentor, lui avait offerte de réussir en tant qu'éditeur de logiciels, avait rendu ce contrôle possible. Il contrôlait maintenant plus de choses que la plupart des gens ne pouvaient jamais l'espérer.

Je m'étais un temps perdue dans mes pensées quand l'expression de Blake se fit de marbre. Je suivis son regard, et m'arrêtai net. Max se tenait comme si de rien n'était à côté de l'homme que je reconnus, d'après les photos sur le Net, comme étant son père, Michael. Vêtu d'un pantalon kaki et d'une chemise sombre, Max arborait son habituel sourire charmeur. Les deux hommes avaient la même taille et la même prestance, et Michael, bien que plus âgé, n'en était pas moins séduisant. Sa peau était tannée par le soleil, et ses cheveux blancs avaient des réminiscences de la blondeur qui avait disparu avec l'âge.

Quand le regard de Max se posa sur nous, il s'immobilisa un instant. Michael s'avança vers nous. Sans un mot, il donna l'accolade à Blake. Ce petit geste montrait bien à quel point leurs rapports allaient au-delà des liens professionnels. Max se détourna et se fondit dans un autre groupe d'invités.

– C'est bon de te voir, Blake. Et, évidemment, toutes me félicitations.

Quand Michael se redressa, ses yeux étaient souriants. Pour un magnat, il paraissait plus chaleureux qu'on pouvait s'y attendre.

– Je n'étais pas convaincu que vous réussiriez à venir, mais c'est une très agréable surprise.

Son regard glissa vers moi, sans moins de chaleur ou d'appréciation.

– Vous devez être l'adorable Erica dont j'ai tant entendu parler. Catherine m'a tenu au téléphone près d'une heure, la semaine dernière. Je crois qu'elle voulait être sûre que je ferais le voyage, quand je l'aurais de toute façon fait. Je m'appelle Michael, au fait.

Je lui serrai la main.

– J'en suis très heureuse. C'est merveilleux de vous rencontrer enfin.

Blake ne s'était que légèrement détendu.

– Vous n'aviez pas dit que Max viendrait avec vous.

Michael jeta un coup d'œil vers la porte d'entrée.

– Pour être honnête, je ne le savais pas non plus. Je l'ai prévenu que je serais en ville, et il était déjà au courant pour la soirée, alors j'ai supposé que ta mère l'avait invité.

L'expression de Michael se rafraîchit un peu, tandis que les narines de Blake frémissaient.

– Michael, Erica, si vous voulez bien m'excuser un instant, je reviens très vite.

Il souriait, mais le ton de sa voix trahissait la colère sourde qui l'habitait.

Michael soupira puissamment.

– Je mourrais heureux si je savais que cette rivalité finirait par s'éteindre. En attendant, ils me font vieillir prématurément.

– Je suis sûre que vous n'êtes pas le seul qui aimerait que ça s'arrête.

– Sans aucun doute. Il est malheureux que deux personnes pourvues d'autant d'intelligence puissent consacrer tant de temps à rivaliser l'un avec l'autre.

Je ne pouvais pas vraiment dire le contraire, mais

je savais que, des deux, Max était l'agresseur. Je me retins néanmoins.

Michael semblait, fort heureusement pour lui, ne rien connaître du détail des manœuvres de Max, ou bien il ne voulait pas le savoir. Un homme de sa stature n'avait peut-être pas d'autre choix. Il avait un empire à diriger, pendant que son fils et son protégé se déchiraient à propos d'affaires probablement négligeables à ses yeux.

Blake et Catherine disparurent discrètement. J'étais triste pour eux deux. Max n'aurait pas dû venir mais, maintenant qu'il était là, l'angoisse me nouait les tripes. Il ne pouvait pas être heureux d'avoir été exclu du conseil par Blake, et je ne pouvais qu'espérer qu'il n'en résulterait pas une altercation qui viendrait gâcher la fête.

Michael devint songeur.

– Peut-être que vous pourriez être celle qui leur ferait voir l'absurdité de tout ça, Erica. Ils vous connaissent, vous respectent. Les hommes peuvent être incroyablement obtus, parfois. Rétrogrades. Je suis sûr que vous le savez d'expérience. Peut-être qu'ils ont juste besoin des bons offices d'une femme intelligente et persuasive pour réaliser à quel point tout cela n'est qu'une perte de temps.

Je me sentis rougir. Cet homme me connaissait à peine. Cela dit, quel pouvoir avais-je sur eux ? Max s'était donné tant de mal pour faire barrage au succès de ma boîte. J'étais bien la dernière personne susceptible de ramener la paix entre eux. J'étais devenue une tierce partie, inextricablement impliquée dans ce terrible sac de nœuds.

– Je prends ça pour un compliment, mais je crois que s'immiscer entre eux deux peut être dangereux.

– Peut-être, acquiesça-t-il. Max est mon fils, et Blake est vraiment comme un fils pour moi. Aucun d'eux n'écoute le moindre mot de ce que je dis, malheureusement. Vous avez capté l'attention de Blake. Si Max pouvait en faire de même, ce serait déjà un progrès. Il est difficile d'accorder la même importance à tant de choses quand on a une belle femme dans ses bras.

Il sourit, et je me détendis tout de même. J'aurais bien voulu en dire plus et tenter d'éclairer un peu la lanterne de cet homme idéaliste et doux, mais ç'aurait été inutile. Michael, Max et Blake étaient comme des dieux en guerre, incapables d'envisager les conséquences potentielles pour tous ceux qui pouvaient être impliqués. Sauf que Max savait exactement quel impact ça avait sur moi. La santé de ma société avait pu avoir un petit intérêt temporaire à une époque, mais elle avait pris une importance sans commune mesure quand Max avait réalisé qu'il pouvait l'utiliser pour affecter Blake.

Quoi qu'il en soit, je n'avais pas reparlé à Risa ni à Max depuis la mise en ligne de leur site. J'aurais bien eu envie de leur dire exactement ce que je pensais d'eux, mais j'avais choisi le silence.

– On dirait qu'un verre vous ferait du bien.

Je tournai la tête. Max me tendait une coupe de champagne. J'hésitai mais, sentant le regard de Michael sur moi, je la pris, ne serait-ce que pour nous accorder une trêve. Je masquai mon dégoût pour lui en affichant un sourire un peu pincé. Max fit un signe de tête à son père.

– Papa ? Greg te cherchait.

– Vraiment ? Je vais aller le voir, alors.

Michael parcourut la salle des yeux, puis se tourna vers moi.

– Erica, reprit-il, ce fut un plaisir de vous rencontrer enfin. On se reparlera avant mon départ, mais si ce n'est pas le cas, vous pourriez peut-être convaincre Blake de venir à Dallas autrement qu'en coup de vent. Ça fait bien trop longtemps.

– Bien sûr. Je vais voir ce que je peux faire.

Il m'embrassa sur la joue et me fit un clin d'œil avant de me laisser avec Max. Être seule avec lui me mit immédiatement mal à l'aise. C'était censé être un jour heureux, mais je n'avais rien de gentil à dire à Max. Michael avait beau espérer que tout le monde finirait par s'entendre, Max m'avait blessée et avait attaqué ma société d'une façon impardonnable.

– Pourquoi êtes-vous venu ?

Il haussa les sourcils, feignant d'être offensé.

– Eh bien, j'avais imaginé que vous seriez plus heureuse de me voir. Je n'étais qu'à quelques signatures de vous donner deux millions de dollars. Mais les quatre millions de Blake ont peut-être tout effacé ?

– Non, mais votre propension à chier sur tout ce qu'il fait a certainement affecté mon choix.

– C'était vraiment un choix, ou il vous a acculée ? C'est comme ça qu'il fonctionne, vous savez. Il vous manipule et se positionne jusqu'à ce que vous ne puissiez plus prendre une autre décision que celle qu'il veut que vous preniez. C'est le genre d'homme que vous voulez épouser ?

– Qu'est-ce que vous voulez, Max ? Ou êtes-vous juste venu pour exaspérer tout le monde ?

– J'espérais pouvoir parler avec vous, en fait.

Je haussai les épaules et bus une gorgée de champagne.

– Je suis là.

– J'aimerais parler affaires, et je préférerais ne pas le faire devant des parents et des amis d'enfance. Peut-on se voir en privé ?

Il gardait les yeux fixés sur moi. Jetant un coup d'œil alentour, je ne vis pas Blake, mais l'idée qu'il interviendrait s'il nous voyait ensemble me paraissait fort probable.

– Blake ne veut pas de vous ici. Vous devriez vraiment partir. Cette fête est importante pour ses parents, et j'aimerais bien qu'elle ne soit pas gâchée à cause de vos dissensions.

– Tout à fait d'accord. Je m'en irai dès que vous m'aurez accordé un peu de votre temps.

Je soupirai, mon exaspération croissant à mesure que s'éternisait cette situation. Autant je n'étais pas d'humeur pour un quelconque conciliabule avec Max, autant je préférais éviter que Blake fasse une scène. Mieux valait laisser Max dire ce qu'il avait à dire, si ça pouvait permettre qu'il s'en aille et que le reste de la soirée se passe comme prévu.

– Bien. Cinq minutes, et ensuite vous partez.

– C'est honnête.

À contrecœur, je le précédai dans le couloir qui menait à la tanière de Greg. La pièce était fraîche et paisible.

J'allai jusqu'à l'imposant bureau de Greg, me retournai et m'y appuyai.

La porte se referma derrière Max avec un clic.

– C'est mieux, non ?

Et je sentis à son expression indéfinissable qu'il cachait quelque chose.

– Dites ce que vous avez à dire.

Il s'arrêta à quelques pas de moi, une distance que

je jugeai suffisamment sûre. Mon estomac se crispa. Une sensation déplaisante me parcourut la peau.

Levant son verre, il sourit.

– Et si on portait un toast ?

J'écarquillai les yeux.

– À quoi pourrions-nous bien boire, Max ?

– À Blake.

J'inclinai la tête, attendant qu'il poursuive.

– Pour avoir remporté la belle, m'avoir évincé d'Angelcom, et avoir réussi à détourner l'attention de mon père de sa propre famille pendant près de quinze ans. N'est-ce pas un beau toast ?

Chaque mot était lourd de ressentiment. Mais vu ce qu'il nous avait fait à tous les deux, je n'éprouvais pas la moindre sympathie pour lui. J'étais heureuse qu'il perde sa bataille contre Blake, et je pouvais bien boire à ça.

– Santé.

Je levai mon verre et laissai le champagne se déverser dans ma bouche, asséchée par des heures de présentations et de conversations.

Il eut un large sourire.

– Alors, dites-moi, comment vont les affaires ?

Je m'esclaffai.

– Vous aimeriez bien le savoir, maintenant que vous avez perdu votre source. Je suppose que vous n'avez plus qu'à deviner et croiser les doigts.

– Vous avez l'air amère, Erica. Pourquoi ? Je vous avais dit que j'étais intéressé par le concept. Vous avez choisi de ne pas me laisser investir. Est-ce que ça ne prouve pas mon implication, d'avoir décidé de me lancer avec ou sans vous ?

– Ça en dit surtout long sur votre besoin de vous caler sur les investissements de Blake, pour essayer d'en tirer quelque chose qui pourrait rivaliser avec ce qu'il a créé. Vous avez eu accès à des informations confidentielles concernant ma société, et vous les avez utilisées contre moi. Pas très fair-play, dirais-je.

Ses yeux se plissèrent légèrement. Je m'en fichais. Je voulais qu'il reçoive chaque pique que je lui lançais.

– Nous n'avions pas signé de clause de confidentialité. J'étais tout à fait dans mon droit.

– Vous étiez dans votre droit d'être un salaud fourbe et immoral. Malheureusement, il n'y a pas de loi contre ça.

– Dieu merci ! dit-il avec un petit rire. Et heureusement pour vous, il n'y a pas de loi non plus pour empêcher d'arriver au sommet en se servant de son cul.

Je fermai les yeux puis reposai mon verre, soudain trop épuisée pour être tentée d'y chercher un quelconque réconfort.

– Sortez.

Ma voix n'avait rien de la force que j'avais voulu donner à cet ordre. Quand j'ouvris les yeux, il s'était rapproché et me faisait face.

– Je disais juste que si vous vouliez baiser quelqu'un pour obtenir votre financement, j'étais là. Vous savez que c'est ce que tout le monde pense, n'est-ce pas ? Vous n'avez pas besoin de moi pour ruiner votre réputation. Vous avez fait ça toute seule, mon chou.

Vous mentez, grimaçai-je.

– Vraiment ? Les gens adorent parler. Dans la profession, un ragot peut se propager rapidement, s'il démarre au bon endroit. Une jolie fille comme vous, prise sous son aile par un type comme Blake. Il a sa propre réputation, vous savez. Vous êtes la dernière d'une longue liste, alors ne vous croyez pas un peu trop spéciale sous prétexte qu'il va vous épouser.

– Vous ne savez rien de qui il est réellement. Il m'aime...

Je m'interrompis, interloquée par la lenteur avec laquelle les mots sortaient de ma bouche. Par la fatigue que je ressentais soudain. Je secouai la tête, mais ce mouvement ne fit qu'ajouter à mon vertige. J'étais ivre, soudainement plus ivre que je ne l'avais été depuis très longtemps. *Merde.*

Je baissai les yeux vers mon verre, et au milieu des bulles, à peine visibles, des granules flottaient près du bord du verre. Je relevai les yeux, mon regard se troublant. Quand le visage de Max sortit du brouillard, ses dents parfaitement blanches brillaient au milieu d'un sourire vicieux. Si le diable pouvait se déguiser, je l'avais devant moi.

– On va voir s'il t'aime encore après ce soir.

Un accès de panique donna à mes jambes assez de force pour m'entraîner vers la porte, mais il me barra le chemin, me saisit par les avant-bras.

– Ne pars pas si vite, reste encore un peu.

Il me força à reculer et me poussa en arrière vers le canapé. Le choc fut suivi d'une nouvelle vague de fatigue. Je luttai pour rester assise, ne pas m'allonger. Tous mes muscles fondaient sous le poids de cette faiblesse étrange et soudaine. Je l'avais déjà sous-estimé auparavant, et cette fois encore. La confusion me gagnait tandis que j'essayai de réfléchir à ce qui se passait. Mon cerveau fonctionnait beaucoup trop lentement, je n'arrivais pas à me concentrer. Puis il fut à côté de moi et attrapa violemment ma mâchoire pour tourner mon visage vers le sien.

– J'espérais au mieux que tu passes pour une

pocharde devant la famille de Blake, mais là c'est encore meilleur... Je vais avoir droit à un morceau du gâteau et, avec un peu de chance, peut-être même que l'avenir radieux de Blake va en prendre un coup quand il te verra comme ça. Bourrée, fraîchement baisée, comme la petite salope que tu es.

– Max, non...

Ma tête résonnait comme un tambour, d'une vibration muette et ininterrompue. J'ordonnai à mes membres de bouger, mais lorsqu'ils le firent c'était parce que Max me renversait sur le canapé.

Puis sa bouche fut sur moi, sa langue se forçant un chemin à travers mes lèvres. Faiblement, j'essayai de le repousser. Il répondit à mon effort par un ricanement, son souffle chaud sur mon visage.

– C'est vrai, MacLeod a dit que tu étais une lutteuse. On peut dire que tu as vu du pays, hein ? Blake sait quelle petite traînée tu es ?

La mention du nom de Mark fit ressurgir un souvenir profond et violent.

– Pitié, non… essayai-je de crier sans parvenir à articuler.

Mes mots se liquéfièrent dans l'espace entre nous, avec le peu de conscience qui me restait. Il étouffa mes gémissements.

– Ne t'inquiète pas, je vais faire vite. Ça fait des mois que je bande pour toi, Erica. Je vais te montrer ce que c'est que d'être baisée par un vrai homme, et pas par un hacker à deux balles qui surfe sur le succès de ma famille. Si on a de la chance, tu pourras peut-être même t'en souvenir.

Je cherchai désespérément à reprendre mes esprits, à combattre la paralysie qui glissait comme de la mélasse froide à travers mes veines, ralentissant tout.

Mes poumons avaient besoin d'air, mes efforts pour respirer étaient appesantis par une panique croissante et l'ennemi invisible que mon organisme combattait.

– Voilà une bonne fille.

Perdant pied, j'eus vaguement conscience d'une pression fruste à travers mes vêtements.

Non, non, non, mon Dieu, non.

Personne n'allait l'entendre, mais mon esprit hurla jusqu'à ce que ma vision vire au noir.

Chapitre quinze

Mes yeux papillonnèrent, puis se refermèrent. À chaque fois que j'essayais de reprendre conscience, quelque chose me faisait replonger. Je n'avais jamais été aussi épuisée de ma vie. Même quand mon esprit commença à rassembler des détails de ce qui s'était passé, mon corps continuait d'exiger le sommeil. Je me laissais repartir, tout en essayant de combattre cette envie déconcertante. Il y avait là quelque chose d'anormal. La fatigue affaiblissait mes muscles, envahissait jusqu'à mes os épuisés.

Alors que je continuais d'alterner veille et sommeil, mon estomac se souleva, les haut-le-cœur me brûlant les entrailles. Cette puissante nausée et la menace de vomir là où je me trouvais furent ce qui me tira finalement du lit. Je gagnai la salle de bains, et parvins de justesse à atteindre les toilettes.

Plusieurs minutes épuisantes plus tard, je m'assis sur le sol et restai sans bouger, ma tête reposant sur mon bras tandis que je m'efforçais de reprendre ma respiration.

– Ma belle.

La voix peinée de Blake résonna derrière moi. Puis ses bras m'enveloppèrent. Il me caressa le dos, la chaleur de son contact traversant la fine chemise de nuit que je portais. La fatigue m'envahit de nouveau, m'affaiblissant dans la sécurité de ses bras. Je m'adossai à lui et m'essuyai la bouche, déterminée à ne pas m'allonger dans la salle de bains.

Il m'embrassa l'épaule.

– Ça va ?

– Mieux, maintenant, répondis-je.

Dieu merci, vomir m'avait débarrassée de la nausée pour un temps. Je voulus me redresser, chasser ce poids qui revenait sur mes épaules.

– Tu m'aides à me lever ? Je me sens vraiment faible.

– Bien sûr. Mais vas-y doucement.

Je hochai de nouveau la tête, j'étais encore incapable de fournir l'effort nécessaire pour me mettre debout. Il me souleva par les épaules puis par la taille. Il repoussa une mèche de cheveux derrière mon oreille, et je vis son reflet dans le miroir. Ses yeux habituellement si expressifs étaient cachés derrière des lunettes noires qu'il portait rarement.

Je m'arrachai à la sécurité de son corps pour m'appuyer sur le lavabo, rassemblant assez de force pour me laver le visage et les dents. Il me brossa les cheveux, les ramenant en arrière pour permettre aux sueurs froides de s'évaporer.

– Tu veux du thé ? Quelque chose ?

– Un thé serait une bonne idée, je crois.

Ma voix était si faible que je n'étais pas certaine qu'il m'ait entendue, jusqu'à ce qu'il s'écarte pour aller me chercher une tasse de thé, m'embrassant gentiment sur la joue avant de partir.

J'aurais aussi bien pu dormir debout, mais je réussis à retourner jusqu'à notre lit. Dans le tourbillon de cet assaut physique, mon esprit continuait à se demander ce qu'il s'était passé. Qu'est-ce qui avait provoqué ça ? Ce n'était pas une gueule de bois. Et ça ne ressemblait à aucune maladie que j'avais déjà eue. Mon cerveau était trop embrumé pour trouver une explication. Je m'enfonçai dans les draps, et à la seconde où la couverture me recouvrit, sa chaleur bienvenue suffit à me replonger dans ce même sommeil profond.

La nuit était noire, mais, lentement, les détails de mon environnement commencèrent à m'apparaître. L'herbe était humide sous mes pieds. Fraîche, dans l'air chaud. Puis il m'entraîna. Malgré mon ignorance, je savais tout de même où on allait. Là où il m'emmenait toujours. Cent fois, peut-être, et j'y allais chaque fois. Telle la stupide jeune fille ivre que j'étais, je le suivis.

Des rires. Tout le monde riait, faisait la fête. Des gens que je connaissais. Je fronçai les sourcils, me demandant pourquoi ils étaient tous là.

La pression de sa main sur mon bras augmenta suffisamment pour devenir douloureuse, et cette peur familière me noua les entrailles. Ça venait. La grimace vicieuse, l'expression d'une satisfaction méprisante, sa haine. Il me haïssait. Il fallait qu'il me haïsse pour me faire ça. Je le supplierais, mais il m'immobiliserait. La même voix râpeuse, pour m'expliquer son projet. Sauf que, quand je croisai son regard, ses yeux étaient différents. Ce n'était plus les sombres iris ronds qui me hantaient. Déconcertée, je cherchai ses traits jusqu'à ce qu'ils se matérialisent et que je le reconnaisse. Max. Le visage et le corps qui m'écrasait étaient ceux de Max.

Mon cœur fit un bond quelques secondes avant la douleur familière. Quelle que soit la force avec laquelle je résistais, il trouvait toujours sa voie dans les ténèbres, prenait ce qu'il voulait.

Impuissante, je ne pouvais pas bouger. Je ne pouvais pas courir. Cherchant à respirer, cherchant la réalité, je dis son nom. Une requête, une interrogation. Puis, réalisant que j'avais une voix, même malgré les bruits et les rires alentour, je hurlai. Je hurlai à l'aide.

Je me réveillai d'un bond dans le lit, hurlant encore, jusqu'à ce que je réalise que j'étais à la maison, dans notre chambre. L'air entra et sortit de mes poumons, nourrissant mon vertige. J'eus la chair de poule, perçus ma sueur, et imaginai les traces des mains d'un autre homme sur moi.

Je sursautai quand Blake jaillit dans la pièce. Il était torse nu, en pantalon de pyjama. Il fit le tour du lit et s'apaisa, s'assit sur le bord du matelas. Ma respiration était saccadée, irrégulière. Après une minute, il ouvrit la bouche – à peine un murmure.

– Je peux te prendre dans mes bras, ma belle ?

Les yeux écarquillés, je soutins son regard. Je ne pouvais pas parler, encore trop dans mon rêve. Est-ce qu'il pouvait ? Est-ce que je voulais ? Je ne trouvais aucun sens à tout ça, jusqu'à ce qu'il tende les mains vers moi.

Je pris ses mains, les maintenant à bonne distance. Ce contact soudain déclencha des souvenirs de douleur dans tout mon corps. Néanmoins, luttant contre une peur instinctive, je tins ses mains, quelque chose en moi ne voulant pas les lâcher. Je serrai les dents, la gorge nouée, je déglutis avec difficulté. Les larmes s'accumulèrent, mais quelque chose en moi m'empêchait de le combattre. La part rationnelle de mon esprit me rappelait qu'il n'était pas mon ennemi, que j'avais besoin de lui. Comme accrochée à une clôture électrique, j'attendis simplement la fin de la panique et de la douleur.

– Erica, mon cœur... respire. C'est juste moi, d'accord ?

Je me concentrai sur ma respiration jusqu'à ce que mon corps se détende assez pour que j'arrive à parler. Je retrouvai ma voix, maintenant rauque.

– J'ai fait un cauchemar. Je... je ne suis pas sûre de ce qui est arrivé.

– Un cauchemar... comme les autres ?

J'acquiesçai rapidement. Il savait pour les cauchemars et la façon dont ils réapparaissaient parfois, même si j'aurais voulu qu'ils disparaissent à jamais.

– À peu près, sauf que c'était Max. C'était Max, bizarrement.

Je me souvins de son visage, la version du rêve se confondant avec celle dont mon esprit conscient se souvenait. Puis une série d'images de la fête m'apparurent. Marie, Michael, et plein de gens. Puis Max, son sourire arrogant flottant au-dessus de mon corps sans défense. La bile me remonta dans la gorge. Je lâchai les mains de Blake et enroulai mes bras autour de mon corps, comme pour me protéger de ce que mon esprit me montrait maintenant.

– Blake, qu'est-ce qui s'est passé ? le pressai-je, les yeux grands ouverts d'inquiétude. Je n'arrive pas à me souvenir, mais je sais qu'il s'est passé quelque chose. Dis-le-moi.

La peine dans les yeux de Blake quand il ouvrit la bouche le confirma.

– Il ne t'a pas fait de mal, ma belle.

Alors qu'il avançait la main vers moi, il serra le poing et abaissa son bras avant de m'atteindre. Son visage était pâle, hormis une ecchymose au menton que je n'avais pas remarquée auparavant. Les muscles de ses bras se nouèrent, comme s'il se retenait de me toucher encore. Puis je remarquai sa main, enveloppée d'un épais bandage blanc.

– Tu es blessé.

Il secoua la tête, mâchoire serrée.

– Moins que lui.

Je portai la main à ma bouche. Une nouvelle vague de nausée m'envahit alors que j'essayais de trouver les mots pour l'interroger. Je ne voulais pas savoir, mais il fallait que je sache. Je plongeai dans le regard de Blake, cherchant, espérant ne pas avoir à demander. Si je ne voulais pas l'entendre, il ne voulait pas me le dire.

Les larmes se mirent à couler et tous mes membres à trembler. Je ne pouvais rassembler que quelques détails de la soirée, mais je savais qu'une chose terrible était arrivée. Et, Dieu me vienne en aide, c'était signé de la main de Max.

– J'ai besoin de savoir ce qu'il a fait, murmurai-je.

Il ferma les yeux un instant, comme pour contenir sa colère.

– Je suis entré au moment où Max... te touchait. Il n'a pas... il n'a pas eu de relation sexuelle avec toi.

Je fermais fort les yeux, chassant d'autres larmes.

– Mon Dieu…

– Tu étais droguée. C'était évident. Tu pouvais à peine bouger. Tu dors depuis deux jours.

– Pourquoi faire une telle chose ? Pourquoi ?

Les mots sortirent dans un sanglot, comme je cherchais à comprendre pourquoi Max avait voulu me faire du mal, me faire revivre une torture à laquelle je n'avais survécu que de justesse la fois d'avant.

– Il ne refera plus jamais ça.

– Comment peux-tu en être sûr ?

Ses yeux se firent sérieux et fixes dans le silence.

– J'ai arrangé son putain de visage, Erica, voilà pourquoi. On a tous les deux de la chance que je ne l'aie pas tué, parce que j'en avais vraiment l'intention. Ils s'y sont mis à trois pour m'obliger à le lâcher.

Il crispa les poings, grimaça.

– Tout le monde l'a vu. Je ne peux même pas imaginer ce qu'ils ont pensé.

Il prit ma main, l'écarta de mon visage. J'humectai mes lèvres sèches et pris une longue inspiration. Le contact n'avait pas été aussi douloureux que précédemment.

Quelque chose s'était réorganisé dans mon esprit, qui séparait mieux le rêve de la réalité.

– Ils ne croient rien du tout. Ils savent ce qu'il t'a fait. Ma mère se ronge les sangs. Marie ne cesse d'appeler. Alli – bon sang ! –, j'ai dû la repousser à plusieurs reprises. Je n'ai laissé venir personne, pour que tu puisses te reposer. Je savais que tu aurais besoin de temps. Tu n'as baissé dans l'estime de personne. Mais je peux te garantir que lui, par contre, n'a plus la considération de personne.

– Il m'a traitée de putain. (Je grimaçai à mesure que les mots me revenaient en mémoire.) Il a dit que je m'étais servie de mon cul pour arriver au sommet. Il veut nous détruire, Blake.

– C'est lui qui est fini.

Je lui adressai un regard interrogateur.

– Je n'ai jamais vu Michael aussi anéanti de ma vie. Je ne sais pas ce qui va se passer entre eux, mais c'est une connerie que même Michael ne parviendra sans doute pas à pardonner. Il m'a séparé de Max, mais je n'oublierai jamais la façon dont il l'a regardé. Il n'est même pas allé l'aider. Il s'est contenté de partir.

– Il m'avait dit qu'il voulait que vous deux fassiez la paix.

Ses narines frémirent.

– Il n'y aura pas de paix entre nous tant que l'un de nous deux ne sera pas mort.

La haine se lisait sur son visage. Je tendis la main et touchai sa mâchoire crispée. Il se détendit, tourna doucement la tête. Il embrassa gentiment le bout de mes doigts. Ce geste aimant commença à éloigner les horreurs qui m'avaient réveillée. Blake était là. Nous étions ensemble, tous les deux en sécurité. Je me répétai ces vérités encore et encore, même quand mon esprit se trouva aux prises avec les bribes de souvenirs de ce que Max avait fait.

– Tu es sûr qu'il n'a pas...

Il ouvrit de grands yeux encore pleins de tristesse.

– Je te le garantis. Je suis arrivé avant les autres. Ses intentions étaient évidentes, mais il n'était pas allé très loin. (Comme on apaise un enfant effrayé, il me caressa le bras, fit tourner son pouce sur mon épaule.) Sinon, je l'aurais tué. Personne n'aurait pu m'arrêter. Son cœur aurait cessé de battre s'il était allé plus loin.

Un étrange soulagement m'envahit, comme si je venais d'échapper à la mort. Si Max m'avait violée, je n'arrivais même pas à imaginer ce que ça m'aurait fait. Ç'aurait été un genre de mort en soi, tout comme Mark avait tué une partie de moi quand il avait pris mon innocence, des années auparavant. Je repoussai la nausée persistante. Max n'avait pas pris ce qu'il voulait, mais le fait que ça aurait pu arriver me hantait encore.

Je tendis une main tremblante vers la poitrine de Blake. Me rapprocher physiquement de lui était comme tenter de traverser un mur. Tous mes instincts me disaient de rester en retrait, là où j'étais en sécurité. Il me laissa venir à lui, sans me presser, son contact n'était qu'un murmure sur ma peau. Tremblant de la tête aux pieds, je me pelotonnai sur ses genoux. Il me caressa le dos de haut en bas lentement, précautionneusement, jusqu'à ce que je me détende complètement contre lui.

– Tout va s'arranger. Tu es en sécurité, maintenant. Je m'en occupe, ma belle.

Il me berça doucement pour me calmer, alors que je craquais dans ses bras. Le poids de ces nouvelles violences s'ajouta à celui des anciennes, et je pleurai toutes les larmes de mon corps. À travers mes sanglots, Blake me chuchotait des mots rassurants. Des promesses d'amour, l'assurance qu'il serait toujours là pour me protéger et me garder en sécurité emplirent l'air, jusqu'à ce que je les croie, de toute mon âme.

* * *

L'implacable fatigue qui m'avait écrasée pendant des jours avait fini par s'effacer. Pour la première fois depuis la fête, j'avais de l'énergie ; mais devant l'insistance de Blake, j'étais restée une journée de plus à la maison. Incapable de rester seule avec mes pensées, je passai mon après-midi à regarder des films, des comédies légères qui ne risquaient pas de menacer la paix cérébrale que je m'efforçais d'atteindre.

Je hurlai quand la porte de l'appartement s'ouvrit. Jaillissant du canapé d'un bond, j'aperçus le visage inquiet d'Alli.

– Désolée. Je ne voulais pas t'effrayer. Je t'ai apporté à manger.

Elle me montra un sac en papier. J'écartai la main de mon cœur affolé.

– D'accord. Merci.

Elle vint me rejoindre sur le canapé, posa le sac sur la table basse.

– Désolée, répéta-t-elle. Comment vas-tu ? J'aurais bien voulu te voir plus tôt, mais Blake disait que tu devais te reposer. Heath m'a confirmé qu'il était au bureau aujourd'hui, alors je me suis dit que j'allais venir te voir en douce.

– Je vais bien. Mieux. Ce que Max avait mis dans mon verre a complètement pris le contrôle de mon organisme pour un temps. Mais je recommence à me sentir vivante. Je suis tout de même impatiente de retourner travailler demain. À rester assise là trop longtemps, je ne fais que tourner et retourner les choses dans ma tête.

Elle se mordilla la lèvre, le regard vitreux. Elle me prit dans ses bras. Je la serrai aussi, en refoulant mes larmes. Elle savait. Tout le monde savait. Je ne pouvais échapper à ma meilleure amie et prétendre que je ne souffrais pas.

– Je ne sais même pas quoi dire, murmura-t-elle. Je n'y crois toujours pas. Je ne peux tout simplement pas y croire.

– Ça va, Alli, je vais bien, la rassurai-je en m'efforçant d'y croire moi aussi, même si ma voix chevrotait.

Peut-être que je n'allais pas encore vraiment bien aujourd'hui, mais ça viendrait. Je m'en remettrais, tout comme je m'en étais remise auparavant. Sauf que plus je repensais à ce que Max avait fait et à cette soirée, plus je me demandais si je m'étais réellement remise de ce que Mark m'avait fait.

– Ça ne va pas. Il ne peut pas s'en sortir comme ça, Erica.

Je me reculai dans le canapé et chassai mes larmes. Je ne voulais pas m'effondrer maintenant. Je ne voulais pas recommencer à remuer tout ça, alors que j'avais passé la journée à essayer d'oublier. En plus de m'être bombardé le crâne de programmes télé décérébrés, je m'étais efforcée d'enfouir profondément les images de l'autre nuit, qui n'avaient de cesse de ressurgir, dans cet espace ténébreux où je conservais déjà le souvenir de Mark.

– Erica ?

Je relevai les yeux.

– Tu vas porter plainte, n'est-ce pas ? Ils auront besoin de ta coopération s'ils veulent le poursuivre.

– Je crois, dis-je d'une voix mal assurée, trahissant le fait que je n'étais toujours pas convaincue d'être capable d'y parvenir.

– Il le faut. Je n'arrive pas à croire qu'il a l'audace d'engager des poursuites contre Blake, après ce qu'il t'a fait. Son désir de vengeance n'a vraiment aucune limite. Tout ça est insensé, et injuste.

Je me redressai, préférant m'assurer que j'avais bien entendu.

– Il fait quoi ?

Blake ne te l'a pas dit ? Max engage des poursuites contre Blake pour coups et blessures. Il est évident que Blake ne faisait que te défendre. Ce bâtard a bien mérité ce qui lui est arrivé.

Je laissai échapper l'air que j'avais trop longtemps retenu.

– Je n’arrive pas à croire qu’il ne me l’a pas dit. Il m’a dit qu’il avait abîmé Max, mais je n’ai à aucun moment envisagé que ça pouvait lui créer des problèmes. Merde, je n’arrive même pas à réfléchir. Ce n’est pas bon.

Alli me toucha gentiment l’épaule.

– Il ne veut pas que tu t’inquiètes. Il sait que ce n’est pas facile pour toi, tout particulièrement après ce que tu as subi avec Mark. Je suis certaine que Heath aurait fait la même chose à sa place. Heureusement, les Landon ont de bons avocats.

– Je suis sûre que les Pope en ont de bons aussi. Bon sang, Blake n’a pas besoin de ce merdier en plus. Maintenant, je suis de nouveau furieuse.

Elle soupira doucement.

– Tu vas porter plainte ? Promets-moi que tu vas le faire.

Je hochai rapidement la tête.

J’avais longuement réfléchi à l’idée de parler à la police. Blake m’avait dit qu’ils avaient laissé des cartes de visite et qu’ils voudraient nous parler. Quelque chose là-dedans me terrifiait. Peut-être que c’était la même chose qui m’avait empêchée de porter plainte quand Mark m’avait violée. Au fond de moi, je m’étais sentie responsable. La réprobation et la honte de devoir tout raconter à quelqu’un m’avaient fait garder le silence. J’avais tout enfoui, tellement profondément que je ne m’étais plus inquiétée de retrouver mon agresseur, de faire entendre ma voix.

Mais là, c’était différent. Je connaissais Max, et personne ne pouvait mettre en doute ce qu’il avait fait, avec tous les gens qui étaient là. Les drogues dans mon organisme suffisaient à prouver ses intentions. Comment je trouverais la force d’aller au commissariat et de raconter mon histoire, par contre, je ne voyais pas. Mais si ça aidait à sortir Blake de cette histoire de fou, je ferais ce qu'il fallait.

– J'irai avec toi. Tu ne seras pas seule.

Alli prit ma main.

– Merci. Je ne sais pas ce que je ferais sans toi.

– Tu n'auras jamais besoin de le savoir. Je suis toujours là pour toi, et je ne vais nulle part. Nous sommes tous là. Nous sommes une famille, maintenant.

Mon cœur bondit de gratitude pour son amitié.

– Eh, j'ai une idée.

Le visage d'Alli s'illumina un peu et elle serra ma main. Je haussai les sourcils.

– Laquelle ?

– Je sais que c'est probablement la dernière chose à laquelle tu penserais, mais si on allait faire les boutiques pour te trouver une robe cette semaine ? Ça te changerait les idées, après toutes ces horreurs.

Je souris et acquiesçai.

– Ça me paraît parfait.

Chapitre seize

– Alli m'a dit, pour les poursuites que Max a engagées.

Blake avait travaillé tard et il n'était pas rentré depuis cinq minutes quand j'ai prononcé ces mots. Je n'avais pensé quasiment à rien d'autre depuis le départ d'Alli. En plus, j'étais fâchée qu'il ne m'en ait pas immédiatement parlé.

Il ôta sa chemise et passa de la chambre à la salle de bains adjacente, m'ignorant royalement. Je le suivis à l'intérieur.

– Blake ?

– Ça n'a aucune importance.

– Être poursuivi au pénal a de l'importance.

Il soupira et se tourna vers moi. J'essayai de rester concentrée sur le sujet, mais son torse nu et son odeur quand il m'attirait contre lui comme il le fit alors éparpillait toujours mes cellules grises. Une main sur ma hanche, il se pencha vers moi et déposa un doux baiser sur mes lèvres.

– Ça ne m'inquiète pas, alors pourquoi ça devrait t'inquiéter ? Tu as déjà bien assez de choses en tête.

Je le regardai dans les yeux, lui faisant bien comprendre que je ne risquais pas de ne pas m'inquiéter.

– Est-ce que ça va t'affecter professionnellement ?

Qu'en sera-t-il d'Angelcom, et de toutes les sociétés auxquelles ton nom est associé ?

Il laissa échapper un petit rire.

– Tu veux parler de ma réputation ? Argent fait loi, Erica, et heureusement j'en ai beaucoup. Les raisons pour lesquelles le conseil voulait continuer de caresser Max dans le sens du poil jusqu'à ce que je mette leurs couilles dans un étau sont les mêmes qui vont faire que rien de tout ça n'aura la moindre importance pour aucun d'entre eux. Les cartes sont entre mes mains. De toute façon, je n'en ai rien à foutre de ce que les autres pensent.

Je ne pouvais pas plus cesser de m'inquiéter que de haïr Max après ce qu'il avait fait.

Blake prit mon visage dans ses mains.

– Écoute-moi. Ne t'inquiète pas. Il n'y a rien dans tout ça dont je ne peux m'occuper. Et crois-moi, je m'en occupe.

– Comment ?

Il soupira et me lâcha, laissant quelques centimètres d'espace entre nous. Je glissai mes doigts dans son jeans, l'attirai vers moi. Ses yeux s'écarquillèrent un peu.

– Je vais aller porter plainte demain. Je ne me souviens pas de tout, mais heureusement ça devrait suffire. Si ça signifie que je devrai témoigner, ou n'importe quoi d'autre, je le ferai. Je ferai tout ce qui est nécessaire.

Il marqua une pause.

– Je suis heureux de l'entendre. Non pas pour mon bien, mais pour le tien.

Je me rembrunis.

– Je ne suis pas sûre que je le ferais si ce n'était pas pour ton bien. Je suis furieuse qu'il t'ait fait ça.

– Pourquoi n'irais-tu pas raconter ton histoire à la police, Erica ? Il mérite de devoir assumer ce qu'il a fait, et Dieu sait que tu mérites qu'on te rende justice. Ça n'arrivera pas si tu ne dis pas à la police ce qui s'est passé. Tu es la victime, et ils ont besoin d'entendre ton histoire, pas la mienne.

Je laissai descendre mon regard vers la taille de Blake, mes doigts reposant paresseusement dans les passants de son jeans.

– L'idée de devoir vivre ça me rend malade, voilà pourquoi.

Il releva mon menton pour que je voie le sérieux dans son regard.

– Il y a des fois où il est logique de laisser tomber, et d'autres où il faut se battre, même si ça peut paraître franchement déplaisant.

Je me perdis dans ses yeux une seconde.

– Et tu veux que je me batte.

– Je ne veux pas prendre la décision pour toi. Mais si ça peut être une indication, ajouta-t-il en me montrant d'un signe de tête les épaisses croûtes virant au rouge qui ornaient ses phalanges, tu connais ma position sur le fait de le remettre à sa place.

Je grimaçai au vu de ses blessures et au souvenir de ce qui les avait provoquées. Je n'avais aucune idée de l'étendue des blessures de Max, mais je savourais l'idée qu'il devait probablement encore en souffrir. Je pris une profonde inspiration. Ces derniers jours, j'avais désespérément essayé de passer à autre chose. Je ne pouvais pas continuer. Je ne pouvais pas donner à Max la satisfaction de m'avoir brisée comme Mark l'avait fait.

– J'apprécie que tu te sois battu pour moi, mais il ne s'agit pas de vengeance.

– Tu as raison. Il s'agit de voir Max Pope obligé de rendre des comptes pour la première fois de sa vie. Recevoir une leçon qu'il mérite depuis bien des années. Ce n'est pas de la vengeance, mais de la justice. C'est réparer une injustice qui perdure depuis beaucoup trop longtemps.

Je pouvais dire tout ce que je voulais, Blake avait raison. Max ne m'avait pas seulement menacée, franchissant là une ligne qu'il n'aurait jamais dû franchir. Il avait trahi ma confiance, menacé mes affaires et celles de Blake. Et les griefs de Blake allaient bien au-delà encore de ce que nous avions vécu ensemble avec Max. Avant même de le rencontrer, je savais que Max était un play-boy, un enfant gâté. Il traversait la vie sans s'inquiéter des conséquences, évitant les sanctions qui auraient frappé n'importe qui d'autre, bien à l'abri derrière la muraille de la richesse et de l'influence familiales. Et le professeur Quinlan avait poussé cela à son avantage, en organisant un rendez-vous pour moi, avec la promesse que Max investirait dans Clozpin.

Combien de temps cela pouvait-il durer ? Combien de temps pourrait-il nous affecter impunément, mû par la jalousie irraisonnée que lui inspirait Blake. Peut-être que Blake avait raison. Peut-être que c'était là le geste qui ne pouvait être ignoré, ni par Michael, ni par la loi. Peut-être que ce forfait allait finalement lui faire comprendre qu'il n'était pas à l'abri des conséquences de ses actes.

Blake détourna mes pensées par un baiser à la fois tendre et précautionneux. En se reculant, il me dévisagea.

– Comment s'est passée ta journée ? Tu te sens mieux ?

– Je me sens bien. Je te l'ai dit ce matin. Je retourne travailler demain, quoi que tu en dises. Si je reste assise là une journée de plus, je vais devenir folle.

– Ce ne serait pas une bonne chose, ajouta-t-il dans un sourire.

S'écartant de moi, il ouvrit le robinet de la douche. Il se déshabilla et tira le battant, emplissant la pièce d'un flot de vapeur. Je me pinçai la lèvre en regardant son dos tandis qu'il s'avançait sous les jets d'eau. Le feu qui était resté en sommeil des jours entiers s'alluma en moi. Apparemment, ces journées de privation d'intimité avaient eu un effet sur moi, et maintenant que mon énergie était revenue j'avais du mal à l'ignorer.

Je n'étais pas certaine d'être prête, mais notre proximité me manquait. Blake avait été prudent avec moi. Excessivement prudent. Je ne voulais pas que ce qui était arrivé élève un mur invisible entre nous, ou nous serions séparés par la peur de nous blesser l'un l'autre, quand j'avais besoin de Blake plus que jamais.

Je fis tomber mon jeans à terre et ôtai mon haut et mon soutien-gorge d'un coup. Il se tourna pour me regarder, son expression reflétant l'appétit muet qui grandissait en moi. J'entrai dans la douche avec lui. Il me fit de la place sous le jet. Nos corps s'effleurèrent, déclenchant toutes les alarmes habituelles. Mes mamelons frôlèrent la douce toison de sa poitrine, durcissant instantanément. J'interrompis ma progression, déjà heureuse de notre proximité, l'eau chaude pulsant sur nos deux corps.

– Tu m'as manqué.

– Tu m'as manqué aussi, ma belle.

Je posai les mains sur sa poitrine, brûlant d'en sentir chaque saillie glisser sous mes doigts, de l'enlacer. Je descendis vers les muscles noueux de ses abdos. Je voulais aller encore plus bas. Je voulais sentir sa chair chaude dans mes mains, savoir qu'il me désirait autant que je le désirais. Après toute cette folie, j'avais besoin de son contact, de l'assurance que rien n'avait changé entre nous. Je suivis la ligne de poils qui partait de son nombril. Il saisit ma main, l'arrêta.

– Tourne-toi, dit-il doucement.

Je le regardai par en dessous, mon souffle soudain plus court à ce seul ordre. Ça annonçait généralement de bonnes choses, quand il me demandait de me tourner. J'obéis et posai les mains sur le marbre frais de la paroi de la douche. Je fermai les yeux, imaginant ses mains sur moi, pendant que l'eau s'abattait sur mon dos.

J'entendis un petit clic, puis ses mains furent dans mes cheveux, les massant et les shampouinant. Si ce n'était pas le contact que j'attendais, il fut néanmoins le bienvenu. Je laissai ma tête retomber en arrière, tandis qu'il frottait mon cuir chevelu en formant une dizaine de petits cercles.

– C'est agréable ?

– Très agréable, opinai-je. Merci.

– Toujours à ton service.

Je souris. Il tourna la pomme de douche pour me rincer les cheveux, puis me lava de la tête aux pieds. Il savonna mes épaules, massant mes muscles trop tendus au passage. Me tournant pour que nous soyons de nouveau face à face, sans oublier de me laver entre les seins et sur le ventre. Il évita de s'aventurer là où je l'aurais voulu. Ça me rendait folle, mais il ne semblait pas pressé, ni tenté par les jeux de torture sexuelle que nous pratiquions si souvent.

Il s'agenouilla pour me passer le loofa sur la plante des pieds. Ça chatouillait, mais le voir à mes pieds, incapable de cacher son désir qui se balançait sous son propre poids devant moi, m'en faisait oublier ce picotement. Chaque contact innocent exacerbait mon envie d'un toucher plus intime. Il bandait, et je brûlais de désir. Quand il se releva, je lui pris le gant et le jetai au sol. Je le saisis par les cheveux et me hissai contre lui, nous amenant poitrine contre poitrine. Il gronda et me repoussa contre le mur. L'instinct prit le dessus, et quelques secondes plus tard je l'escaladai. Une cuisse contre sa hanche, m'arquant contre son corps dur. Il prit mes fesses, intensifiant le contact. La plus grande proximité n'était encore pas suffisante.

– Tu m'as manqué. Je veux te sentir, gémis-je.

J'inspirai, et scellai sa bouche de la mienne. Son érection était pressée contre moi, m'excitait. Je fus parcourue d'un frisson de désir. Mais la sensation était incomplète. Je l'embrassai plus fort, chassant mes doutes. Il râla, glissa ses mains sur mes hanches. Il traça un lent chemin entre mes jambes, ralentissant sur ma motte, avant de la recouvrir de la main. Je me tendis dans ses bras, sans comprendre immédiatement pourquoi. Ma poitrine se souleva, mon souffle court trahissant la bataille qui faisait rage au fond de moi. *Merde.*

– Ma belle ?

Je l'embrassai férocement, écrasant cette petite séparation entre nous, répondant à toutes les questions qu'il aurait pu se poser. Malédiction, j'avais besoin de lui. Certainement pas moins qu'avant.

Il se recula et intercepta ma main, m'arrêtant.

– On n'a pas besoin de faire ça.

– J'en ai envie.

– Je sais, hésita-t-il. Moi aussi, mais... prends ton temps.

– Je vais bien, insistai-je, alors même que ma voix vacillait.

Était-ce bien le cas ? Je savais que je le voulais, ce que je voulais, mais je percevais une certaine tension. À cran, les nerfs à vif, je ferraillais avec mon désir. Cette bataille intérieure déchaînait une fureur à la mesure de mon excitation, un besoin irrépressible qu'il m'aime, qu'il me baise à me faire oublier le sentiment que je ne voulais pas affronter.

Il m'embrassa, un baiser chaste que je sentis à peine à travers la chaleur et l'humidité sur ma peau. Ce geste parut faire écho à ses mots.

– Je vais bien, Blake. Il ne m'a rien fait. Je vais bien. Rien n'a changé.

Il baissa la tête, de l'inquiétude plein les yeux.

– Le fait qu'il ne soit pas allé au bout ne veut pas dire que tu n'as pas vécu un enfer émotionnel. On n'est pas en train de parler d'une tape sur les doigts. Tu sais aussi bien que moi que ces blessures sont beaucoup plus profondes qu'on ne le voudrait. Tu as besoin de temps. On devrait prendre notre temps.

Je détestais le fait qu'il avait probablement raison. Je détestais être devenue aussi bonne à rien et vulnérable en l'espace de quelques jours.

– Peut-être suis-je plus forte que tu veux bien l'admettre…

Il soupira d'un air exaspéré.

– Je n'ai aucun doute sur ta force, Erica. Je te parle de ton état psychologique, de ton bien-être. Tu ne peux pas écarter tout ça comme si ce n'était rien.

– Et si tu me laissais te dire ce que je peux faire ?

Mon embarras s'ajouta à son rejet. Je le laissai là. Dans la chambre, je fis claquer les tiroirs en y prenant une culotte et un tee-shirt, puis allai me coucher.

Pelotonnée de mon côté, je m'efforçai d'ignorer sa présence quand il me rejoignit. Un moment passa avant qu'il s'approche de moi, passant un bras autour de ma taille. Pressant ses lèvres contre mon épaule, il me caressa tout le long du bras, son geste provoquant un frisson qui me fit presque oublier mon exaspération.

– J'ai souvent repoussé tes limites. Laisse-moi les respecter un temps, même si toi tu ne le fais pas.

Je fermai les yeux devant la vérité qu'exprimaient ses paroles. La vérité et l'amour et la compassion dont étaient si dépourvus les hommes qui avaient érigé cette muraille entre nous. Je soupirai lourdement, me décidant à lui faire confiance.

– Regarde-moi, chuchota-t-il.

De mauvais gré, je me tournai complètement pour me retrouver face à lui. Un sourire adoucit ses traits, tandis qu'il parcourait mon menton, traçait une ligne sensuelle sur mes lèvres.

– Je t'aime, même quand tu tournes en rond, furieuse et indignée.

– Tout ça me sort par les yeux.

Son regard s'obscurcit.

– Je sais. Je sais qu'on veut tous les deux autre chose, mais ça vaut le coup d'attendre. Ce soir, tout ce que je veux, c'est goûter tes lèvres et te serrer fort. J'ai le reste de ma vie pour te faire l'amour. Ce soir, je veux juste te tenir dans mes bras.

Quelque chose céda en moi, mon besoin de me battre s'étiolant sous la douce insistance de Blake. Mes muscles se détendirent, et je déposai les armes.

* * *

Quand j'arrivai au bureau le lendemain matin, j'étais prête à affronter la journée. Prête à affronter ma vie. Alli se leva pour m'accueillir comme je m'approchais de son poste de travail.

– Tu ne vas pas le croire.

Mes yeux s'écarquillèrent. Il y avait un certain nombre de possibilités quant aux choses que je ne pouvais pas croire.

– Quoi ?

– PinDeelz est inaccessible. Sid dit que ça remonte à la nuit dernière.

– On sait pourquoi ? Ça pourrait être n'importe quoi. Une défaillance des serveurs, une explosion du trafic...

– Je ne crois pas que ce soit la raison.

Elle m'entraîna vers son ordinateur puis alla sur le site. Une grande image noir et blanc envahit l'écran. Je l'avais déjà vue auparavant, à notre adresse. M89. Le logo du groupe de hackers avait remplacé la page d'entrée de notre concurrent. Mais j'étais plus interloquée que jamais.

– Je ne comprends pas. Si Trevor et Max étaient de mèche pour créer ce site, alors pourquoi Trevor le piraterait-il ? Et puis, comment pirate-t-on son propre site ?

Alli enroula une mèche de cheveux sur ses doigts.

– Je ne comprends pas non plus. Sauf si les choses ont tourné au vinaigre avec Trevor, et que c'est sa vengeance. Genre, une déclaration de principe, ou quelque chose comme ça.

– Juste quand je croyais qu'on avait atteint les limites du bizarre.

– La bonne nouvelle, c'est qu'au moins un de leurs annonceurs nous a recontactés pour renouveler son contrat avec nous. Sans mentionner PinDeelz, évidemment, mais j'ai l'impression que ce ne sera certainement pas le dernier dont on va entendre parler.

Je gloussai doucement.

– Incroyable. On va bien voir combien d'entre eux vont revenir, tout penauds, je suppose. Ou combien de temps leur site va rester comme ça.

– En parlant de revenants, tu as pris une décision, pour Perry ?

– Il a l'air navré, mais ça ne suffit pas. Blake a raison. C'est une mauvaise idée de travailler avec lui.

– Je dois dire que je suis d'accord.

La voix plus grave qui nous avait interrompues était celle de James. Il semblait être sorti de nulle part.

– Salut, James ! dis-je, étonnée de sa présence au bureau.

– Alli a pensé que c'était une bonne idée que je sois là pendant votre absence.

– Très bien, acquiesçai-je rapidement, sans trop vouloir penser à la réaction éventuelle de Blake. Eh bien, je suis contente que tu sois là. On peut en profiter pour faire le point ?

Je laissai Alli pour rejoindre l'intimité de mon bureau. James me suivit et s'installa sur le siège en face de moi.

– Que se passe-t-il ? Qu'est-ce que j'ai raté, à part une semaine entière ?

– J'ai parlé à votre fiancé. C'était assez intéressant, mais je vais rester au bureau pour le moment.

Je restai bouche bée, le temps d'intégrer la nouvelle. Il s'était déjà passé dans les quinze premières minutes de mon arrivée bien plus de choses que je ne l'aurais imaginé. L'appréhension me noua le ventre.

– Tu plaisantes ?

Il s'esclaffa.

– Il n'y a aucune raison de s'inquiéter. Mais vous devriez tout de même en parler à Landon.

– OK, très bien... comme ça tu vas pouvoir me raconter. J'ai une semaine de retard sur tout.

Je passai le reste de la matinée à me mettre au courant.

Après une semaine d'isolement, je pouvais vraiment me rendre compte des progrès accomplis pendant mon absence. Nous étions tout près d'implémenter les changements qui nous auraient donné des années-lumière d'avance sur le site de Max. Si la menace que faisait planer sur nous cette compétition semblait appartenir au passé, je voyais tout de même qu'elle avait représenté une motivation importante pour nous entraîner dans une direction toute nouvelle.

Comme l'heure du déjeuner approchait, mon téléphone sonna. Mon cœur manqua un battement quand je vis s'afficher sur l'écran le visage de Risa.

Je répondis, hésitant un temps.

– Allô ?

– Erica ? C'est Risa.

Je le sais bien ! Putain, qu'est-ce que tu veux ?

– Écoutez, je sais bien que je suis probablement la dernière personne à laquelle vous avez envie de parler. C'est juste que... j'ai vraiment besoin de vous parler.

– De quoi ?

– On peut déjeuner ensemble ?

Une certaine anxiété m'envahit. Risa était liée à Max, et il n'était rien ressorti de bon d'avoir accepté de le rencontrer pour parler affaires.

– Je n'ai rien à te dire.

– S'il vous plaît, je vous en supplie. Par pitié. Je

sais que vous me haïssez. Et vous en avez parfaitement le droit. Si vous voulez ne plus jamais me voir ou me parler après aujourd'hui, je sortirai à jamais de votre vie.

Je fixai des yeux la cloison de séparation blanche devant moi. Risa avait l'air différente. Elle avait l'air... désespérée. Je n'étais pas censée en avoir quelque chose à faire, mais je ne pouvais pas m'en empêcher. Je fermai les yeux très fort, essayant de me figurer comment j'allais me charger de ça toute seule, quand il me vint une idée.

– Je te retrouve au restau du coin, en bas du bureau, à midi.

– Parfait. Merci.

Je raccrochai avant qu'elle puisse ajouter un seul mot puis demandai à Alli de passer me voir.

Elle arriva quelques secondes plus tard.

– Qu'est-ce qu'il se passe ?

– Tout à fait par hasard, tu n'aurais pas envie de voir Risa pour déjeuner ? Elle veut me parler. Je ne lui fais aucune confiance, et je ne me fais aucune confiance pour ne pas l'étrangler si j'y vais toute seule.

– Bien sûr. J'ai moi-même quelques petites choses à lui dire.

– On a rendez-vous.

Chapitre dix-sept

– Merci encore d'avoir accepté de me rencontrer.

Assise en face de nous, Risa avait l'air d'un chien perdu. Alli, adossée à son siège, les bras croisés, lui adressait son regard le plus méprisant. Je ne la croyais pas capable de haïr quiconque, mais là elle paraissait plutôt convaincante. Malgré son air pathétique, j'avais du mal à avoir pitié de Risa. Ses cheveux d'habitude si brillants et lisses étaient ramassés en un chignon brouillon. Vêtue d'un jeans et d'un simple chemisier noir, elle avait l'air usée et épuisée sous son maquillage. La jeune femme énergique et rusée qui avait quitté Clozpin en emportant ma base de données clientèle semblait avoir vieilli prématurément dans le court laps de temps qui s'était écoulé depuis son départ. Je voulus lui dire qu'elle ne ressemblait à rien, mais je préférai garder ça pour plus tard.

– Je ne suis toujours pas convaincue que c'est une bonne idée de perdre mon temps avec toi… Alors si tu as quelque chose à dire, dis-le.

Ses yeux brillaient quand elle se tourna vers moi.

– Je suis désolée. Je veux que vous le sachiez.

– C'est un peu tard pour être désolée, coupa Alli, m'ôtant les mots de la bouche.

– Je le sais, et je ne m'attends pas à un pardon. J'ai fait une erreur. Max... il m'a fait croire que c'était le seul choix possible, le seul et unique, si je voulais faire quelque chose de moi-même et faire avancer ma carrière. Il n'est pas celui que je croyais.

Je serrai les dents, préférant me taire. Il n'était pas celui que je croyais non plus. Il était bien pire.

– Il m'a utilisée pour vous atteindre, poursuivit-elle, le regard suppliant. Il a joué sur mes émotions, ma jalousie et mon manque d'assurance pour me faire partir. Mais maintenant je ne sais même plus qui il est. Il a des problèmes, je crois, et il ne pense plus à rien d'autre qu'à détruire Landon. Ça n'a rien à voir avec la société que je pensais que nous allions construire ensemble. C'est bien plus viscéral que je ne l'avais réalisé.

Je me penchai en avant, la scrutant. Je commençai à me dire qu'elle n'avait pas la moindre idée de ce qui s'était passé entre Max et moi.

– Risa, Max m'a droguée et a essayé de me violer la semaine dernière. Voilà jusqu'où il veut faire du mal à Blake. Crois-moi, on ne sait pas à quel point il est dépravé tant qu'on ne le connaît pas comme moi.

– Quoi ? (Elle en resta mâchoire pendante, les yeux fixés sur moi.) Oh, mon Dieu ! Je ne savais pas. Je savais que lui et Blake s'étaient battus, mais je ne me doutais vraiment pas de ça.

Je me contractai pour résister aux émotions qui menaçaient de me submerger. Je ne pouvais pas craquer devant elle, même si j'étais encore déchirée par le comportement de Max. Je préférai me raccrocher à ma colère.

– Oui, tu devrais lui demander. Je suis sûre qu'il t'expliquera que c'est moi qui l'ai allumé à ma propre fête de fiançailles. Et puisque tu as trouvé amusant de parler de James à Blake, vous pourrez vous raconter des histoires sur la putain que je suis.

Je serrai les dents, résistant à grand-peine à l'envie de m'en aller. Mais j'avais aussi voulu voir Risa pour pouvoir lui dire en face ce que j'avais sur le cœur. Qui sait quand j'en aurais de nouveau l'occasion…

– Je ne crois pas que vous soyez une putain. À un moment donné, encore furieuse parce que vous veniez de me virer, j'ai dit à Max que je vous avais vue avec James. C'est lui qui a voulu que j'en parle à Blake. Moi, je ne voulais pas, en fait. Blake a paru tellement hors de lui quand je le lui ai dit que j'ai immédiatement regretté. Je ne savais même pas que vous étiez fiancés.

Je relevai le menton, les lèvres pincées.

– Et heureux, malgré tout ça. Malgré toutes vous tentatives, à toi et à Max, de détruire ma société et notre relation, je suis plus forte… on est plus forts que jamais. Alors qu'est-ce que tu veux, maintenant ? C'est lui que tu as choisi. Tu vas devoir vivre avec ce choix.

– Je veux le quitter. Vraiment.

Ses yeux brillaient. La serviette en papier dans sa main était quasiment réduite en lambeaux. Bon sang, émotionnellement, c'était une épave.

– Alors, quitte-le. Ça ne me concerne pas.

Elle acquiesça rapidement, tête baissée.

– Je voudrais bien, murmura-t-elle, mais j'ai peur qu'il me ruine. Quoi qu'il se soit passé entre vous, ce n'est plus la même personne. Je ne sais pas qui il est. Je crois qu'il a des problèmes d'argent. Il m'a dit qu'il ne pouvait plus financer le site. Tout ce pour quoi nous avons travaillé est foutu. Et j'ai surpris des conversations avec son père. Je n'en suis pas sûre, mais je crois qu'il lui coupe les vivres. Tout part à vau-l'eau.

– Je sais, Risa. Mais je m'en fous complètement.

Elle soupira longuement.

– Laissez-moi me racheter. Je me sentais déjà mal avant, mais maintenant... Je n'arrive pas à croire qu'il vous ait fait ça.

Je m'esclaffai.

– Je n'ai pas besoin que tu te rachètes. J'ai besoin d'aller de l'avant dans ma vie, et tu ne vas pas en faire partie. On dirait bien que tu as été la proie d'un type horrible aux motivations infâmes, mais ce n'est pas à moi qu'il faut demander de l'aide.

Elle braqua soudain ses sombres yeux marron sur moi.

– Je peux vous aider à trouver Trevor.

Je haussai les sourcils.

– Il est plutôt du genre fuyant. J'ai du mal à croire qu'il te laisserait l'approcher, ou même Max.

– Je peux essayer de trouver des preuves que Max l'a payé, peut-être une adresse pour que vous puissiez vous lancer à sa recherche. Il ne s'arrêtera pas. Si quelqu'un hait Blake encore plus que Max, c'est bien Trevor.

Je la regardai plus attentivement, elle avait piqué ma curiosité. Est-ce que ce serait une chance d'utiliser un ennemi pour en trouver un autre, ou simplement un choix dangereux qui rapprocherait Risa de mon monde quand je ne voulais justement pas de ça ?

– Je reconnais que je suis intriguée, mais pas assez pour mordre à l'hameçon. Trevor ne fait pas partie de mes préoccupations, pour l'instant. Contrairement à toi et à tes partenaires, je ne consacre pas ma vie à planifier des vengeances et des contre-attaques. Je veux juste aller de l'avant. J'ai un mariage à organiser et une société à gérer. Je suis désolée que Max ait profité de toi. Peut-être que c'était un tort, mais je tenais à toi, Risa, et c'est dur à oublier. J'espère que tu auras au moins tiré un enseignement de tout ça.

– Je ne m'attends pas à être réembauchée, je veux juste rattraper mes erreurs. Je vais me racheter, d'une façon ou d'une autre.

* * *

Je m'adossai au mur du couloir sombre et frais qui menait au bureau, envisageant une retraite anticipée. Ç'avait dû être la journée de retour au travail la plus émotionnellement épuisante de l'histoire. Je pris mon téléphone et sélectionnai le numéro de Blake.

– Qu'est-ce qu'il y a, ma belle ?

Je soupirai, je n'avais pas encore bien assimilé ce qui venait de se passer.

– Eh bien... j'ai déjeuné avec Risa, ce midi.

– Quoi ?

Ce seul mot suffit à exprimer toute son inquiétude.

– J'avais emmené Alli avec moi, et Clay nous a conduites. Ça a été.

– Qu'est-ce qu'elle voulait ?

– Je crois qu'elle veut se racheter. Elle dit se sentir très mal pour tout ce qui s'est passé, même si, évidemment, Max ne lui avait pas tout dit sur ce qui est arrivé à la fête. Elle croyait que vous vous étiez juste battus.

Il renâcla.

– Mais, du moins pour l'instant, elle est encore avec lui. Elle paraît inquiète des représailles si elle partait. Sincèrement, je suis désolée pour elle, même si elle l'a bien cherché.

– Ils vont bien ensemble, maugréa-t-il.

J'entendais le cliquètement de son clavier en arrière-plan.

– Elle pense que Michael va couper les vivres à Max.

Le silence. Plus de cliquètement, plus de mots, juste le bruit de sa respiration.

– Pourquoi pense-t-elle ça ?

– Elle dit qu'elle a surpris des conversations entre eux. Et il lui a dit qu'il ne pouvait plus financer Pindeelz. Je n'en suis pas certaine, mais ça peut avoir un lien avec le fait que le site soit indisponible. Il affiche juste avoir été piraté par le M89, mais ça n'a aucun sens.

– C'est moi qui ai piraté leur site.

J'ouvris la bouche pour dire quelque chose, mais les mots me restèrent dans la gorge un instant.

– Tu as piraté leur site ?

– N'aie pas l'air si surprise. Il l'avait bien mérité.

Si je n'avais pas été aussi abasourdie, j'aurais peut-être été un peu désolée pour eux.

– Mais comment... si Trevor a développé le site ?

– Trevor est un troll, pas un développeur. Et il n'a visiblement pas consacré autant d'énergie au développement du site qu'à ses piratages. J'ai réussi à entrer et à purger le serveur sans grand effort. Comme programmeur, il est nul à chier.

– Mais attends, et le logo M89 ?

– Je l'ai juste mis là pour filer la migraine à Max.

Je ne pus m'empêcher de rire. Blake était vicieux, mais ça me plaisait.

– Peut-être bien que ça a marché. Risa a dit que Trevor avait disparu du paysage. Max n'arrive pas à le joindre.

– Certainement parce qu'il ne le paie plus. La société que Max utilisait comme couverture pour payer Trevor a été dissoute il y a quelques jours. Si Michael lui coupe les vivres, c'en est peut-être la raison.

La tête me tournait de devoir absorber toutes ces nouvelles informations. Mon agression semblait être ce qui avait déclenché tous ces événements. Et si Risa avait dit vrai, l'ensemble de ce qui constituait le monde de Max pouvait bien être au bord de l'implosion. Ses finances, sa famille, peut-être même sa liberté.

– Si tout ça arrive juste à cause de Michael, je comprends qu'aucun de tes investisseurs n'ait envie de le contrarier.

– Ne te laisse pas abuser par son charme. Michael est un type génial, mais il ne faut pas lui marcher sur les pieds.

– Même son propre fils ?

– Max n'a que ce qu'il mérite. Je n'éprouve pas la moindre compassion pour lui, et tu ne devrais pas en avoir non plus.

– Je sais. Tu peux me croire, ce n'est vraiment pas le cas.

Mes pensées dérivèrent. Il fallait encore que j'aille parler à la police, et ça ne m'enchantait vraiment pas.

– Je dois raccrocher, Erica, j'ai un autre appel. Mais j'avais oublié de te dire que maman voudrait qu'on vienne dîner demain soir. Je lui ai dit oui, mais sans réfléchir. Ça ne te pose pas de problème, d'y retourner et de revoir tout le monde aussi vite ?

– Bien sûr que non, Blake. J'adore ta famille.

– Je sais, mais après tout ce qui s'est passé... On n'est pas forcés d'y aller, si tu penses que c'est trop tôt.

– Non, ça va. Vraiment. Il faut que j'aille de l'avant. Je ne peux pas défaire ce qui est arrivé, mais je ne vais pas m'appesantir non plus. Souviens-toi que j'ai vécu pire. En plus, ce sera bien de revoir tout le monde. Ils sont peut-être parfois un peu trop pour moi, mais tu m'as gardé isolée assez longtemps. Je suis plutôt impatiente de retrouver un peu d'animation.

– D'accord. Je lui confirmerai qu'on vient.

– Super.

– Je t'aime, ma belle.

Je souris.

– Moi aussi.

* * *

Je me concentrai sur le magazine posé sur mes genoux, m'efforçant de ne pas me sentir trop dépassée. Vivre à l'intérieur de ma tête ces derniers temps, c'était comme vivre dans un cirque géant. Sid et James avaient le programme du lancement de la nouvelle version du site sous contrôle, alors on décida, Alli et moi, de prendre notre après-midi pour aller voir les robes de mariage. Je me remettais encore de la rencontre avec Risa, alors je n'eus pas d'objection quand elle suggéra cette pause.

– Mon bébé.

Je levai les yeux et découvris Marie qui venait à ma rencontre. Elle souriait chaleureusement, mais l'inquiétude se lisait dans ses yeux. Je me levai du canapé crème ouvragé de la boutique nuptiale, et la pris dans mes bras.

– Tu as l'air superbe, ma douce. Comment te sens-tu ?

– Je vais bien, insistai-je en ravalant les émotions que me valaient de la revoir. Je me sens vraiment bien. J'ai repris le boulot, tout ça.

– J'en suis heureuse.

Elle ne bougea pas, ses bras toujours serrés autour de mes épaules. Plus on restait comme ça, plus je perdais le contrôle et des larmes me montaient aux yeux.

– Marie. (Je me forçai à rire pour ne pas sangloter.) Tu vas encore me faire pleurer. Je n'ai plus envie de pleurer.

Elle s'écarta, les yeux aussi brillants que les miens.

– C'est une bonne chose, de pleurer. Ce qui s'est passé était terrible. Je ne peux même pas imaginer ce que tu as dû traverser.

Je secouai la tête et me frottai les yeux.

– Rien que je n'aie pas déjà vécu. Ça va aller.

Elle fronça les sourcils, et je regrettai mes paroles dès que je les eus prononcées. J'avais fini par prendre comme un fait acquis que tout le monde savait pour Max, et que la plupart étaient au courant pour Mark. Savoir mon passé à ce point dévoilé n'était pas plaisant mais, bizarrement, ça m'avait apporté un peu de soulagement. Parfois, cacher ce qui était arrivé et faire comme s'il ne s'était rien passé était plus épuisant que le contraire.

Ces dernières années, je m'étais souvent demandé si je devais ou non dire à Marie ce qui s'était passé avec Mark, mais en fin de compte j'avais décidé de ne pas l'accabler avec ça. Je ne savais vraiment pas pourquoi je venais d'y faire allusion, sinon pour faire un pas de plus dans l'acceptation de cette cicatrice. Néanmoins, je ne voulais pas l'embêter avec ça aujourd'hui.

Elle massa lentement le haut de mes bras.

– Qu'est-ce que tu veux dire ?

– Rien. Oublie ça. C'est censé être un beau jour, non ?

Je souris et reniflai, m'efforçant de reprendre le contrôle.

Ses lèvres étaient serrées, mais elle laissa échapper un petit soupir.

– Bien sûr. Merci de m'avoir invitée. Cela dit, je ne peux pas te promettre que je ne vais pas sangloter comme un bébé quand je vais te voir en blanc. Tu as choisi quelque chose ?

Je cherchai Alli du regard.

– Non, pas encore. Alli est avec la vendeuse, pour faire une première sélection. Elle dit qu'elle sait ce que je veux, de toute façon. Comme en général c'est le cas, je vais voir.

Je haussai les épaules.

Alli émergea alors avec une autre jeune femme. Elles avaient toutes les deux les bras pleins de plus de dentelle que je ne pourrais jamais en porter.

Mon estomac se serra.

Bon sang, on y est.

Quinze minutes plus tard, la vendeuse nouait le dos de ma robe, serrant le tissu autour de mon buste et de ma taille. Précautionneusement, je retournai vers la petite salle que la boutique nous avait réservée. Alli et Marie étaient assises sur le bord du canapé. Elles écarquillèrent les yeux en me voyant arriver. Je me tournai vers les miroirs.

Marie porta les mains à sa bouche. Avant d'ouvrir les écluses, je reportai toute mon attention sur la robe.

Elle était magnifique, mais les finesses de son dessin m'échappaient, car je n'imaginais qu'une seule chose : le moment où je la porterais pour marcher vers Blake. Pour être son épouse. Pour être sienne, à jamais.

La réalité de cette pensée me frappa comme un coup de marteau. Je ne savais plus si j'avais envie de vomir ou de m'évanouir ou d'éclater en sanglots. Tout ce que je savais, c'était que, jusqu'à cet instant, l'idée de me marier était restée abstraite. Là, ça devenait réel, tangible, impossible à ignorer.

Alli vint se placer à côté de moi, avec un grand sourire.

– Elle est superbe. Je l'adore. Elle te plaît ?

– C'est vraiment en train d'arriver, fut tout ce que je pus dire.

Elle rit et me serra les épaules.

– Oui, c'est en train d'arriver, et tu vas être très heureuse.

Je ris à mon tour de l'aspect irréel de tout ça.

– Je n'arrive pas à croire que je fais ça. Je vais vraiment me marier.

Marie vint se placer de l'autre côté et prit ma main. Il y avait tant d'amour dans ses yeux.

– Tu te sens prête pour ça, mon bébé ?

Je regardai son reflet, pétrifiée, me posant la même question. Et je fus déchargée d'un grand poids quand je m'entendis répondre.

– Oui.

Je n'avais jamais été aussi prête.

Chapitre dix-huit

Je regardai mes pieds qui s'enfonçaient dans le sable humide. L'une après l'autre, les vagues venaient me lécher les mollets. En attendant le dîner, Blake et moi étions allés marcher jusqu'aux limites de la plage privée de ses parents. Je humai l'air salé, moite sur ma peau dans cette chaude nuit estivale. Mon regard se tourna vers l'horizon qui s'assombrissait.

– Tu n'as pas l'impression qu'on est au bout du monde ?

Blake se pencha pour attraper un coquillage charrié par les vagues. Il le lança dans les eaux agitées.

– En effet. Tu aimes l'Océan, n'est-ce pas ?

– Oui. Je crois que je ne pourrais plus m'en passer. (Je ris doucement.) Le bord du gouffre ou le bord du monde...

Je croisai le regard de Blake. Il était calme, contemplatif. La lueur décroissante du crépuscule projetait des ombres sur son visage. La brise océane jouait sous le tee-shirt vintage qu'il portait. Encore humides dans le bas, les jambes de son jeans étaient roulées au-dessus du genou. Blake était parfait en tout ce qui importait vraiment pour moi. Parfait, et tout à moi.

Il prit ma main et m'attira vers lui. Je me laissai faire de bon gré, tant j'adorais la chaleur de son étreinte. Il ceignit ma taille, amenant ma poitrine contre la sienne. Mes mains trouvèrent ses cheveux, en ébouriffèrent les mèches brunes. Je souris, gravant son visage et cet instant dans ma mémoire.

– Parfois, j'ai juste envie de t'enlever et de t'emmener très loin. De fuir toute cette folie et de faire une vraie pause. Une très longue pause.

J'aspirai une goulée d'air. Je ne pouvais qu'être d'accord, mais je savais aussi à quel point c'était irréaliste. J'avais longtemps espéré fuir ma vie, sans savoir où aller, ni vers qui. Alors j'avais résisté à cette envie et poursuivi mon chemin, traversant des épreuves difficiles. La mort de ma mère, l'éloignement du seul père que j'avais connu jusqu'à récemment, et l'enfer que Mark m'avait fait vivre. Et j'étais là, plus forte et plus heureuse que je ne l'avais jamais été, me délectant de cet instant parfait avec l'homme que j'aimais aussi totalement.

– Je veux m'enfuir avec toi aussi. Mais c'est ici que nous vivons, et nos vies nous attendraient ici. Par ailleurs, disparaître encore du bureau serait un désastre. J'ai déjà une tonne de choses à rattraper, j'ai été absente si longtemps.

Je pensai immédiatement à la montagne de travail que j'avais à peine entamée aujourd'hui. Le déjeuner avec Risa m'avait désarçonnée quand j'aurais dû me concentrer sur les détails de la mise à jour, maintenant imminente.

Puis une chose me revint à l'esprit.

– Alors, on en est où, avec James ? J'ai failli faire une crise cardiaque quand je l'ai vu au bureau ce matin. Qu'est-ce qu'il s'est passé ?

– Alli voulait qu'il soit au bureau pour aider pendant que tu n'étais pas là.

– Je ne peux même pas imaginer que ça a été une raison suffisante pour que tu acceptes.

– Non, on s'est parlé.

– Il est venu te voir ?

Je me reculai légèrement, dans un mouvement d'incrédulité à l'idée que James puisse s'adresser à Blake, ou le contraire.

– Je crois qu'on peut tous les deux dire qu'il est plutôt protecteur en ce qui te concerne. Alors quand Alli a laissé entendre que tu avais été blessée, il ne lui a pas fallu longtemps pour se présenter à mon bureau, pour en savoir plus.

– Et ?

– Je crois qu'à l'origine il voulait savoir si ce n'était pas de ma faute : il ne démord pas de cette idée que je te bats.

Il cilla, et les émotions qui le traversèrent ne me plurent guère.

– Je ne pense pas que ça ait grand-chose à voir avec toi. Son père était violent. C'est un sujet sensible pour lui.

– Peut-être que c'est ça. En tout cas, quand il a appris que Max t'avait agressée, et sachant que Daniel t'avait fait du mal aussi, il a exprimé de façon très convaincante qu'il devait être là, pour ton bien.

– Et tu as accepté ?

– En fait, même si je le voudrais bien, je ne peux pas être avec toi vingt-quatre heures sur vingt-quatre. Avec tout ce qu'il s'est passé ces derniers temps, il peut paraître logique que James reste là pour que tu sois en sécurité au bureau.

Je m'écartai plus encore, pour le dévisager d'un air dubitatif.

– Laisse-moi m'assurer que j'ai bien compris. Tu es d'accord pour que James reste dans la boîte pour autant qu'il agisse comme mon garde du corps personnel ?

– Erica… (Il y avait une forme de mise en garde dans le ton qu'il employa pour prononcer mon nom.) Si tu crois que je prendrais le moindre risque avec ta sécurité, tu es folle.

J'essayai de m'écarter, mais il ne me lâcha pas.

– Je ne peux pas supporter l'idée que vous soyez tous là à me surveiller en attendant qu'il se passe quelque chose de terrible. Je veux qu'on me croie capable de prendre soin de moi-même, au moins un peu.

– Je sais, mais m'occuper de toi relève de ma responsabilité, maintenant. Tu te souviens ?

Vrai. J'avais abandonné le droit de lui résister sur ce point.

– En plus de ça, je savais qu'accepter d'exclure James de ta vie n'avait pas été une décision facile.

– Tu ne m'as pas vraiment laissé le choix.

– Tu avais tout de même le choix. Je suis heureux que tu aies fait celui-là, que tu aies été prête à faire ce sacrifice pour nous. Je ne dis pas que je crois vraiment qu'il n'éprouve plus rien pour toi...

– Il sort avec Simone. Je crois vraiment qu'il a tourné la page.

– Il n'a pas manqué de me le dire. Mais vu le succès mitigé de mes efforts quand j'ai moi-même essayé de t'oublier, tu me pardonneras si j'ai quelques doutes quant à sa réussite. Donc, comme je le disais, il tient peut-être encore à toi, mais, tant qu'il sait se tenir, ces sentiments peuvent servir à te protéger quand je ne suis pas là. Le garder au bureau semblait être une concession logique.

J'ouvris de grands yeux.

– Blake Landon, faire une concession ?

Il me remit sur mes pieds, me donna une claque sur les fesses à travers le coton fin de ma robe. Je glapis et me tortillai.

– Regarde-moi encore une fois comme ça, avec ces grands yeux bleus, et tu le regretteras. (Il me massa à l'endroit du contact, m'attrapa doucement.) Dis-moi plutôt merci.

– Merci.

J'avais voulu être sarcastique, mais j'eus le souffle coupé par sa façon de me serrer contre lui, les mains étalées possessivement sur mon dos et sur mon cul.

– Là, c'est mieux.

Je réprimai un sourire.

– Tu es incurable, tu le sais, ça ?

– Oui, incurablement amoureux de toi. Il va falloir que tu t'y habitues. Le mariage est éternel.

Ses yeux brillèrent d'une façon qui me fit oublier que j'étais fâchée.

– À ce sujet, d'ailleurs, j'espérais qu'on pourrait un peu parler des préparatifs du mariage, ce soir.

Je faiblis encore.

– Oui ?

Il saisit ma main, et on reprit le chemin de la maison de ses parents.

– Je crois qu'on peut dire que ton enthousiasme n'est pas exactement à la mesure de celui d'Alli concernant ces histoires de mariage.

– Alors tu t'en es aperçu ?

– Je suis très observateur, s'esclaffa-t-il. Mais je me disais qu'on pourrait peut-être oublier tous ces préparatifs élaborés, et faire quelque chose de très simple. On aurait tout de même ma famille, et la tienne, mais en évitant d'en faire un grand spectacle. Je veux me marier avec toi, Erica. Je ne veux pas attendre. Mets-moi un smoking rose, et allons-y.

– Vraiment ?

– Vraiment. Qu'est-ce que tu en penses ? On pourrait le faire ici, ou à Martha's Vineyard. Une petite cérémonie sur la plage, quelques photos, et deux semaines à la maison rien que nous deux. Comme ça, je pourrai explorer à nouveau chaque pouce de ton corps avec la délicieuse satisfaction de te savoir ma femme.

J'arborai un grand sourire tant j'aimais tout ce que ça impliquait. Surtout le moment où il explorait chaque pouce de mon corps.

– Ça m'a l'air parfait.

Il haussa un sourcil.

– Tout, repris-je. Tout ça m'a l'air parfait.

* * *

Alli faillit faire déborder le verre de pinot gris qu'elle me servait tant elle riait de ce que Heath racontait. J'étais très occupée de mon côté à écouter Fiona décharger sa colère concernant l'échec de son dernier rendez-vous. Quelques bouteilles vides jonchaient la table tandis que nous finissions un autre superbe dîner familial grâce à Greg, qui nous avait une fois de plus montré l'étendue de ses talents culinaires.

Greg était plutôt paisible, au moins en comparaison du reste de la famille. Mais il était accessible. Plus accessible que Blake, parfois, même si je pouvais voir des similitudes entre les deux hommes. À quel point les gens pouvaient être des produits de leurs parents m'avait toujours fasciné, peut-être parce que c'était une perspective qui m'avait toujours manqué. Blake était vraiment différent de Heath et de Fiona, et pourtant ils avaient ce point commun qui faisait d'eux une famille.

Je n'aurais pu rêver meilleure famille à intégrer. Mon cœur s'emplissait de joie à chaque fois que je considérais la bénédiction qu'ils représentaient. Avoir Blake m'aurait suffi, mais faire partie de leur monde ajoutait un bonheur de plus à la perspective du mariage.

Catherine venait contredire toutes les histoires horribles que j'avais entendues sur les belles-mères, et Fiona était tout simplement adorable. Heath, malgré tous les problèmes qu'il avait causés, était devenu un ami loyal. Et Greg semblait être le ciment qui maintenait la cohésion de tout l'ensemble.

Un tintement se fit soudain entendre, attirant mon regard vers le verre que Blake tenait à la main.

– Nous avons une annonce à faire.

– Oh, laquelle ? demanda Alli en tapant dans ses mains et en se redressant dans son siège.

– Tu es déjà fiancé, Blake. Alors, assez de trompettes. Tu vas me faire passer pour quoi ? s'exclama Heath.

Alli vira à l'écarlate et lui donna une tape sur l'épaule. Il l'attrapa par le poignet, l'attira vers lui, et déposa un chaste baiser sur ses lèvres.

Blake s'éclaircit la gorge.

– Quoi qu'il en soit, nous voulions vous faire savoir que nous avions pris un certain nombre de décisions concernant le mariage.

Il me regarda, me signalant en silence que je pouvais prendre la parole si je le désirais. Je pris une longue inspiration et me lançai.

– Eh bien, comme vous le savez presque tous, je n'ai pas eu beaucoup de temps et d'énergie à consacrer aux préparatifs du mariage. Je sais que vous vouliez et espériez tous probablement quelque chose de grandiose, ce qui, je vous l'avoue, est quelque peu intimidant.

– Sottises que tout cela ! s'exclama Catherine en secouant la tête. Nous sommes là pour vous soutenir, toi et Blake, quoi que vous décidiez. Égoïstement, bien sûr, j'aimerais être là pour voir mon fils se marier, mais vous pouvez faire absolument tout ce que vous voulez. C'est votre grand jour.

– Je voudrais que vous soyez là, tous. Vous êtes déjà devenus ma famille... (Je tapai nerveusement du pied, pour me rappeler de ne pas commencer à pleurer. C'était un sujet sacrément sensible. Puis je sentis la main de Blake sur mon genou, pour me rassurer.) Ma propre famille étant réduite et géographiquement éloignée, on s'est dit que ce serait merveilleux de faire quelque chose d'intime, avec juste nos proches. Pour la simplicité, déjà, et puis parce qu'on pourrait se marier plus vite.

– Tu n'es pas enceinte, dis-moi ? lâcha Heath.

Il sirotait un verre de vin. Alli fronça les sourcils et le frappa plus fort à l'épaule. Il lui adressa un regard repentant.

– Non, vraiment pas, m'empressai-je de répondre.

Catherine attrapa la dernière bouteille presque vide et remplit son verre.

– Eh bien, vous n'entendrez aucune critique de notre part. Nous sommes des retraités désœuvrés. J'ai besoin de petits-enfants le plus tôt possible.

Je me tus. *D'accord.* Blake réfrénait difficilement un grand sourire. Il serra de nouveau mon genou.

– Le dîner était superbe, maman. Je crois que, sur ces mots, on peut rentrer chez nous.

* * *

Le vin blanc et l'air océanique avaient dû me faire de l'effet, parce que je ne pouvais pas m'empêcher de toucher le corps de Blake, au volant, sur le chemin du retour. J'avançai ma main sur sa cuisse jusqu'à la bosse de son jeans, puis la pétris doucement. Il posa sa main sur la mienne mais ne m'arrêta pas.

– Tu crois que tu fais quoi, ma belle ?

– Je te veux ce soir, Blake. Je ne peux plus attendre.

Je le caressai, faisant croître son érection. Je voulais tout de lui, et ce soir je l'aurais. Ce qui était arrivé n'avait aucune importance. Blake était mon amant, et nos corps étaient faits pour tout ce que je voulais lui donner. Ça faisait trop longtemps, et j'avais besoin de lui. Sauf que le terme *besoin* ne rendait pas justice aux émotions qui m'habitaient. Quelque chose d'autre était à l'œuvre et, lentement, j'avais commencé à le comprendre.

Son emprise s'affermit, ralentissant mon mouvement. Il agita la mâchoire, et je perçus son inquiétude.

– Attends qu'on soit à la maison, dit-il lentement.

Je frottai mon pouce contre son gland et l'attrapai mieux.

Il inspira d'un coup sec.

– Bon sang !

Je feulai de pure satisfaction féminine, me penchai vers lui pour qu'une plus grande partie de nos corps soit en contact.

– Je ne veux pas attendre, lui chuchotai-je à l'oreille.

Mes seins frottèrent contre son bras quand je me penchai pour ouvrir sa braguette. Mais il m'interrompit.

– Erica, pose tes mains sur tes genoux. Maintenant.

Son expression s'était durcie, sa vulnérabilité première avait disparu.

Mon cœur battit plus rapidement, tandis que je jaugeai son humeur. Il était furieux, ou il prenait le commandement ? Quoi qu'il en soit, un léger agacement à l'idée de m'être fait dicter ma conduite naquit en moi, pour se lover dans mon bas-ventre. Je me recalai dans mon siège et posai les mains sur mes genoux.

Il me regarda brièvement puis reporta son attention sur la route.

– Remonte ta jupe et ôte ta culotte. Je veux te voir.

Je souris, satisfaite de l'orientation que prenaient les choses. J'obéis et remontai ma jupe assez haut pour qu'il puisse me voir nue et prête pour lui. Je ne voulais rien plus que le chevaucher sur l'autoroute, mais je pouvais supporter d'attendre d'être à la maison.

– Bien. Maintenant, touche tes seins.

J'hésitai une seconde, considérant sa requête et la meilleure façon de la satisfaire. Puis je plaçai mes mains en coupe sur mes seins, remarquant à quel point ils étaient déjà devenus lourds et tendus.

– Pince tes mamelons, exactement comme je le ferais. Bien, et fort.

Je fis ce qu'il demandait, et la sensation darda vers ma chatte. Je laissai échapper un petit râle. Mes tétons devinrent rapidement de petits boutons durs qui appelaient sa bouche. La façon dont il me regardait maintenant, les yeux ténébreux et dangereux, me fit immédiatement fondre.

– Dis-moi ce que tu ressens.

Je fermai les yeux et me tortillai, le contact du cuir sur mes fesses me rappelant ma nudité. Je gémis.

– Je suis toute chaude, mais je suis frustrée. J'ai besoin de tes mains sur moi.

– Je le sais, ma belle. Bientôt. Tu veux que je te laisse te toucher un peu plus ?

– Oui, s'il te plaît.

– Alors, disons que tu vas glisser tes doigts dans ta chatte, et me dire ce que tu ressens.

J'expirai sèchement, mon besoin se faisant de plus en plus fort. Il n'y avait aucune chance que je dure longtemps comme ça. Je fis descendre mes doigts sur mon corps jusqu'à ce qu'ils parcourent la fente de ma chatte. Je glissai mon index le long de l'ouverture, sur mon clito hypersensible, puis de nouveau plus bas. J'ouvris les yeux, pour voir le regard de Blake sur moi, sa langue humectant sa lèvre inférieure. Au vu de ce simple signe de son appétit, je m'enfonçai en moi. Je cambrai le dos dans le siège et gémis, désirant qu'il m'emplisse dès maintenant, comme je le voulais depuis si longtemps.

Il se redressa et appuya un peu plus sur l'accélérateur.

– Parle-moi, ma belle. On n'est plus très loin.

– Tu pourrais être en moi si facilement. Je te veux là, ta bouche et ta bite. Je ne me suffis pas. Il faut que je t'aie ou je vais devenir folle, Blake.

J'attrapai un sein avec ma main libre et en pinçai le téton à sa manière.

– Merde ! souffla-t-il en serrant plus fort le volant.

– Oh, je veux baiser. Je veux que tu bouges en moi, que tu me pilonnes. Je veux tout oublier à part cette sensation, la perfection que tu me fais ressentir à chaque fois.

Il prit ma cuisse de sa main libre. Il écarta mes jambes, si bien que mon genou reposait sur le tableau de bord. J'étais ouverte, exhibée et assoiffée de l'attention qu'il aurait dû accorder à la route.

– Continue, me pressa-t-il d'une voix rauque.

– Tu es le seul qui m'ait jamais fait ressentir ça. J'aime ça. Je t'aime. Je devenais folle, tellement tu me manquais, tellement j'avais besoin de toi. Blake, j'ai besoin de toi.

La tête me tournait de désir.

– Blake, s'il te plaît, gémis-je sans plus m'inquiéter d'où nous étions.

J'en étais trop près, je ne pouvais plus attendre.

– Ne t'arrête pas. Je veux te voir jouir pour moi.

Je fis ce qu'il me demandait, ayant trop besoin d'un assouvissement, même de ma main. Je m'approchai de l'orgasme, sa promesse se nouant dans tous mes muscles. Les yeux clos, je n'avais plus idée d'où nous étions, jusqu'à ce que la voiture s'arrête net, et que les mains de Blake soient sur mes seins, sa bouche chaude et humide sur ma bouche.

– Jouis, ma belle, dépêche-toi.

Sa main recouvrit la mienne, et je hâtai mes derniers mouvements. Mes muscles se tendirent, ma peau me brûlant aux endroits où nous nous touchions.

– Blake.

Je haletai en prononçant son nom, encore et encore.

– J'adore te regarder faire ça. Bon sang, je te désire tellement, j'ai tellement envie de toi.

Alors je me fracassai, juste quand ses dents s'enfonçaient dans mon épaule. Je hurlai, vibrant de la puissance de mon orgasme.

Je revins lentement à la réalité, celle où j'étais cuisses ouvertes dans sa voiture garée dans notre rue pas si privée que ça. Je ravalai un râle, me resaisissant lentement. Blake se laissa retomber dans son siège, essayant apparemment de récupérer aussi en regardant par la vitre.

– Rentrons.

Chapitre dix-neuf

Loin d'être assouvie, je m'adossai à la porte de l'appartement à la minute où elle se referma derrière nous. J'avais encore les jambes en coton, mais toutes les cellules de mon corps étaient tendues, prêtes pour lui.

– Viens là.

Blake se retourna après quelques pas, désir et hésitation visiblement en conflit sur ses traits splendides. Le désir l'emporta, puisqu'il revint vers moi et me coinça doucement. Il m'embrassa, ses lèvres effleurant les miennes comme des pétales de rose. Je frissonnai tandis qu'il parcourait ma peau en partant de l'épaule et le long de mon bras, pour atteindre ma main et entrelacer nos doigts.

– On n'a pas besoin de le faire si tu n'es pas prête, dit-il en se reculant légèrement.

Mon cœur saigna de ce minuscule accroissement de la distance entre nos corps, ce petit écart par rapport à là où nous étions un instant plus tôt. Je l'attrapai par la hanche, comme si je pouvais le ramener contre moi par ma seule volonté, comme si la distance était le seul obstacle entre nous.

– J'en ai envie.

– Je peux attendre. Bon sang, ce n'est certainement pas ce que je veux, mais je peux.

La tension était perceptible dans chacun des mots qu'il prononçait. Je me cambrai sous ses caresses – le murmure de sa peau contre ma peau, douces déclarations de l'amour qui nous unissait, mais qui, depuis peu, n'avait plus d'exutoire. Blake était mon amant, et nous nous aimions avec nos corps.

– Je suis prête, Blake. J'en ai besoin, j'ai besoin de cette proximité avec toi.

Il fallait que je trouve une issue, que nous nous retrouvions de nouveau.

Il prit mon visage entre ses mains, soutint mon regard.

– Je vais attendre. Aussi longtemps que tu en auras besoin.

– Je ne veux plus attendre. Je...

Je secouai la tête, refusant de lui laisser entrevoir mes doutes, mais c'était trop tard. Il se pencha en arrière, m'interrogeant du regard.

– Je ne peux plus le supporter. Je ne sais pas si je suis prête ou si je vais craquer en route, mais il faut qu'on essaie parce que je ne peux plus vivre comme ça, sans toi.

– Je suis là. Je ne vais nulle part.

– Non, ce n'est pas la même chose. Tu le sais bien. Il s'agit de ce que nous sommes, de comment nous nous aimons, et du fait que parfois je ne peux pas te le montrer autrement.

– Tu as besoin de temps pour affronter ça. Je peux lire ton hésitation dans tes yeux. Je peux sentir tes reculades. Ça me déchire le cœur, vraiment. Je ne peux pas supporter l'idée d'être celui qui t'effraie et fait remonter tous ces souvenirs.

– Je sais… Bon Dieu, tu n'imagines pas à quel point je suis désolée, désolée pour tout ça.

Je me laissai aller contre la porte, effondrée par ce que Max avait provoqué entre nous.

– Tu n'as pas à être désolée. Je te l'ai dit cent fois. Il faut que tu me croies quand je te le dis. Rien de tout ça n'est ni n'a jamais été de ta faute.

– J'aimerais pouvoir tout faire disparaître. Tu n'as aucune idée d'à quel point je voudrais y parvenir… Effacer à jamais le souvenir de Mark. Mais même sa mort n'y a pas suffi. Je pensais que ce serait le cas, mais non. Elle a chassé la peur qu'il me fasse de nouveau du mal, mais ce qu'il m'a fait à l'intérieur… Je ne sais pas si j'en serai jamais libérée. Je veux croire que ça cessera de me hanter un jour, mais tout ça… cette fois… c'est encore tout frais. Parfois, j'ai l'impression de tout revoir, mais à travers d'autres yeux.

– Qu'est-ce que tu veux dire ?

– Je sais que ça a l'air fou, mais avant, avec Mark, juste après qu'il m'a agressée et durant les années qui ont suivi, je ne suis jamais réellement allée mieux. J'étais fonctionnelle, et relativement heureuse, et je progressais dans ma vie. Mais pour ce faire, j'avais écarté ce que Mark m'avait fait subir. J'avais enfermé ça dans une boîte, j'avais jeté la clé, et je m'étais convaincue que j'allais bien. Mais ce n'était pas vrai. Avant que tu apparaisses dans ma vie, je ne m'étais jamais confrontée à rien de tout ça. Peut-être par instinct de conservation, à cause de mes études, parce que je ne pouvais pas imaginer laisser ce viol me détruire, détruire tout ce pour quoi j'avais tant travaillé. Mais maintenant, je ne peux plus le repousser. C'est comme une cicatrice terriblement laide que je n'ai plus la force de cacher. Tu l'as vue, et tu ne me juges pas pour ça, tu ne t'apitoies pas sur moi. C'est une partie de moi, et pour la première fois depuis des années, je réalise que je ne suis pas complètement guérie. Et je vais bien. Mais c'est plus facile grâce à toi, grâce à nous.

Je nous ramenai poitrine contre poitrine, et j'inspirai longuement. Son odeur, sa proximité me tournèrent la tête.

– Je ne vais pas te mentir, Blake. Je suis un peu en état de choc. Je déteste l'être, et je déteste la façon dont j'ai réagi ces derniers temps. Mais je ne peux pas te promettre que ça ne se reproduira pas, à moindre échelle. Physiquement, ce que je veux est évident, mais on ne sait jamais ce qui peut affecter notre esprit. Tu as raison de dire que j'ai besoin de temps. Mais je ne peux pas passer tout ce temps loin de toi, parce que c'est toi qui fais que je vais mieux. Tu es la seule personne qui peut m'aider à surmonter ça, je n'ai jamais fait confiance à qui que ce soit d'autre autant qu'à toi. Je t'aime tellement que c'en est parfois douloureux. Il faut que tu me croies, que tu comprennes que tu es le seul qui peut me guérir, Blake.

Je le serrai fort, laissai une larme rouler sur ma joue. Les émotions qui m'agitaient finissaient par déborder, d'une façon ou d'une autre.

– Ma belle, souffla-t-il contre mes lèvres, ses épaules se détendant sous mes mains.

– S'il te plaît.

Je l'embrassai de nouveau, d'une façon plus ferme, plus exigeante.

Il s'écarta légèrement encore une fois, l'inquiétude dessinant des ridules autour de ses yeux. J'allai vers lui, mais avant que j'aie pu sceller ma requête d'un autre baiser il m'avait soulevée par la taille.

J'enroulai mes jambes autour de lui et le laissai m'emporter vers les ténèbres de la chambre. Il s'inclina au pied du lit pour m'y déposer, sans jamais rompre le contact.

Je glissai ma main dans ses cheveux, approfondissant mon baiser et unissant nos corps. Ma langue trouva le bord de ses lèvres, appuyant légèrement pour se frayer un chemin. Il soupira contre moi, ouvrit la bouche. Nos mains se trouvèrent. Alors même que la passion irradiait entre nous, chaque mouvement était mesuré et posé, comme jamais auparavant. Je ne me souvenais pas avoir jamais pris à ce point mon temps, pris autant de précautions. Et même si une partie de moi lui hurlait de se presser, de me prendre avec toute la passion dont il était capable, de quelque manière qu'il aurait choisie, ça, c'était plus important. La lente danse d'une interrogation à chaque mouvement.

Comme nos vêtements tombaient sur le sol et que nos mains retrouvaient le chemin de nos corps, j'interrompis notre baiser et m'assis sur le bord du lit. Je revins lentement vers lui, incertaine de la façon dont il me voulait ou de ce que je pourrais supporter. Seule la lune éclairait la pièce, donnant une teinte violine aux draps chiffonnés. Il resta immobile un instant, et je pouvais voir la profondeur de son amour sur son visage enténébré.

Attrapant mon pied, il le porta à ses lèvres et embrassa le dessous de mon gros orteil. Je m'allongeai, laissant mon corps se détendre au creux de l'édredon moelleux pendant qu'il remontait petit à petit vers ma cheville puis poursuivait sa route sur mon genou et l'intérieur de ma cuisse. S'arrêtant juste avant ma chatte, il redescendit par l'autre côté.

Le désir que j'avais combattu pendant des jours était maintenant impossible à ignorer – j'étais incapable d'y résister. Mon orgasme précédent n'avait pas beaucoup participé à l'apaiser. J'aurais bien supplié, mais Blake allait de toute façon prendre son temps, quoi que je dise. Rien ne le ferait sortir des limites de son contrôle. Comme il suivait son tracé humide de la main, j'ouvris brusquement les yeux. J'attrapai sa main au milieu de ma cuisse, interrompant sa progression. M'efforçant de reprendre mon souffle malgré l'emballement de mon cœur, je luttai soudain contre une pression tout autre qui s'emparait de moi.

Ses yeux s'écarquillèrent, chaque muscle soudain immobilisé. Je cherchais mes mots tandis qu'il attendait que je parle.

– Ne te sers pas de tes mains, d'accord ? dis-je d'une petite voix.

Je détestai ce que ces mots impliquaient, mais je ne pouvais pas ne pas lui dire et mettre en péril cet instant qu'on partageait. Sa mâchoire inférieure se crispa, le muscle en dessous tressaillit.

– Ça va aller, dis-je en serrant sa main d'un geste rassurant.

J'évitais d'exprimer les vraies raisons de mon attitude, des raisons qu'il avait probablement devinées. L'un des souvenirs les moins plaisants de mon passé proche était celui des mains de Max sur mon corps cette nuit-là. Je voulus fermer les yeux assez fort pour faire disparaître cette image mais préférai me concentrer sur Blake.

Il avait laissé mon pied retomber sur le lit et s'était redressé, me considérant d'un regard pénétrant. Il ne ferait pas une erreur, ce soir. La plupart du temps, il était déjà plus à l'écoute de mon corps que moi.

Sachant ce que nous affrontions maintenant, plus rien ne lui échapperait.

– Erica, je te l'ai déjà dit, il nous faut un mot clé. Même si tu pensais avant que ce n'était pas nécessaire, j'ai besoin que tu en aies un maintenant.

J'ouvris de grands yeux.

– Vois-le comme étant aussi un élément de ma tranquillité d'esprit.

– Je te dirai quand arrêter, je le fais toujours, insistai-je.

– Non, c'est plus difficile de dire d'arrêter et d'expliquer pourquoi. Tu as juste besoin d'un mot, et tout est dit. Ce simple mot me signale que je dois m'arrêter. Que je t'entraîne trop loin, que ton esprit te hurle de me demander de m'arrêter assez fort pour que tu le prononces. Il nous en faut un maintenant, ou on ne pourra pas aller plus loin cette nuit, parce que je n'en prendrai pas le risque. Pas cette nuit.

Je soupirai, toujours pas convaincue d'en avoir besoin. Mais si c'était aussi important pour Blake, alors j'allais céder.

– Qu'est-ce qu'il faut que ce soit ? Choisis-en un, lui proposai-je.

– Non, il faut que tu le choisisses. C'est ton mot clé. Choisis un mot que tu n'hésiteras pas à prononcer si je t'entraîne au-delà de tes limites. Je n'en ai pas l'intention, mais...

– Limite.

Il fronça les sourcils.

– Voilà. Je dirai « limite » si tu fais quelque chose que je ne peux pas supporter.

– D'accord, ça marche.

Il parut convaincu. Il souffla, et l'inquiétude dans ses yeux s'estompa. Je n'avais pas imaginé que le choix d'un mot clé le rassurerait à ce point, parce que je l'avais toujours envisagé différemment. Comme si le prononcer signifiait que je ne pouvais pas assumer tout ce qu'il pouvait me donner, ou que j'avais pleinement accepté le rôle de soumise dans lequel je me serais coulée bien plus que je ne l'aurais imaginé.

Un silence s'instaura entre nous, comme un vide menaçant. Je glissai mon talon derrière sa cuisse et tirai sa main pour le forcer à venir sur moi. Au lieu de s'installer entre mes cuisses, il resta étendu à côté de moi. Je me tournai vers lui, nous ramenant face à face. La tête sur nos oreillers, on se regarda.

– J'en ai envie, murmurai-je. S'il te plaît, ne laisse pas cette histoire tout gâcher ou t'effrayer.

– Dis-moi exactement ce que tu veux.

– Je veux que tu me fasses l'amour, Blake, et que tu ne t'arrêtes jamais. Pour le reste de notre vie, je veux qu'on fasse l'amour dans notre lit. Rien de ce genre ne doit plus jamais s'interposer entre nous, quoi qu'il advienne.

Avant qu'il ait pu répondre, je l'embrassai. C'était un baiser plein de frustration et de détermination et, surtout, plein d'amour. Notre amour était ce qui nous permettrait de dépasser ça. Il me rendit mon baiser avec la même passion, m'inclinant comme il le voulait. On respira l'air de l'autre, on s'abreuva l'un à l'autre jusqu'à ce que les secondes deviennent des minutes. Jusqu'à ce que mes lèvres soient molles et gonflées. La chaleur entre nous avait couvert nos corps de sueur. Mes hésitations n'avaient pas disparu, mais je les avais reléguées très loin à l'arrière-plan.

Je saisis la dure épaisseur de son érection entre nous, la caressai sur toute sa longueur. Il gémit, s'arqua vers le haut et dans ma main. Je glissai jusqu'à la base et remontai jusqu'au sommet, le pompant doucement.

– Voilà ce que je veux. Viens là.

Je m'agrippai à ses reins pour l'attirer vers moi et me laissai rouler sur le dos. Il se déplaça avec grâce, vint se placer au-dessus de moi, presque sans qu'on se touche. Les mains des deux côtés de ma tête, il s'abaissa. La chaleur de mon corps se mêla à la sienne. Il embrassa mon épaule et nicha sa tête dans mon cou.

– Mets-moi à l'intérieur de toi.

En tremblant légèrement, je trouvai de nouveau la chair chaude de son membre, et le guidai vers moi jusqu'à ce que son gland m'ait légèrement pénétrée. J'attirai de nouveau sa hanche vers moi et me cambrai, lui donnant le signal d'entrée. Centimètre par centimètre, il se glissa à l'intérieur, sans la moindre résistance de ma part.

– Oh mon Dieu !

Mes yeux roulèrent en arrière, une vague de soulagement et de plaisir m'envahit. Chaque cellule de mon corps parut pousser un soupir, parce qu'il était de nouveau avec moi, là où il aurait toujours dû être, tout ce temps. L'insupportable abîme entre nous avait été comblé, et rien ne pouvait paraître plus approprié.

– Regarde-moi, murmura-t-il.

Quand j'ouvris les yeux, ceux de Blake étaient sombres, enténébrés de désir. Mais leur intensité coutumière, qui pouvait à peine être jugulée, avait été modérée par son inquiétude pour moi. Il s'était planté en moi et y restait lové en attendant que je parle.

– Oh que c'est bon, Blake, dis-je d'une voix tremblotante, chargée d'émotion. J'ai l'impression que je pourrais jouir dès maintenant, mais je veux que ça dure.

Il souffla, oscillant en moi, mais sans donner toute sa mesure.

– Tu sais, je ne suis pas contre l'idée de te faire jouir autant que tu veux. Pas la peine de te retenir.

Je souris et enroulai mes jambes autour de sa taille. Serrant ses reins entre mes cuisses, je l'incitai à s'enfoncer de nouveau en moi. Ce qu'il fit, encore et encore, et chaque mouvement était un peu plus assuré, chaque pression de nos corps me déstressait et dissipait toutes les pensées qui auraient pu me hanter au beau milieu de cet instant parfait.

Nous aimions le faire comme ça, sans un mot, ses gestes uniquement guidés par les miens. Nous étions synchrones, comme si son corps entendait le mien. À chaque déferlement de nos corps, le feu au fond de moi s'amplifiait. Mes mains couraient sur sa peau, tentées de presser ses mouvements pour satisfaire plus vite cet appétit ardent, mais adorant aussi cette lente montée en régime. La flamme n'en était pas moins intense, le besoin de jouir pas moins dévorant.

– Préviens-moi quand tu vas jouir. Dis-moi ce qu'il te faut.

Le désespoir dans sa voix, son souffle dans mon cou me précipitèrent vers l'abîme.

– Oh, mon Dieu, maintenant... Je jouis maintenant...

Une vague de chaleur me parcourut comme l'orgasme s'emparait de moi. Je lui griffai la peau avec mes ongles quand j'en voulus plus. Je m'écrasai contre lui, provoquant une puissante friction. Il s'enfonça plus profondément, m'entraînant vers ce néant où personne d'autre ne m'avait jamais emmenée.

– Erica...

Par-dessus le martèlement de mon cœur, j'entendis la question dans sa voix. Il voulait savoir si j'étais avec lui, si on pouvait s'abandonner. Il n'avait pas besoin de prendre tant de précautions. Mon esprit était vide, à l'abri de toutes les terreurs, quand on était aussi près de l'extase.

– Je t'aime, je t'aime tant, gémis-je, les larmes aux yeux.

Tout allait bien maintenant, finalement. Je me répétai ces mots encore et encore. Blake prit ma main dans la sienne, la planta dans le lit au-dessus de ma tête. De l'autre, il attrapa ma hanche et me souleva du lit. Il s'enfonça puissamment, et je criai. Le plaisir vibra à travers tout mon corps, jaillissant par-dessus l'orgasme qui m'avait déjà laissée haletante et épuisée.

– Personne ne peut nous enlever ça, gronda-t-il, plongeant en moi.

Il me coupa le souffle d'un baiser dévorant. Puis, resserrant encore son emprise sur moi, il jouit.

* * *

J'ouvris un œil dans la lueur du jour qui perçait par la fenêtre. Un nouveau matin nous saluait, et, après un rapide coup d'œil au réveil, je décidai qu'il était temps de bouger. Le corps chaud de Blake était recroquevillé derrière moi. La moitié des oreillers avaient fini par terre. Les draps étaient bouchonnés entre nous. Quand je me levai, il gémit, m'attira à lui, si bien que je restai bloquée contre sa poitrine musclée.

– Il se fait tard. On devrait se lever.

– M'en fous, grommela-t-il en se blottissant dans mes cheveux. Tu es trop jolie pour partir.

Je souris. Mon cœur se gonfla, et je me détendis

sous son étreinte. Ses caresses descendirent le long de mes bras, vers le haut de mes cuisses, pour remonter vers la saillie de mes hanches. Il m'attrapa par là et me ramena en arrière, contre lui. Je savais bien qu'il bandait. Tout ça n'avait rien de surprenant, mais ça compromettait sérieusement ma capacité à arriver au bureau à l'heure.

On avait passé une nuit fantastique, et je ne pouvais m'empêcher d'y repenser. Pas seulement à cause du sexe qui, comme toujours, me laissait moulue et satisfaite de la plus merveilleuse des façons. Mais nous avions surtout abattu une muraille, et nous l'avions fait ensemble. Je refusais de laisser mon passé s'immiscer entre nous, et nous nous faisions assez confiance pour nous hisser au-dessus des peurs que ce passé avait instillées en nous.

Quelque chose avait changé entre nous ces dernières semaines. Par-delà les aléas de la vie, l'adversité, on apprenait à progresser ensemble. Parfois, on n'était pas en phase, et on trébuchait, mais on trouvait un autre rythme. À chaque fois, on se faisait confiance, on avançait avec un peu plus de grâce.

La façon dont Blake m'avait fait l'amour la nuit dernière incarnait cette grâce, et je n'aurais pas pu être plus soulagée ou assouvie. Je serrai le bras qui étreignait ma taille, sans pouvoir ni vouloir lui résister.

Il se fraya un chemin jusqu'à mon épaule, dans une débauche de baisers sur mon dos et ma nuque. Là, sa langue darda, léchant et suçant la peau sensible. Je fermai les yeux et me cambrai contre lui avant même de réaliser ce que je faisais. Je l'encourageai, je l'entraînai dans une voie à laquelle je n'avais aucun moyen d'échapper.

Je pris sa main et la dirigeai vers mon ventre, vers

le V entre mes cuisses. Il s'arrêta avant d'atteindre l'endroit où je voulais l'entraîner, et je n'avais pas la force de l'y obliger.

– Touche-moi, ça va.

– Tu es sûre ?

Sa voix était encore ensommeillée, le rendant encore plus sexy alors même qu'il relâchait les muscles qui le maintenaient à distance.

– J'en suis sûre.

Lentement, il descendit jusqu'à ma chatte. Par des caresses circonspectes, il excita mon clito. J'ajoutai à la pression de ses doigts, le pressant, de plus en plus certaine que tout allait bien et que c'était exactement ce que je voulais. Lentement, puis plus rapidement, il se déplaça sur moi, jusqu'à ce que j'entende les bruits humides de ses mouvements. Un doux gémissement s'échappa de mes lèvres. La tension envahit le tréfonds de mon être, la partie de moi qui voulait être emplie.

Derrière moi, Blake s'appuya sur ses coudes. Il enroula mes cheveux autour de sa main et tira doucement. J'arquai le cou, l'exposant tandis qu'il poursuivait son assaut. Son souffle fit vibrer mes parties sensibles tandis qu'il suçait et léchait et mordillait.

– Blake… gémis-je.

Je m'accolai à la chaleur de son érection.

– Tu veux quelque chose ?

Sa langue parcourut mon menton et se glissa derrière mon oreille, tandis que ses doigts diaboliques œuvraient de toute leur magie sur mon clito.

– Oui.

Il laissa mon clito se frotter contre sa bite à l'entrée, m'excitant encore un peu plus. Je résistai à mon besoin instinctif de l'enfoncer en moi, de le prendre à l'intérieur d'un seul coup. Il m'aurait trouvée avide, et c'était vrai. Je voulais tout de lui, et je détestai devoir attendre.

Comme si ça ne suffisait pas, il m'attrapa par la hanche, me mit dans la position de son choix, s'assura que je ne bougerais que s'il le voulait. Ma peau brûlait à son contact dominant.

– Dis-moi ce que je veux entendre, et je te donnerai ce que tu veux.

– Baise-moi, Blake, fais-moi tienne.

– Ah, j'adore ton obscénité, murmura-t-il avant de s'enfoncer quelque peu. Tu as une idée de l'effet que tu fais à ma bite quand tu me supplies de te baiser ?

J'enfonçai le poing dans le drap. Déjà, mon désir était aussi affûté qu'un rasoir. Il instaura un mouvement de va-et-vient sur cette toute petite distance affolante. Patiemment, j'attendis qu'il l'augmente. Alors il imprima un mouvement à ses reins et s'enfonça plus avant. J'eus un hoquet en recevant cette petite récompense.

– Je t'aime, Blake. S'il te plaît... S'il te plaît.

– Tu n'imagines pas à quel point j'adore t'entendre me dire ça.

Néanmoins, il prit son temps, progressant en moi quelques centimètres à la fois, me rendant folle tant j'avais besoin d'être baisée. Son emprise se raidit puis se détendit. Soudain, sans avertissement, il me lâcha. Sa paume retomba sur mon cul une seconde plus tard. Je criai, m'enroulant désespérément autour de son membre, des vagues de chaleur parcourant tout mon corps.

– Baise, ma belle. J'adore regarder ma bite glisser en toi. Sans heurt, comme si elle était faite pour être là. (Il s'enracina avec un râle.) Et ta chatte est tellement ferme, tellement serrée. Ça me coupe le souffle.

Mon gémissement devint un cri étranglé tandis qu'il me claquait de nouveau les fesses, plus fort que la fois précédente. Il passa un bras autour de ma taille et me pilonna par-derrière.

– Blake ! m'exclamai-je quand il heurta le tréfonds.

Encore et encore, tellement vite que je me précipitai vers le gouffre. À la lisière, sa main s'abattit de nouveau, fort. Je tremblai tandis que l'orgasme m'envahissait, parcourant tout mon corps. Une seconde plus tard, Blake y arrivait. Sa bite profondément enfoncée en moi, il gémit. Et le flot chaud de son éjaculation m'emplit toute.

On resta étendus là quelques minutes encore, exténués dans le soleil du matin. *Quelle excellente façon de se réveiller.*

Puis Blake se retira, et roula sur le côté. Il retomba sur le dos, sa poitrine se soulevant puissamment tandis qu'il s'efforçait de reprendre son souffle.

– Une douche ? demandai-je.

– Vas-y, je te rejoins dans une minute. (Il tourna la tête, croisa mon regard.) Quoi ?

Je dessinai un petit cercle sur son épaule.

– Je me disais juste que je ne me lasserais jamais de faire naître cette expression sur ton visage.

– Tu ferais mieux d'aller foutre ton petit cul sous la douche, avant que je m'occupe de l'expression de ton visage tout le reste de l'après-midi.

– Monsieur ne doit pas oublier qu'il a du travail.

– Crois-moi, pour ça, le travail peut attendre.

Il se tourna et tendit la main dans ma direction, mais je m'écartai, n'évitant que de peu sa tentative de me ramener à lui. Non que ça m'aurait gênée, mais j'avais aussi des tonnes de travail qui m'attendaient au bureau.

Je traînai sous la douche, les muscles gourds et perclus de fatigue. Je souris en pensant à toutes les façons qu'on aurait de rattraper le temps perdu ce week-end. Au bout d'un moment, réalisant qu'il ne viendrait pas, j'en terminai, coupai l'eau et sortis de la douche.

Quand je vis qu'il n'était plus dans la chambre, je partis à sa recherche. Traversant l'appartement une serviette nouée autour du buste, je suivis le son de sa voix et le retrouvai dans la cuisine, encore merveilleusement nu. Sa poitrine portait quelques marques de nos aventures de ce week-end, et sa coiffure à la je-viens-de-baiser était pour moi des plus adorable.

– Très bien, merci. Prévenez-moi s'il se passe autre chose.

Il coupa la communication et reposa son téléphone sur le comptoir. J'étais dans son champ de vision, mais il regardait ailleurs.

– Tout va bien ?

Il se tourna vers moi, sans que je puisse deviner ce qu'il pensait.

– Blake ?

Il cilla, semblant vouloir s'isoler avec les pensées qui lui couraient dans la tête.

– Tout va bien. Mieux que bien, en fait.

– Avec qui parlais-tu au téléphone ?

Il se frotta le front d'un air absent.

– C'était mon avocat. Il voulait m'informer que toutes les charges avaient été abandonnées. Donc l'audition est annulée.

Je haussai les sourcils.

– C'est tout ? Juste comme ça ?

Il haussa les épaules.

– Juste comme ça.

– Pourquoi Max abandonnerait-il toutes les charges ?

Il ne peut tout de même pas te haïr moins que la semaine dernière.

– Il ne les a pas abandonnées. Le procureur les a tout simplement réfutées. Mon avocat pense que ça tient à la situation dans son ensemble, Max étant poursuivi pour tentative de viol. Mais même avec ça, il a l'air de penser qu'on a eu de la chance. Enfin, ça ne se refuse pas.

Ma poitrine s'affaissa dans un soupir de soulagement.

– C'est génial.

Mes pensées revinrent immédiatement à ce rappel entêtant que je devais encore aller au commissariat de police pour ma déposition. Alors qu'en fait, c'était les charges contre Blake qui m'avaient convaincue d'y aller.

– Tu vas tout de même aller porter plainte, n'est-ce pas ?

Il avait dû lire de l'hésitation dans mes yeux, parce qu'il vint vers moi. Je restai là, pétrifiée par la vue de son corps magnifiquement sculpté. Il se campa devant moi et fit glisser ses paumes le long de mes bras. Je frissonnai à ce contact si frais sur ma peau.

– Il faut que tu le fasses, dit-il doucement.

– Pourquoi ? Pourquoi je devrais m'imposer ça ?

J'avais les yeux brillants de larmes. L'angoisse me nouait les tripes.

– Tu as dit toi-même que tu voulais guérir. Je suis là pour toi, je le serai toujours. Je suis là pour t'aimer de toutes les façons dont tu as besoin d'être aimée. Dieu m'est témoin, je ne peux pas m'en empêcher. Mais me parler, parler à Alli... ça ne suffit pas. Tu as besoin d'être forte et de faire face à ce qui t'est arrivé. Par deux fois. À chaque fois que je pense à ce que

Max t'a fait... à ce qu'il aurait pu faire... mon sang se met à bouillir. Mais ça, je ne peux pas le faire à ta place. C'est ta chance de rectifier les choses. Et tu es la seule à pouvoir le faire.

Je fermai les yeux.

– Je ne peux pas. Il y a quelque chose dans tout ça... je ne veux pas craquer devant un étranger. Reconnaître à quel point j'ai été stupide, à quel point ça m'a rendue vulnérable... Tout le monde l'a vu.

Je m'étranglai sur ces derniers mots. Il m'apaisa et me prit dans ses bras. Je me fondis en lui et laissai mes larmes couler.

– Tu n'as pas été stupide. Et c'est lui qui t'a rendue vulnérable. Mais tu n'as plus besoin de l'être, maintenant. Tu es forte. (Il me serra un peu plus fort.) Tu peux le faire.

Chapitre vingt

L'agent Bates m'emmena de son bureau jusque dans une petite salle privée. Elle était un peu forte, pouvait avoir l'âge de ma mère. Ses cheveux étaient noués en une queue-de-cheval serrée dont s'échappaient quelques mèches encadrant un visage ridé.

Les pieds de la chaise crissèrent sur le sol de béton, et l'on s'assit autour d'une table, en face l'une de l'autre. Je croisai nerveusement les doigts tandis qu'elle ouvrait un dossier et en feuilletait quelques pages. Mon cœur battait la chamade. Mon maigre déjeuner me restait sur l'estomac. Les paroles d'encouragement que je me repassais en boucle étaient englouties par la voix dans ma tête qui continuait de me rappeler à quel point je n'avais pas envie d'être là.

Ce que Max avait fait menaçait de faire ressurgir un passé que j'aurais voulu reléguer dans le passé. Être ici était le meilleur moyen de l'affronter. Mais je ne connaissais pas cette femme. Elle m'était étrangère et me semblait aussi dure et froide que la salle où nous nous trouvions, et je ne voulais pas paraître vulnérable devant elle – ni devant n'importe qui d'autre, d'ailleurs.

Elle vérifia tous les papiers et me lança un bref regard.

– Vous allez bien ?

Je me concentrai de nouveau sur son visage. Ma respiration était devenue irrégulière. Je m'humectai les lèvres.

– Oui, ça va. Je suis juste nerveuse.

Elle sortit un formulaire et posa son stylo dessus.

– Pas la peine d'être nerveuse. Il faut juste me dire exactement ce qu'il s'est passé selon vos souvenirs. Je mettrai tout ça sur ce papier. Je vous le relirai quand vous aurez fini. Et si tout est exact, vous le signerez, et on en aura terminé.

J'opinai brièvement. Mon esprit avait inventé toute sa froideur. En cette seconde, elle était devenue quelqu'un de différent, quelqu'un qui ne me jugeait pas comme je craignais de l'être par elle et par le monde entier.

– OK, dis-je finalement.

– Dites-moi ce qu'il s'est passé la nuit de l'agression.

Je fermai les yeux et laissai mon esprit revenir à cette soirée-là. Durant la demi-heure qui suivit, je racontai à l'agent Bates le déroulement de la soirée. Depuis mes discussions avec les invités jusqu'à l'arrivée de Michael, et l'insistance de Max pour me parler en privé. Je lui racontai tout ce dont je pouvais me souvenir, jusqu'à ce que tout soit devenu noir. Cette dernière semaine, des fragments de la soirée avaient refait surface. J'aurais préféré que ce ne soit pas le cas, mais chaque information pouvait aider à donner une image plus complète de ce qu'il s'était réellement passé. Le reste, Blake et beaucoup d'autres y avaient assisté. Pendant qu'elle retranscrivait la fin de mon témoignage, je me hérissai intérieurement d'avoir été vue dans un tel état de vulnérabilité.

– Est-ce que vous voudriez ajouter autre chose ?

Je ramenai mon attention sur elle et secouai la tête, désagréablement surprise de réaliser que je ne me souvenais que de si peu de choses. Comme promis, elle me relut mon témoignage. Je le signai d'une main un peu tremblante.

Ce n'était pas la nervosité qui me faisait trembler, mais le soulagement. C'était terminé. Enfin. Elle ajouta qu'ils me contacteraient s'ils avaient besoin d'autre chose puis me raccompagna.

Quand je la quittai, le bloc de granit qui s'était installé dans mon estomac disparut. Tout était fini, vraiment. Je ne savais pas ce qu'il adviendrait de Max, mais ça commença à prendre une autre signification pour moi. J'avais fait quelque chose que je n'avais jamais pu faire avant. J'avais surmonté mes peurs et mon sentiment d'insécurité, et pu raconter mon histoire. Je voulus croire que c'était un pas important vers la guérison.

Je traversai les rangées de bureaux et retrouvai les ascenseurs. J'attendais là quand j'entendis une voix derrière moi. Je regardai par-dessus mon épaule : Daniel était avec un autre homme, que je reconnus pour être l'un des détectives auxquels j'avais parlé.

– Mademoiselle Hathaway, vous vous souvenez peut-être de moi, le détective Carmody ?

Ma main ébaucha un geste, mais il ne me tendit pas la sienne. Au lieu de ça, il afficha un air décontracté, presque trop, en comparaison avec la façon dont il me scrutait. Je me forçai à rester impassible.

– Qu'est-ce qui vous amène ici ? demanda le détective.

Mon regard se tourna vers Daniel. Le mécontentement dans son expression me figea.

– Une affaire privée, murmurai-je.

– Très bien. Eh bien, monsieur Fitzgerald, merci du temps que vous nous avez accordé. Je vais vous laisser tous les deux. (Il se tourna vers moi et releva un peu le menton.) On reste en contact.

La porte de l'ascenseur s'ouvrit, et on y entra ensemble. Je reculai vers le fond de la cabine, posant mes mains sur la rampe de métal.

– Je ne peux pas dire que je m'attendais à te voir ici, dit Daniel, dont le visage ne laissait rien transparaître.

Oh, merde. Et s'il s'imaginait que j'étais venu parler à quelqu'un de l'affaire toujours irrésolue du suicide de Mark ?

Ma gorge se serra de ne pas savoir par quoi commencer, de ne pas savoir quoi dire.

– Ça n'a rien à voir avec Mark.

Il jeta un coup d'œil vers les numéros décroissants qui s'affichaient au-dessus de la porte de l'ascenseur.

– Je suppose que ça a quelque chose à voir avec Max Pope, alors.

Je le dévisageai d'un air ahuri, les yeux écarquillés.

– Oui, mais comment le savez-vous ?

Ses yeux revinrent vers les miens.

– Je dirige un cabinet d'avocats, tu te souviens ? Qui crois-tu qu'il a appelé en premier ?

J'en restai bouche bée. Je sursautai quand le signal sonore annonça notre arrivée au rez-de-chaussée. Il sortit, et je lâchai la rampe pour le suivre. On franchit les lourdes portes du commissariat, et on s'arrêta à quelques pas de là. Il sortit un paquet de cigarettes et en fit sauter une. Je plissai le nez.

– Vous devriez vraiment arrêter de fumer.

Il m'adressa un regard contrarié et tira une bouffée.

– Vraiment ? Je risque de perdre une élection dans laquelle j'ai investi des millions de ma poche. Et tu me dis d'arrêter de fumer. Tu te fous de moi.

Je reculai précautionneusement d'un pas. Sa colère, même temporaire, n'était pas à négliger.

– Pourquoi étiez-vous là ? demandai-je, en supposant que ça ne pouvait qu'avoir un lien avec son humeur de chien.

– Parce que quelqu'un fait fuiter des informations à la police.

Je m'immobilisai. Ça ne présageait rien de bon.

– Quelles informations ?

– Quelqu'un leur a fait savoir que tu étais ma fille. Ils savent très bien à quel point ça peut être dommageable pour ma campagne, ces pourceaux.

Il grimaça et souffla de la fumée.

Ça expliquerait le regard que m'avait lancé Carmody, comme s'il détenait un secret. C'était le cas.

– Vous ne l'avez pas nié ?

Il s'esclaffa.

– Pour quoi faire ? Tu l'es bien, et s'il y avait le moindre doute, un simple test ADN le confirmerait. On boit tous les deux une tasse de café dans leur bureau, et ils ont leur preuve.

– Mais qui a pu le leur dire ?

Il hocha la tête, un sourire amer déformant sa bouche.

– Dis-moi que je suis un imbécile, mais ton fiancé est en tête de liste. Sauf si tu veux commencer à me dire qui d'autre le sait, parce que je suis convaincu que tu ne t'en es pas vraiment vantée.

Mon estomac se noua tandis que je passais mentalement la liste en revue. Sid, Alli, Marie... Peut-être que Heath le savait, maintenant. Mais aucun d'entre eux n'avait la moindre raison de rendre ce fait public.

Blake avait bien ses propres raisons d'en vouloir à Daniel, mais est-ce qu'il ferait ça ? Même après que je lui eus fait promettre de ne pas le faire ? Peut-être qu'apprendre que Daniel m'avait frappée avait annulé cette promesse. Peut-être que, selon notre nouvel arrangement, cette promesse ne signifiait plus rien si Blake jugeait que c'était dans mon intérêt. Tout de même, ça semblait une position bien extrême. Les répercussions d'une telle annonce seraient dommageables pour Daniel, mais je ne vois pas pourquoi Blake voudrait que ça attire aussi l'attention sur moi. Il ne me ferait pas ça, n'est-ce pas ?

– Daniel, Blake sait effectivement que je suis votre fille, mais je ne crois pas qu'il laisserait fuiter ce genre d'informations. Il m'a assuré qu'il ne vous ferait pas ça.

J'espérai qu'il n'avait pas perçu le doute dans ma voix, parce que, par-dessus tout, je voulais que nous restions en sécurité. J'avais déjà vécu dans la crainte des menaces de mort de Daniel auparavant.

Il rit de nouveau, tirant une longue bouffée de sa cigarette.

– Il me l'a promis, insistai-je.

– Je promets à Margo à peu près dix choses par jour. Ça lui fait plaisir de l'entendre, même si ce n'est pas toujours tenu. Désolé si je ne mise pas grand-chose sur les promesses de ton hacker. Et c'est un putain de remerciement que je reçois pour lui avoir sorti le cul de ce merdier.

Je fronçai les sourcils.

– De quoi parlez-vous ?

– À qui crois-tu qu'on doit l'abandon des charges ?

– Vous avez fait ça ? demandai-je d'un ton hésitant en encaissant la nouvelle. Comment ?

Il me regarda en inclinant la tête, une expression presque lasse sur le visage.

– Est-ce que ça te surprend si je te dis que certains procureurs me doivent des faveurs ? Ce n'était pas trop demander que de lâcher un peu quelqu'un qui défendait la victime d'une tentative de viol. Par contre, il a bien arrangé Max, je dois dire.

– Alors vous savez ce qu'il s'est passé.

Il acquiesça, toujours imperturbable, mais peut-être un peu plus tendu.

– Mais si c'est à vous qu'il s'est adressé, alors, vous défendez Max ?

– Putain, non ! grimaça-t-il. Bon sang, tu me prends pour qui ?

J'ouvris de grands yeux – trop grands, peut-être, en considération de ce qu'il venait de demander. Qui était-il ? Une minute, il sortait les violons, et celle d'après, il menaçait impitoyablement la vie de l'homme que j'aimais. Je ne pouvais jamais être certaine du genre d'homme qu'était Daniel.

Il souffla puissamment.

– Même si je n'ai pas vraiment envie que le monde entier le sache, tu es ma fille. Et ce type t'a droguée et a essayé de te violer. J'irai peut-être en enfer, mais je ne suis pas tout à fait sans cœur. C'est déjà bien assez de devoir vivre avec ce qu'a fait Mark. Je ne suis pas toujours les règles, mais je ne vais pas non plus aider Max à s'en sortir comme ça.

La tête me tourna devant cet afflux de nouvelles informations. Je n'aurais jamais parlé à Daniel de l'agression, mais une petite partie de moi était heureuse qu'il soit au courant, tout particulièrement si ça privait Max de la protection de l'un des plus importants cabinets d'avocats de la ville.

– Et maintenant, qu'est-ce que vous allez faire ? demandai-je doucement.

– Je vais commencer par parler de limitation des dégâts avec mon équipe de relations publiques. Je dirais que nous n'avons que quelques jours avant que ça ne soit dans la presse.

Il me dévisagea un instant.

– Si tu crois vraiment que ce n'est pas Blake qui a fait fuiter l'info, alors tu pourrais lui dire d'au moins m'aider à en trouver le responsable. (Il jeta sa cigarette par terre et l'écrasa.) Parce que j'ai envie de parler à cette personne.

J'en étais convaincue, et j'étais certaine qu'il ne ferait pas que lui parler.

* * *

Je saluai rapidement Cady, qui leva les yeux de son bureau, devant celui de Blake. Ses cheveux étaient rose vif aujourd'hui.

– Vous pouvez y aller.

Elle m'indiqua la porte, même s'il allait sans dire que je pouvais entrer, et que je le ferais, que ça plaise ou non à Blake.

– Merci, dis-je, et j'entrai.

Blake fit pivoter son fauteuil quand je refermai la porte.

Il sourit, et mon cœur fondit un peu. Il s'était passé tant de choses depuis que je l'avais quitté, quelques heures plus tôt, et il n'y avait personne que j'avais plus envie de voir.

Je m'avançai vers lui, et il se leva pour m'accueillir. Il me serra dans ses bras et me déposa un baiser sur le front. Je me blottis contre lui, savourant le soulagement que cela m'offrait, même si ce soulagement risquait d'être de courte durée dès que nous aurions ouvert la bouche. Il releva mon menton. Ses sourcils se froncèrent.

– Tu es contrariée.

Je soupirai, et le soulagement que j'avais éprouvé disparut dans le même souffle.

– J'ai vu Daniel aujourd'hui. Je suis allée au commissariat pour faire enregistrer ma plainte, et il était là. Il venait de voir les détectives qui m'avaient interrogée le mois dernier.

– Il t'a dit quelque chose ?

Il m'entraîna vers le canapé à l'autre bout de la pièce. Il s'assit à côté de moi, son air inquiet m'imposant de tout lui dire. Je m'étais préparée à lui dire la vérité, mais je n'étais pas certaine d'être prête à l'entendre. Je lui donnais plus de contrôle que je n'en avais jamais eu, mais il n'avait pas le droit d'utiliser cette information, quelle que soit sa haine pour Daniel.

– La police sait que Daniel est mon père. Quelqu'un les en a informés. Est-ce que tu le leur as dit ? S'il te plaît, sois honnête et dis-moi si c'est le cas.

Le front de Blake se plissa plus encore.

– Non.

Je le regardai dans les yeux, cherchant sur ses traits le moindre indice dans son expression qui indiquerait qu'il mentait.

Il cilla.

– Erica, est-ce que je t'ai jamais menti ?

– Non, dus-je reconnaître en m'enfonçant dans le canapé.

Je réalisai soudain qu'apprendre que Blake l'avait fait aurait été plus facile que d'être confrontée à l'inconnu. C'était un miracle que je puisse dormir la nuit, vu le nombre de gens qui s'étaient donné pour mission dans la vie de détruire l'un de nous deux.

– Est-ce que Daniel t'a encore menacée ? demanda-t-il.

– Non, Dieu merci. Mais tu es tout de même son suspect numéro un. Évidemment, je lui ai assuré que tu ne ferais pas ça, mais il n'accorde pas beaucoup de crédit aux promesses que tu m'as faites. Il est furieux, et impatient de mettre la main sur celui qui a transmis l'information à la police. Il dit que si ce n'est pas toi, tu devrais trouver qui c'est.

– Et si c'était une info anonyme ? Je fais comment, pour la remonter ? Dis à Daniel d'aller se faire foutre, et de le trouver lui-même.

– Blake…

Je le regardai dans les yeux.

– Quoi ?

– C'est sérieux. La police sait, et je pense qu'ils vont vouloir bientôt m'entendre à nouveau.

– Tu aurais dû leur dire la vérité quand c'était encore possible. Maintenant, tu dois continuer à mentir, et tu risques une entrave à la justice.

– Je ne voulais pas voir Daniel derrière les barreaux.

Il jura, son expression soudain tendue.

– Erica, tu es horripilante, parfois, tu sais ça ? Ce type t'a frappée, il a menacé de me tuer. Dieu sait ce qu'il a fait d'autre, et il mérite probablement de finir sa vie derrière les barreaux.

– C'est mon père, Blake. Je suis désolée si ma famille n'est pas aussi parfaite que la tienne. Ma mère est morte et mon beau-père a refait sa vie sans moi. Malheureusement, Daniel est le seul parent qu'il me reste. Je préférerais ne pas passer le reste de mon existence à savoir que je l'ai fait emprisonner pour avoir tué l'homme qui avait presque détruit ma vie.

Il se passa une main dans les cheveux, un geste qui trahissait toujours une frustration croissante, généralement par ma faute.

– Alors, qu'est-ce qu'on fait ?

Je soupirai.

– Je ne sais pas. Avant, j'étais juste une fille que Mark avait draguée le soir de sa mort. Maintenant, je suis officiellement sa demi-sœur, et la fille illégitime d'un homme puissant, avec une campagne électorale à plusieurs millions de dollars dans la balance. L'annonce risque pour le moins de faire tiquer. Et ils auront certainement d'autres questions à poser.

– Tu es sûre d'avoir dit à la police qu'il te draguait ?

– Même si je ne l'avais pas fait, c'était évident sur les photos. Ils avaient toute une série de clichés qui nous montraient sur la piste de danse. Et de lui, qui me parlait à l'oreille.

Je frissonnai, ce souvenir me donnant la chair de poule.

Le regard de Blake se perdit un moment dans le vide.

– Pourquoi il y a autant de photos de toi cette nuit-là ? Il y avait des centaines de gens à cette soirée, et je ne me souviens pas avoir vu beaucoup de journalistes. Tu étais splendide, à l'évidence, et il est indéniable que tu as attiré tous les regards. Mais ça ne te paraît tout de même pas un peu bizarre ?

Je ne pouvais dire le contraire, mais je n'avais

aucune réponse logique à lui offrir. Je n'avais même pas pensé à l'existence malencontreuse de ces clichés quand les détectives étaient venus à l'appartement le mois dernier pour poser des questions sur Mark. Je m'inquiétais trop de protéger Daniel et de paraître naturelle. Mais quelle chance ils avaient eue de disposer d'autant de clichés d'un homme le soir de sa mort ! Au milieu de tous les gens présents, le gratin de la ville, que quelqu'un se soit autant intéressé à nous, à moi...

Alors ça me frappa.

– Oh mon Dieu !

Je portai la main à ma bouche.

– Quoi ?

Mon estomac se noua, et je crus que j'allais vomir.

– Merde ! murmurai-je en secouant la tête d'incrédulité.

– Erica, parle-moi, insista-t-il en écartant ma main et en la gardant dans la sienne.

– Richard. (Je relevai les yeux.) Richard couvrait l'événement ce soir-là, avec un photographe professionnel. Et il savait que j'allais être là. Je me souviens, Marie lui avait dit de me chercher.

On échangea un regard effaré.

– Et qu'est-ce qu'elle lui a dit d'autre ?

Mise en pages PCA
44400 Rezé

Imprimé en Espagne
Dépôt légal : Janvier 2016
N° d'impression : 01
ISBN : 978-2-7499-2673-5
LAF : 2048 C